Sina Blackwood

Der Nixen-Clan

Band 4

Im Reich
des Lóng

Bibliografische Informationen der Deutschen Nationalbibliothek
Die Deutsche Nationalbibliothek verzeichnet diese Publikation in
der Deutschen Nationalbibliografie; detaillierte bibliografische
Daten sind im Internet über http://dnb.de abrufbar.

Coverbild: Seedrachen © Kay Elzner
Umschlaggestaltung: Sina Blackwood
Layout: Sina Blackwood

Die Personen und Namen in diesem Buch sind frei erfunden.
Ähnlichkeiten mit heute lebenden Personen sind rein zufällig und
nicht beabsichtigt.

Herstellung und Verlag:
BoD – Books on Demand, Norderstedt
ISBN: 9783748165576

Flucht in die Tiefe

Das kleine Volk der Wilson-Rakaa-Nixen konnte gerade noch rechtzeitig in den Ozean entkommen, ehe die entfesselten Supervulkane das Leben auf dem Land völlig vernichteten. Einige tausend Menschen hatten Zuflucht in unterirdischen Bunkern gefunden und hofften, eines Tages auf die Oberfläche zurückkehren zu können.

Nun waren sie schon mehrere Tage vollgepackt mit allem, was sie aus der Villa der Neubergs hatten retten können, auf Tauchkurs und die Frauen brauchten dringend wieder eine Pause. Tiku, der stärkste und gewandteste Krieger des kleinen Volkes, erspähte einen größeren Vorsprung im fast senkrecht abfallenden Gestein, der Platz genug für alle bot.

König Kami ließ rasten. „Die hier lebenden Schnecken und Muscheln sind essbar", erklärte er.

„Etwas anderes lässt sich ja auch nicht blicken", seufzte Amar. „Hoffentlich bleibt das Wasser nicht so steril."

„Keine Sorge, wir finden ein passendes Areal", tröstete Kami. „In dieser Region gab es vor langer Zeit Grotten. Ich hoffe, da sind auch heute noch welche. Sonst müssen wir eine Stelle finden, an der wir bauen können."

Während die jungen Krieger die Umgebung beobachteten, sammelten die halbwüchsigen Nixen erstaunlich schnell einen ganzen Sack voll Mollusken ein, den sie gemeinsam zur Gruppe schleppten.

„Da sind noch mehr, falls es nicht reicht", erklärte Lina, die Tochter von Ilka und Tamik.

Tiku brachte Siria, die mit gesenktem Kopf dahockte, eine besonders große nahrhafte Muschel. „Du musst essen, damit du bei Kräften bleibst!"

Siria nickte mechanisch. Tiku schwamm erst fort, als sie ihr Tauchermesser zog, und die Schalen zu öffnen begann. Ein kurzer Wink zu seinem Sohn Ammon, der sich so niedersetzte, dass er Siria immer im Auge hatte. Die Nixe war dankbar dafür, dass man sie ansonsten in Ruhe ließ. Der Tod ihres Mannes Mario, des letzten menschlichen Mitglieds des Clans, war noch zu frisch.

„Die Dunkelheit ist belastend", klagte Tessa.

„Wir werden Stellen finden, wo Bioluminiszens die Umgebung erhellt", versprachen Kami und Tiku. „Es wird erträglicher werden. Wir müssen nur Geduld haben."

„Da drüben sind Fische!", raunte Ammon.

„Wo??? Ich kann nichts sehen!" Kirk spähte vergeblich in die Dunkelheit.

Ammon schüttelte belustigt den Kopf. Die Menschen hätten es sicher *Tomaten auf den Augen* genannt. Er ließ sich unter den neugierigen Blicken des Clans lautlos von der Felskante sinken und verschwand in der Finsternis. Sekunden später schien das Wasser zu kochen. Dann herrschte plötzlich Ruhe.

Ehe Lynn dazu kam, sich Sorgen um ihren Sohn zu machen, war er wieder zurück, sechs halbmetergroße Fische in seinem Netz hinter sich her zerrend. Tiku schwamm ihm entgegen, um das schwere Netz sicher zum Lagerplatz zu bringen.

„Unser Retter!", jubelte Ilka. „Endlich etwas anders, als immer nur Muscheln!"

„Wir sollten die drei unverletzten Fische am Leben erhalten", überlegte Kami.

Ammon nickte. „Ich habe mir gedacht, man könnte sie in einem größeren Netz hältern, das man längs an einen Speer steckt. Dann wäre es oben gleich zu. Nur müsste man es dann eben zu zweit tragen."

„Perfekt", lobte Kami und Auan erbot sich, Ammon beim Tragen zu helfen.

Jetzt fassten erst einmal vier Männer mit an, um die begehrten Fische nicht entkommen zu lassen. Die Frauen schnitten die getöteten Tiere in dünne Streifen und teilten sie gerecht an alle aus.

„Deine Augen möchte ich haben!", staunte Tamik, als Ammon berichtete, wo er die Fische erblickt hatte.

„Es war mehr ein Fühlen, als ein Sehen", berichtigte Ammon. „Das muss wohl ein Urinstinkt der Meervölker sein, der bei mir zum Vorschein kommt, weil wir in einer lebensbedrohlichen Notsituation sind."

Kami und Tiku nickten. Ammons Worte trafen genau ins Schwarze. Die drei Nixen aus der Ostsee, die immer in sehr trübem Wasser gelebt hatten, kamen ähnlich gut zurecht, wie Ammon. Und auch Lynn, die Nordseenixe konnte sich auf ihre angeborenen Fähigkeiten verlassen.

Die Hälfte der Krieger bettete sich nach dem Essen zum Schlaf, währen die anderen die Gruppe bewachten. Auf der nächsten Rast werde man wechseln.

„Du wirst jetzt schlafen", legte Kami fest, als Ammon Wachdienst übernehmen wollte. „Deine scharfen Sinne nutzen uns auf der Wanderung mehr, als mit einem relativ sicheren Felsen im Rücken."

Das Gleiche bekamen auch Tiku, Amar und Tamik zu hören, während Auan, Kirk und Kami die Gruppe sicherten. Lynn, die einzige Nixe, die perfekt mit dem Speer umgehen konnte, sahen die Männern als willkommene Verstärkung. Für Lynn war es eine Sache der Ehre, denn Gefährte und Sohn schliefen zur gleichen Zeit und wären im Fall eines Angriffs leichte Beute gewesen.

Das kleine Volk konnte sich keine Verluste leisten, wenn es diese harte Zeit überleben wollte. Die Aussichten standen mit gerade mal 17 Personen nicht übermäßig hoch. Ob nach dem letzten Paarungstanz, bevor die Welt ins Chaos stürzte, überhaupt eine der fünf Nixen, die es betraf, schwanger wurde, war unbekannt. Alle wussten, dass sich in Notzeiten die Embryonen auch zurückbilden und vom Körper der Mutter absorbiert werden konnten. Die recht einseitige Ernährung der letzten Tage war der Entwicklung neuen Lebens auch nicht gerade förderlich gewesen. Zumindest bestand eine winzige Chance, solange die Meeresströmungen nicht durch irgendwelche Widrigkeiten der globalen Katastrophe zum Erliegen kamen.

„Wir sollten weiterschwimmen", hörte Lynn Liana hinter sich zu Kami sagen und drehte sich erstaunt um. Das ernste Gesicht der Seherin, wie alle Liana nannten, verhieß nichts Gutes. Kami schwamm sogar persönlich zu den schlafenden Wächtern, während Liana die anderen weckte. Tiku schaute sich beunruhigt um und fasste sich in den Nacken, was die ganze Gruppe als deutliches Warnsignal aufschreckte. Wenn Tiku diese Bewegung machte, stand immer handfester Ärger bevor.

„Gib Nicki und mir das Netz mit den Fischen", schlug Lynn vor, damit die Männer jederzeit kampfbereit waren.

Ammon zögerte auch keinen Augenblick. Er wusste, dass sich seine Mutter das mühsam erjagte Essen von niemandem kampflos abnehmen lassen werde.

Siria schüttelte ihre Lethargie ab, als sie bemerkte, dass Lilly, die Tochter ihrer kleinen Schwester Liana das Tempo nicht mithalten konnte. Liana hatte Lilly eine Hand gereicht, um sie zu ziehen. Siria nahm die andere Hand und gemeinsam schafften sie es, in die Mitte des Schwarms zu schwimmen, wo der Schutz durch die Gruppe am größten war.

„Gibt es Probleme?", fragte Auan besorgt.

„Im Augenblick nicht", erwiderte Liana. „Sicher nur ein Durchhänger wegen zu wenig Schlaf."

Auf der nächsten Rast ließ sich Lilly einfach fallen und schlummerte auf der Stelle ein.

„Jetzt mache ich mir aber ernsthafte Sorgen!", rief Liana und versuchte herauszufinden, was Lilly so zu schaffen machte. Alle Hautpartien im sichtbaren Bereich wirkten unverdächtig. Kami hob ebenfalls die Schultern. Lilly hatte auch nichts Verdächtiges gegessen. Das konnte Liana ganz sicher sagen, denn beide hatten sich alles geteilt.

Tiku hatte Zeige- und Mittelfinger an beide Schläfen gelegt und schien intensiv nachzudenken. Plötzlich ging ein Ruck durch seine Gestalt, er schwamm langsam näher, ließ sich neben Lilly nieder, um das lange dichte Haar so weit wegzuschieben, dass er bis zum Haaransatz schauen konnte.

„Ich hab's befürchtet", brummte er, Liana und Kami einen blauroten Striemen zeigend, der sich über Lillys halben Rücken bis ans Genick schlängelte.

„Ein Quallenmal!", rief Liana erbleichend. „Und wir haben keine Ahnung, welche Art es gewesen sein könnte!"

„Nein, haben wir nicht", bestätigte Tiku. „Es muss ein abgerissenes Stück gewesen sein, das irgendwo in der Landschaft herumschwamm. Denn Quallen sind uns heute definitiv nicht begegnet. Wir können nur hoffen, dass sie es übersteht." Er streichelte sanft das bleiche Gesicht seiner schlafenden Enkelin.

Jetzt, wo es die menschlichen Zwänge nicht mehr gab, galten die biologischen Familienverhältnisse und nach denen war Liana seine jüngste Tochter, wie Mario herausgefunden hatte. Dass deren Ziehmutter Siria sein Kind war, wusste von Anfang an jeder. Ammon war unglaublich stolz auf seine älteren Schwestern, die so lange unerkannt an Land unter Menschen gelebt hatten. Nun schwebte er mit betretenem Gesicht neben seiner Nichte im Wasser und ballte hilflos die Fäuste.

Tiku legte ihm eine Hand auf die Schulter. „Diesmal kannst du ihr nicht helfen. Nur Liana und Kami haben die Fähigkeit, ihr jetzt Kraft zu geben."

Und das versuchten die beiden Heiler, wobei sie sich stündlich abwechselten.

„Wir müssen hierbleiben, bis Lilly gesund ist", bat Kami die Clanmitglieder.

Niemand hatte Einwände, obwohl man praktisch auf dem Präsentierteller saß, denn es hätte jeden aus der Gemeinschaft treffen können. Nur waren die letzten Fische schnell verspeist und guter Rat teuer, woher man Nahrung für 17 Personen nehmen sollte …

„Ich gehe auf die Pirsch", erklärte Ammon, als man nicht einmal Schnecken oder Muscheln fand. „Und ich gehe allein!", fügte er hinzu, als Kirk nach seinen Waffen griff. „Kümmere du dich um den Schutz der Gemeinschaft!" Tiku und Lynn ließen ihn schweren Herzens ziehen. Er hatte ja recht, jeder gute Krieger wurde am Lagerplatz benötigt. *Pass auf dich auf,* bat Lynn und Ammon versuchte, zu lächeln.

Nach drei Stunden tauchte in der Ferne, genau da, wohin Ammon verschwunden war, etwas auf, das alle für den jungen Krieger hielten. In freudiger Erwartung schaute man ihm entgegen, nur Tiku massierte unbewusst seinen Nacken. Kami war das nicht entgangen. Er griff nach seinem Speer. Ein paar Wimpernschläge später tobte ein Kampf, wie ihn die Clanmitglieder schon lange nicht mehr erlebt hatten. Das, was da auf sie zugeschwommen kam, war ein gigantischer Krake, der sicher schon manchen Pottwal das Fürchten gelehrt hatte.

„Frauen in die Mitte!", schrie Tiku, mit ganzer Kraft auf das gigantische Tier einstechend. Und zu den Männern: „Passt auf, wenn er euch packt, dass ihr nicht in seinen scharfen Schnabel geratet, das wäre euer Tod!"

Lynn erkannte schnell, dass die Krieger auf verlorenem Posten standen. Der Kopffüßler zog ihnen einfach die Waffen aus den Händen und machte sich dann über die schreienden Meermänner her. Die Nixe öffnete mit fliegenden Fingern Tikus Rucksack, riss einen Haischocker hervor und rammte ihn in die elastische Haut des Kraken.

Der Gigant erzitterte, dann wanden sich seine Fangarme völlig unkontrolliert in Krämpfen. Lynn stieß noch einmal zu, bekam einen der Speere zu fassen, drückte ihn Tiku in die Hand und zog ihr Tauchermesser. Gemeinsam erlegten sie den Angreifer.

„Das war knapp", krächzte Auan, den der Krake am Hals gepackt und ihm die Luft abgedrückt hatte. Er pumpte schwer atmend Wasser durch seine Kiemen. „Hast was gut bei mir", versprach er Lynn.

„Bist nicht der Einzige", stöhnte Tamik, sich ebenfalls wie ein Walross schnaufend auf den Boden setzend. Ihm hing die Haut des Rückens in Fetzen herunter, genau wie bei Amar, der unter Schock stand, weil er bereits den Schnabel genau vor Augen gehabt hatte. Kirk und Kami hatten Schuppen lassen müssen. Kami hatten gleich zwei Fangarme gepackt gehabt. Tiku bemerkte erst jetzt, dass ihm ein Streifen Haut in voller Länge seines linken Armes fehlte. Er war noch so voller Adrenalin, dass er nicht einmal den Schmerz spürte.

„Hoffentlich ist ihm Ammon nicht in die Quere gekommen", flüsterte Lynn mit zitternder Stimme. „Allein hätte er keine Chance." Sie begann, sich um Tikus Wunden zu kümmern.

Als alle Männer notdürftig versorgt waren, nahm Lynn ihren Speer, hängte sich den Haischocker um und sagte: „So Mädels, jetzt sind wir die Hoffnung eines ganzen Volkes!"

Die Frauen griffen zu den Waffen.

„Da kommt was!", meldete Lynn nach einiger Zeit, dahin zeigend, woher auch der Krake erschienen war.

„Lass es bitte Ammon sein!", rief Ilka ängstlich.

„Es sieht komisch aus", stellte Nicki schließlich fest, „und scheint auch Fangarme zu haben."

„Oh nein, bitte nicht!" Tessa biss sich auf die Unterlippe.

„Aber es hat einen Fischschwanz", lachte Tiku. „Das ist Ammon mit einem Packen Tang um den Hals, der sich wie Fangarme in der Strömung schlängelt."

„Ach, du lieber Gott! Was ist denn mit euch passiert?", staunte der junge Krieger beim Anblick der lädierten Männer.

„Unliebsamer Besuch", erwiderte Tiku, auf den zerhackten Fleischberg deutend. „Wir hegten schon die Befürchtung, er habe dich als Vorspeise vernascht."

„Nein, dem bin ich nicht begegnet." Ammon lud den Tang und ein Netz voller Muscheln ab.

Amar strahlte über das ganze Gesicht. „Das schmeckt bestimmt besser, als das zähe Krakenvieh."

Ammon lachte. „Das kannst du annehmen. Ich habe aber noch viel Besseres als nur Essen entdeckt – ein Tal, das mit einem Höhlensystem durchzogen ist, in dem fluoreszierende Mikroorganismen die Wände bedecken. Von da stammen auch Muscheln und Tang. Wir können uns sozusagen vor der Nase Plantagen anlegen."

Er wandte sich Lilly zu. „Wie geht es ihr?"

„Unverändert", klagte Liana.

Ammon wechselte einen kurzen Blick mit seinem Vater. „Dann legen wir sie in ein Netz, wie in eine Hängematte und tragen sie. Hier können wir nicht bleiben. Der nächste Krake könnte unser Ende sein!"

„Ammon hat recht", bestätigte Kami. „Suchen wir Schutz in den Höhlen."

„Übrigens ist es deiner Mutter zu verdanken, dass dein Vater dem Kraken den Rest geben konnte", verriet Kirk seinem Freund, während er eifrig dem Tang zusprach, und erzählte, wie Lynn den Elektroschocker gezückt hatte.

„Wir sind eben eine schlagkräftige Truppe", schmunzelte Ammon. „Unter Menschen wäre meine Mutter garantiert als Amazone geboren."

Die Worte ihres Bruders zauberten Siria ein winziges Lächeln ins Gesicht. Sie hatte Lynn vom ersten Augenblick an gemocht und war froh gewesen, dass durch sie Tiku endlich den Tod seiner ersten große Liebe Adaia, Sirias leiblicher Mutter, verwinden konnte. Ja, Lynn, die Nordseenixe mit den roten Flossen war ein Glückstreffer für den Clan.

Kami kniete neben Lilly. Er schickte sie kurzerhand in einen Heilschlaf, in der Hoffnung, das Tal erreicht zu haben, wenn die Wirkung nachließ. Auan und Tiku betteten Lilly in ein Fischernetz, das von Siria, Liana, Martina und Petra getragen werden sollte. Ein kurzer Test, dann wurden zu beiden Seite Speere durch die Maschen geschoben, welche sich die Nixen auf die Schultern legen konnten, um es einfacher zu haben.

Lynn und Ammon, die einzigen unverletzten Wächter, sicherten die Gruppe als Nachhut, wobei Ammon immer wieder einmal nach vorn schwamm, um die genaue Richtung zu bestimmen, die man einschlagen musste.

Nach fast vier Stunden fiel der Boden steil ab und selbst von hier oben konnte man das wundervolle weite Tal erkennen, von dem Ammon gesprochen hatte. Der Jubel war unbeschreiblich, als sie an der Kante verharrten, um den Anblick wirken zu lassen. Wie durch ein Wunder erwachte Lilly, die zukünftige Heimat mit großen Augen betrachtend.

Tiku hob beide Daumen und Kami nickte Ammon anerkennend zu. Dann führten beide gemeinsam ihr kleines Volk hinunter in ein neues Leben. Es dauerte auch nicht lange, da hatten alle ein passendes Domizil gefunden und begannen, sich häuslich einzurichten.

Dass einige der alten Höhlenbewohner keine Lust hatten, umzuziehen, war zu erwarten gewesen. Sie wurden mit sanfter Gewalt hinaus expediert und suchten sich freiwillig etwas Neues, ehe das Meervolk vielleicht auf die Idee kam, sie auf Essbarkeit zu testen.

Schon am nächsten Morgen trugen die jungen Männer große Felsbrocken mit mindestens einer ebenen Seite zusammen, um auf dem zentralen Platz vor Kamis Grotte einen Steinkreis zu legen, auf den die Clanmitglieder bei den Beratungen sitzen konnten. Der König strich zufrieden seinen langen Bart, denn es war weder darüber gesprochen, noch ein entsprechender Befehl erteilt worden. Alle sehnten sich nach Harmonie und vor allem nach einem normalen Leben. Auan bewachte das Tangfeld, das die Frauen bereits inspizierten.

Und mittags gab es das erste Mal seit langer Zeit einen schmackhaften Salat aus verschiedenen Tangsorten und Muschelstreifen, den alle gemeinsam im Steinkreis sitzend einnahmen. Sogar Lilly aß ein paar Häppchen.

„Da, da, da! Ein Thunfisch! Ein riesiger wundervoller Thunfisch!" Ammon war wie ein Torpedo davon geschossen, um das Tier betrachten zu können. „Wir brauchen Speere mit größeren Widerhaken!", rief er. „Der war bestimmt vier Meter lang und, ich schätze, 600 Kilo schwer!"

„Ich glaube, wir werden noch was erleben!", lachte Kami. „Da hat einen gewaltig das Jagdfieber gepackt! Auf alle Fälle sollten wir seinen nützlichen Rat beherzigen."

„Und woraus sollen wir das machen?", fragte Kirk.

„Aus Walknochen oder Vulkanglas, auch Obsidian genannt", erklärte Ammon amüsiert, sich wieder auf seinem Stein niederlassend. „Viel mehr Möglichkeiten haben wir hier unten nicht."

„Da hat aber einer gut aufgepasst", staunte Liana.

„Ich bin eben Vaters Sohn, wie du seine Tochter bist", schmunzelte Ammon.

Er begann auch am nächsten Tag, alles Mögliche zusammenzutragen, aus dem man eventuell nützliche Dinge fertigen konnte. Und er zog jeden Tag zusammen mit Kirk auf die Jagd, wie zu Zeiten, als die Welt noch fast in Ordnung gewesen war. Hin und wieder gelang es allen Männern gemeinsam, einen der riesigen Thunfische zu überwältigen, der das kleine Volk mehrere Tage ernähren konnte.

Heute war einer jener Tage, an denen ihnen nichts gelingen wollte. Die großen Fische konnten sie zu zweit nicht töten und ein kleineres, nur etwa 100 Kilo schweres Tier, schüttelte den Speer heraus und schwamm davon.

Ammon, der Held

Ammon und Kirk jagten dem flüchtenden Thunfisch hinterher, der eine lange Blutspur im Wasser hinterließ. Trotzdem schafften sie es nicht, das Tier zu stellen. Es war plötzlich zwischen den riesigen Felsbrocken verschwunden. Da half auch kein Suchen. Es war, wie vom Erdboden verschluckt. „Lass und zurückschwimmen", rief Kirk. „Wir haben genug Zeit vergeudet." Ammon hielt ihm plötzlich mit einer Hand den Mund zu, während er ihn mit der anderen zu Boden riss.

Sag mal, spinnst du, telepathierte Kirk wütend und wunderte sich, als Ammon mit wildem Kopfschütteln absolutes Schweigen andeutete.

Dann winkte er mit dem Finger, ihm zu folgen, zog ihn in eine Felsspalte und zeigte schräg nach unten. Kirk spähte hinunter und zuckte heftig zusammen. Wenige Meter vor ihnen pendelten zwei lange schlanke Gliedmaßen, die in riesigen Flossen endeten. Das Wesen kniete offenbar am Boden und suchte etwas. Denn sie konnten kleine Schlammwölkchen sehen, die sich nicht sofort zerteilten.

„Ein Nuoni", flüsterte Kirk erbleichend.

„Wahrscheinlich", raunte Ammon.

„Hauen wir ab!", riet Kirk.

Ammon schüttelte erneut den Kopf. „Nicht, bevor ich weiß, woher das Vieh kommt und ob es noch mehr davon gibt. Wir sind gut bewaffnet. Machen wir es nieder!"

Einen Wimpernschlag später stürmten beide mit wildem Kriegsgeschrei vor, um den Nuoni zu töten. Doch statt, wie erwartet, anzugreifen, wandte sich der Nuoni zur Flucht und versuchte, zu entkommen. Er blieb aber mit einem seiner Flossenfortsätze hängen und schaffte es nicht, sich zu befreien. Aber auch da ging er nicht zum Angriff über, was Ammon sehr stutzig machte.

Kirk hob den Speer, wollte zustoßen, als sich Ammon mit aller Kraft gegen die Waffe warf, um sie aus der Bahn zu bringen. Er hatte gesehen, was Kirk im Jagdeifer wohl verborgen geblieben war. Das fremdartige Wesen drückte ein Baby an seine Brust, die genau so geformt war, wie bei den Frauen ihres Volkes. „Nicht!!! Das ist kein Nuoni!", schrie er, um Kirk davon abzuhalten, noch einmal zuzustechen. Dann schwamm er auf die Fremde zu, die abwehrend eine Hand ausstreckte und sich hilfesuchend umsah. „Ich will dir nichts tun", sagte er verbal und zugleich telepathisch, wobei er seinen Speer in den Boden rammte und beide Hände offen vorzeigte. Zitternd wartete die Fremde, was nun geschehen werde.

„Bleib, wo du bist!", befahl Ammon seinem Freund. „Sie hat so schon Todesangst." Er wandte sich der Felsspalte zu, in der die Flosse feststeckte. Vorsichtig wälzte er einen Stein beiseite, um die Fremde nicht zu verletzen, die ihn mit großen erstaunten Augen beobachtete. Sie schwamm auch nicht weg, als er sich näherte, drückte nur ihr Baby noch fester an sich.

„Ich bin Ammon vom Volk der Wilson-Rakaa", sagte er, wobei er auf sich zeigte. „Ammon", wiederholte er in Worten und telepathisch. „Das ist Kirk." Er deutete auf seinen Freund. „Und wie heißt du?" Er zeigte auf sie.

Kïa vom Volk Enga. Sie schaute Ammon an, dann Kirk und fragte, weil sich beide sehr unterschieden: *Ein Volk?*

Ammon lächelte. „Ja, wir sind von einem Volk. Aber das ist eine lange Geschichte."

Kïas Magenknurren ließ Ammon aufhorchen. „Hast du Hunger?", fragte er, um sich zu vergewissern, dass er sich nicht verhört hatte.

Kïa nickte und dem jungen Krieger fiel auf, dass die Fremde nicht schlank, sondern geradezu dünn war und die Rippen überdeutlich durch die Haut hervorstachen. Er winkte Kirk heran, der sich das Netz mit den Muscheln um die Hüfte geknotet hatte. Ammon klaubte die größte Molluske heraus und reichte sie ihr.

Vielen, vielen Dank, murmelte Kïa und versuchte, die Schale an einem Felsen aufzuschlagen, was natürlich misslang.

„So wird das nichts", seufzte Ammon, zog sein Tauchermesser aus der Halterung am Oberarm, öffnete die Schale und schnitt das Fleisch in Streifen. Kïa begann, gierig zu schlingen.

„Mach langsam, sonst bekommst du noch Bauchschmerzen", mahnte Ammon. „Wir nehmen dir doch nichts weg! Du siehst aber ganz so aus, als bräuchtest du dringend Hilfe, damit du mit deinem Baby überleben kannst. Wo sind die anderen aus deinem Volk?"

Weg, alle sind weg. Sie wissen nicht, dass ich hier bin. Falls sie noch leben, denken sie ganz sicher, dass ich tot bin. Kïa wiegte bekümmert den Kopf.

„Kommen sie denn zurück?", wollte Ammon wissen.

Nein. Die Nixe drückte wieder ihr Baby an sich.

„Was ist passiert, dass sie dich allein gelassen haben?", wollte Kirk wissen.

Kïa begann wieder zu zittern, dann flüsterte sie: *Wir sind überfallen worden. Es waren etwa 40 Fremde, die auf den ersten Blick ähnlich aussahen, wie wir. Sie stürmten heran und rissen plötzlich riesige Mäuler auf, mit denen sie alles zerfetzten, was nicht schnell genug fliehen konnte. Ihr habt sie sicher auch schon kennengelernt, sonst hättet ihr bestimmt nicht versucht, mich zu töten.*

„Ja, unser Volk kennt sie. Sehr gut sogar. Unsere beiden Väter haben Angriffe durch sie knapp überlebt", erklärte Ammon. „Wie lang ist das schon her, dass du dich allein durchschlägst?"

Ich weiß es nicht. Seit die Welt über Wasser so kalt geworden ist, schwimmt niemand mehr zu Oberfläche und so kann ich den Mond nicht mehr sehen. Es ist aber schon sehr, sehr lange her.

„Hast du Waffen? Kannst du für euch Fische jagen?", bohrte der junge Mann weiter, weil sie gar so abgehärmt aussah und bekam ein trauriges Kopfschütteln zur Antwort.

„Wovon lebst du, wenn du nicht einmal Muscheln öffnen kannst?"

Von Würmern, flüsterte Kïa verzweifelt.

„Bäh! Das ist doch kein Essen." Ammon und Kirk schüttelten sich.

„Ihr kommt mit", erklärte Ammon nach einem kurzen Blickwechsel mit Kirk. „Unser Volk wird euch sicher freundlich aufnehmen. Ich werde dafür sorgen, dass ihr nicht hungern müsst. Ich verspreche es dir." Er hielt Kïa die Hand hin, die diese nach kurzem Zögern ergriff.

Kïa hatte keine Wahl, wenn sie und ihr Baby überleben wollten. Die Krieger des fremden Volkes hätten sie töten können und es nicht getan.

Nach ein paarhundert Metern musste sie völlig entkräftet eine Pause machen, während das Baby vor Hunger weinte.

Ammon zog die Augenbrauen zusammen und wandte sich an Kirk. „Du trägst meinen Speer und ich die beiden. Sie halten die Strecke nicht durch, sie sind doch jetzt schon mehr tot als lebendig. Aber zuerst gebe ich meinem Vater Bescheid, dass wir Gäste mitbringen." Er begann telepathisch nach Tiku zu rufen, bekam rasch Kontakt und hielt eine intensive Unterhaltung von mehreren Minuten mit ihm. „Alles klar, wir werden erwartet." Er nahm Mutter und Kind einfach auf die Arme und schwamm los. Kirk folgte ihm mit Waffen und Jagdbeute.

Nach einer Stunde erreichten sie den Felshang mit den Grotten. Auf den großen Steinen saßen die Clanmitglieder und warteten auf die jungen Krieger. Neugierig darauf, was für ein Wesen sie mitbringen werden, öffneten sie eine Gasse für Ammon und Kirk.

Ich habe Angst, flüsterte Kïa, sich an Ammon klammernd.

„Die musst du nicht haben", versprach Ammon, sich direkt zu Kami und seinem Vater begebend.

„Es ist tatsächlich eine Enga!", staunte Kami. „Herzlich willkommen!"

Da ... danke, stotterte Kïa. *Du kennst mein Volk?*

„Aber ja! Ich habe nur nicht geahnt, dass es überlebt hat. Wir haben immer friedlich miteinander kommuniziert, wenn wir uns irgendwo getroffen haben. Du musst vor uns wirklich keine Furcht haben!"

„Am dringendsten braucht das Baby etwas zu essen", erklärte Ammon. „Es hat die ganze Zeit vor Hunger geschrien und ist schon völlig apathisch!"

„Darum sollten wir uns gemeinsam kümmern", sprach Liana zu Kami. „Du gibst der Mutter Kraft und ich bereite einen nahrhaften Brei für das Kleine."

„Das ist sehr gut!", freute sich Ammon. „König Kami ist ein Rakaa mit heilenden Kräften und Liana eine Heilerin vom Wilson Clan", verriet er Kïa. „So kommt es auch, dass wir ein Volk sind, das verschiedene Mitglieder hat, die sich miteinander vermischt haben. Wenn du dich etwas erholt hast, erfährst du sicher die ganze Geschichte." Er übergab sie in die Obhut der beiden Heiler. „Sie heißt übrigens Kïa, hatte ich vergessen, zu erwähnen."

Tiku legte Ammon beide Hände auf die Schultern. „Ich bin verdammt stolz auf dich, mein Sohn!"

Kïa lächelte dankbar. Dann ließ sie sich in Kamis Grotte führen. Sie hatte auch keine Bedenken mehr, als ihr Liana das Baby aus den Armen nahm, um es mit einer Mischung aus zu Brei zerdrücktem Fisch, Tang und Krabbenfleisch zu füttern.

„Hast du noch etwas Tang übrig?", fragte Kami, als er den ersten Energietransfer abgeschlossen hatte. „Daran kann sich Kïa richtig satt essen, ohne den Magen zu überfordern. Dann werde ich beide in einen kurzen Heilschlaf legen."

„Übrig zwar nicht, aber ich habe welchen zu Hause. Bin gleich wieder da!" Liana eilte davon.

„Wie geht es ihnen?", rief Ammon hinterher.

„Sie werden es überleben, denke ich!" Da war Liana auch schon einem Bündel Tang zurück und verschwand wieder in Kamis Grotte.

Eine Viertelstunde später kamen beide Heiler heraus und schauten in fragende Gesichter.

Kami lächelte: „Ich habe beide bis morgen schlafen geschickt. Sie sind zwar sehr schwach, werden es aber ganz sicher überleben. Und der hier", er zog Ammon blinzelnd an seine Seite, „ist ihr Lebensretter. Da ernenne ich ihn doch gleich zu ihrem persönlichen Wächter. Du wolltest dich ja sowieso um die beiden kümmern. Da passt das doch ganz hervorragend. Kirk wird dich dabei tatkräftig unterstützen."

Ammon nickte erfreut. „Sie sind ja nicht die Einzigen, die hier etwas zu essen brauchen. Ich würde sagen, wir gehen noch einmal auf die Jagd, solange sie schlafen. Vielleicht gelingt es uns, noch etwas aufzutreiben, das ein paar mehr Leute ernähren kann."

„Ich komme mit!", bot Amar an.

„Volle Bewaffnung!", schlug Ammon vor. „Wir haben keine Ahnung, wo die Enga von den Nuoni angegriffen worden sind."

„Das gilt auch ab sofort für die Wachen!", befahl Tiku. „Keiner verlässt mehr die Siedlung allein, und ohne zu sagen, wohin er schwimmt!"

Ammon zog mit seinen beiden Begleitern los.

„Da drüben haben wir den Thunfisch verwundet", erklärte er Amar. „Dann sind wir ihm da vorn, am Gebirgszug entlang, gefolgt. Bestimmt eine Stunde lang."

„Statt des Fisches hätte ich versehentlich fast die Enga erlegt", fügte Kirk leise hinzu. „Nur gut, dass Ammon den Unterschied erkannte, bevor ich Schaden anrichten konnte! Ich schäme mich so!"

Ammon erklärte ihm, was ihn mehrfach daran hatte zweifeln lassen, einen Nuoni vor sich zu haben. Es war immer die Rede davon gewesen, dass sich männliche und weibliche Nuoni nur in der Größe unterschieden. Der wichtigste Punkt war aber gewesen, dass diese Kannibalen waren und Neugeborene sofort auffraßen. Wenn also ein eindeutig weiblich geformtes Wesen ein Baby zu beschützen versuchte, dann konnte es kein Nuoni sein.

„Du bist ein genau so guter Beobachter wie dein Vater und ziehst aus allem die richtigen Schlüsse", lobte Amar. „Wir werden schon einen Weg finden, unser Volk vor den Nuoni zu bewahren, die von allen Raubfischen die Allerschlimmsten sind. Aber jetzt lasst uns flink sein, da vorn sehe ich Beute!"

Der Blitzangriff aller drei Jäger erfolgte völlig synchron, so-dass sie, mit zwei kleineren Thunfischen beladen. nach Hause zurückkehren konnten.

Kami weckte die beiden Enga erst aus dem Tiefschlaf, als Ammon in die Höhle tauchte. Der war schließlich vorerst der Einzige, dem Kïa volles Vertrauen schenkte. „Versuchst du, ein bisschen mehr über sie herauszufinden", bat Kami und Ammon versprach es.

„Ich bin doch selber begierig darauf, alles zu erfahren. Jetzt bringe ich die beiden erst einmal zu meiner Grotte und etwas später finden wir uns zum Essen ein."

Kïa nahm rasch ihr Baby auf den Arm, als Ammon erklärte, sie in seiner Wohnstatt unterbringen zu wollen. *Danke für die Hilfe,* sagte sie zu Tessa und Kami.

„Lebt ihr auch in Höhlen?", fragte Ammon.

Ja, in genau solchen wie ihr. Wir essen auch die gleichen Tiere und Pflanzen.

Ehe Ammon dazu kam, zu fragen, was das Kleine für Essen brauche, hatte es mit einem erfreuten Quietschen die Milchquelle entdeckt, die heute endlich wieder sprudelte. Kïa suchte für sich und das Baby einen Schlafplatz aus, der etwas weiter hinten in der Grotte lag. Dann folgte sie Ammon hinaus, wo die Frauen schon das Essen bereitgestellt hatten. Wie wild dabei Kïas Herz klopfte, konnte jeder überdeutlich sehen.

Guten Tag, wünschte sie mit zitternder Stimme und wurde mit den gleichen Worten und strahlenden Augen empfangen.

„Ich bin Lynn, die Mutter von Ammon", stellte sich ihr die Nixe auf dem Nachbarplatz vor. „Wie geht es dir?", fragte sie und Kïa staunte über die roten Schuppen, die in dieser Tiefe fast weiß aussahen, und nur ihre Farbe offenbarten, wenn ein leuchtender Organismus ganz in der Nähe war.

Es geht mir gut, sagte Kïa rasch. *Jetzt habe ich endlich wieder Milch für Kara.*

„Kara, ein schöner Name", sagte Lynn. „Ich vermute, es ist ein Mädchen."

Sie bekam er erfreutes Nicken zur Antwort, wobei Kïa kaum die Augen von ihrer großen roten Flosse wenden konnte.

Bei uns sehen alle gleich aus, erklärte Kïa schnell, als sie plötzlich selber bemerkte, dass sie Lynn die ganze Zeit anstarrte.

„Ach, das ist eine lange Geschichte, warum wir unterschiedliche Flossen und Schuppen haben", schmunzelte Lynn. „Wir stammen nämlich aus unterschiedlichen Meeren. Alle Nixen die helles Haar haben, sind sogar auf der anderen Seite dieser Welt geboren. Ich komme auch von dort, aber aus einem anderen Meer. Die Männer lebten schon immer hier. Nur ist unser König der letzte Überlebende vom uralten Volk der Rakaa. Deshalb sehen er und sein Sohn ganz anders aus, als die übrigen, obwohl seine Tochter wiederum uns nordischen Nixen ähnelt."

Kïa presste die Fäuste an die Schläfen. *Das muss ich erst begreifen.*

„Ach, du hast doch Zeit", lachte Lynn, Kïa ein Messer reichend, damit sie das Muschelfleisch schneiden konnte. Doch, statt zu essen, untersuchte die Enga das unglaubliche Werkzeug.

„Wir haben mit den Menschen und sogar auf dem Land gelebt", erklärte Tiku, nachdem er ihr bestätigt hatte, der Vater von Ammon zu sein. „Sie haben dieses Material erschaffen." *Das ist für mich genau so unvorstellbar, wie vor wenigen Tagen noch, dass es überhaupt andere Meervölker geben könne. Und plötzlich sitze ich mittendrin.* Kïa begann andächtig und sehr vorsichtig, ihr Essen kleinzuschneiden.

Im Laufe des Tages wurde klar, dass sie eine besonders junge Nixe war, die mit Kara ihr erstes Kind geboren hatte. Die Erfahrungen der Älteren fehlten ihr völlig, was es ihr unmöglich gemacht hätte, allein zu überleben. Dafür, dass sich Ammon ihrer angenommen hatte, war sie von ganzem Herzen dankbar. Von den anderen Frauen lernte sie rasch, was eine gute Fee in der häuslichen Grotte des Gastgebervolkes wissen musste und so bemühte sie sich, Ammon jeden Wunsch von den Augen abzulesen. Dabei waren seine Augen sehr viel kleiner, als die des eigenen Volkes.

„Ihr seid dafür gemacht, in der dunklen Tiefe zu leben", erklärte ihr Tiku den Unterschied. „Wir hingegen müssen schauen, dass wir irgendeine Lichtquelle finden, um hier einigermaßen sehen zu können. Deshalb ist es für unsere Jäger auch so schwer, ausreichend Beute zu machen, damit wir nicht nur Mollusken und Tang essen müssen."

Kïa seufzte. Das war tausendmal besser, als Würmer kauen zu müssen. Die Krabben, die Ammon manchmal mitbrachte, waren für sie besondere Delikatessen. Die hatten ganz weiches Fleisch. Davon gab sie sogar Kara ein paar Bröckchen, die das mit erfreutem Geplapper honorierte.

Eines der ersten Wörter, die Kara lernte, war *Ammon*. Denn den mochte sie sehr. Der nahm sich Zeit, mit ihr zu spielen, und aus leeren Muschelschalen, Steinchen und festen Fasern Klappern für sie zu basteln. Und so wie Kara zweisprachig aufwuchs, lernte Kïa Wilson und Ammon Enga.

Den meisten Spaß hatten beide Enga, wenn sich alle gemütlich versammelten und erfundene Geschichten erzählten oder von echten Erlebnissen.

Kïa nickte wissend, als einmal die Sprache auf die Lóng kam. „Ich habe auch schon ein Wesen gesehen, das riesengroß, aber kein Wal war. Und ich glaube, das hatte so was auf dem Kopf." Sie hielt sich beide Zeigefinger an die Stirn. „Auf dem langen Körper hatte es zwei ganz komische Flossen. So wie bei den Vögeln, die man früher über dem Meer sehen konnte."

„Das ist doch eine ganz brauchbare Beschreibung", schmunzelte Kami.

„Unser König hat gesagt, dass Kraken die Eier der großen Wesen stehlen, weil die so gut schmecken", fügte sie noch hinzu.

Ammon und Tiku wechselten verstehende Blicke. Kraken gab es hier, auch wenn sie von denen, bis auf den einen, bisher verschont geblieben waren. Pottwale hatten sie hingegen schon lange nicht mehr gesehen. Und von irgendwas mussten die großen Viecher ja leben. Warum nicht auch von Lóng-Eiern. Zudem kannten sie es aus der Menschwelt, dass in jedem Märchen auch ein Körnchen Wahrheit steckte.

In den folgenden Wochen vergaßen sie das Gespräch wieder, denn die Thunfischschwärme zogen weiter und die Jäger mussten sich mit kleiner Beute zufrieden geben. Meist waren Ammon, Amar und Kirk gemeinsam unterwegs, denn sie verstanden sich fast immer wortlos, wenn sie zum Angriff übergingen. Es genügte ein Blick oder eine Geste, um sie wie ein Wesen agieren zu lassen.

Der Vater des Wasserdrachen

Gerade eben durchschwammen sie ein benachbartes Gebiet, das dicht mit Tang bewachsen war, in dem sie immer wieder schmackhafte Beute machten.

„Nehmen wir dann ..."

„Was ist das?!", fiel Ammon Amar ins Wort. Er wechselte die Richtung, wobei er Kirk und Amar einfach an den Händen hinter sich herzog.

„Was hast du gesehen?", staunte Amar, dem nichts Ungewöhnliches aufgefallen war.

Da ließ ihn Ammon auch schon los und bog mit beiden Händen den dichten Tang auseinander. „Ein Ei! Habe ich mich also nicht geirrt! Ein Ei, wie es Kami beschrieben hat, als er über die Lóng erzählte! Lassen wir die Jagd sein und bringen es zu ihm. Mir kommt da gerade wieder so eine Idee. Er hat ja schließlich noch viel mehr erzählt!"

„Da muss ich wohl gefehlt haben", brummte Kirk. „Ich weiß wirklich nicht, worauf du hinaus willst!"

„Ich ahne etwas!", rief Amar. „Du willst, falls da wirklich ein Lóng ausschlüpft, diesen auf dich prägen und ihn abrichten! Genial!"

Das fanden Kami und Tiku auch, als ihnen Ammon das Ei präsentierte.

Ammon lachte. „Es hat eben Vorteile, wenn man im Unterricht nicht nur in der Nase popelt."

Kami schaute Kirk breit grinsend an. „Wo er recht hat, hat er recht. Nun hast du die ehrenvolle Aufgabe, dich sowohl um Kïa und ihre Tochter als auch um Ammon zu kümmern, der das Ei keine Sekunde aus den Augen lassen darf, bis das Wesen darin geschlüpft ist. Wenn alles gut geht, dann ist es wirklich ein Wasserdrache, der sich als Mitglied unseres Volkes fühlen und mit uns leben wird. Was das für uns bedeutet, muss ich sicher nicht erklären. Es wäre die Lösung so vieler Probleme!"

Aus Tikus Augen leuchtete der Stolz auf seinen Sohn, der sich Stück für Stück einen regelrechten Heldenstatus erwarb. Für die Enga Kïa war er sowieso der Größte. Nun suchte sie für ihn Steine und Tangblätter, damit er in ihrer gemeinsamen Grotte ein Nest für das Ei bauen konnte.

Er schärfte ihr und der kleinen Kara ein, das Ei niemals zu berühren, da man nicht sicher, ob es wirklich ein Drachenei war. Womöglich schlüpfte ja eine ganz andere Kreatur heraus, die man nicht im Zaum halten konnte.

Kïa hatte ihnen erzählt, dass die riesigen Kraken, die in der Tiefe lebten, manchmal die Eier der Lóng stahlen, um sie zu verspeisen. Hier musste wohl einer von einem Pottwal gestört worden sein, und hatte, um sein Leben zu retten, die Beute fallen lassen.

Vor wie langer Zeit das Ei schon gelegt worden war und ob das Küken noch lebte, wusste keiner. Nach zwei Monaten war aber deutlich zu sehen, dass sich etwas Dunkles im Ei bewegte. Und es begann, auf Ammon zu reagieren, der von Anfang an mit dem Ei gesprochen und ihm sogar Lieder vorgesungen hatte. Es lauschte auch, wenn Kïa und Kara miteinander sprachen. Wobei sich Kïa auch schon sehr gut auf Wilson verständlich machen konnte. Und was da nicht ging, lief eben telepathisch. Das Wesen im Ei reagierte auch darauf, wie Ammon recht schnell bemerkte. Als er das erste Mal aus dem Ei mit *Papa* angesprochen wurde, bekam nicht nur er riesengroße Augen.

„Komm heraus, mein Kleiner!", lockte er und das Tier im Ei gehorchte.

Es begann, von innen an der Schale zu kratzen und schon bald zeigte sich ein feiner Riss, der immer breite wurde. Dann lugte ein winziger gehörnter Köpf heraus, dem ein langgestreckter Körper mit Stummelflügeln folgte. Mit einem Satz huschte das etwa dreißig Zentimeter kleine Geschöpf hervor, schlängelte sich um Ammons Hals und schnurrte fast wie eine Katze: *Papa!*

„Oh wie schön!" Kara klatschte in die Hände.

Kïa konnte die Freude ihrer Tochter verstehen, das Baby war tatsächlich ein Lóng und so was von niedlich, dass man einfach dahinschmelzen musste.

„Er braucht bestimmt Futter!", stellte Kara fest.

„Bringst du ihm eine Muschel!", bat Ammon.

Kara nickte, schwamm eilig in die Vorratskammer und wurde unterwegs vom Lóng-Baby überholt, dem Ammon folgte. Bevor es sich auf die Vorräte stürzen konnte, packte Ammon es am Schwanz. „Hier geblieben! Du wirst ganz brav warten, bis du Essen bekommst!"

Erschreckt ringelte sich der Kleine wieder um Ammons Hals, wobei er schuldbewusst den Kopf unter dessen Kinn versteckte.

Ammon trug seinen Schützling zurück in die Grotte. „So, hier warten wir beide, bis Kara eine Muschel bringt."

Kïa schaute schmunzelnd zu. Fast tat ihr der Kleine leid. Nur musste er von Anfang an gehorchen lernen. Irgendwann werde er ein Gigant sein, der sich von niemanden mehr etwas sagen ließe, verdarb man es jetzt.

Kara übergab die Molluske an Ammon und sprach: „Wenn du immer brav bist, wirst auch ganz schnell etwas zu essen bekommen."

„Das ist richtig!", bestätigte der junge Krieger, während er unter den neugierigen Blicken des kleinen Drachen die Muschel öffnete. „Oh, schau an, eine Perle! Die kann man nicht essen. Die bekommt der Papa und hebt sie gut auf."

Das Jungtier ringelte sich langsam hervor, wagte aber nicht, über die Muschel herzufallen. Es wartete tatsächlich, bis ihm Ammon einen Streifen Fleisch vor das Mäulchen hielt. Ammon gab bewusst den nächsten Streifen Kara, damit der kleine Drache von Anfang an das Teilen lernte.

Der Kleine war zwar zusammengezuckt, als er den nächsten Happen nicht erhielt, blieb aber beinahe regungslos auf Ammons Arm hocken, bis er erneut etwas bekam. Noch bevor die Hälfte der Muschel verzehrt war, hatte er begriffen, dass er nicht das ganze Essen allein haben konnte, denn auch Kïa und Papa Ammon nahmen sich etwas davon.

„Und nun zeige ich dir, wer noch zum unserem Volk gehört", erklärte Ammon, sich den Kleinen wieder um den Hals legend.

Nixen und Meermänner schwammen sofort auf dem zentralen Platz zusammen, um das Wunder zu bestaunen. Denn wenn sich Ammon nach so vielen Wochen endlich wieder blicken ließ, konnte nur eins geschehen sein. Kami und Tiku näherten sich dem frisch gebackenen Drachenvater, um ihn zu beglückwünschen.

„Im Augenblick ist er satt und wird keine Dummheiten anstellen. Auch hat er gerade einige Lektionen lernen müssen."

Ammon erzählte allen, wie Schlupf und erste Fütterung verlaufen waren.

Natürlich brach das Meervolk in fröhliches Lachen aus, als er berichtete, den Kleinen am Schwanz gepackt zu haben, damit er nicht die Vorräte plünderte.

„Wie willst du ihn nennen?", fragte Kami.

„Am besten Draco. Das ist kurz und charakterisiert ihn treffend."

Der kleine Lóng wurde plötzlich munter. Er ringelte sich auf Ammons Arm entlang, von wo aus er Tiku genau ins Gesicht schauen konnte, fasste nach dessen Bart und fragte verunsichert: *Papa?* Dann schaute er Ammon an und betastete dessen Kinn, mit dem gerade erst sprießenden Bartwuchs. Alle hielten den Atem an, denn sie hatten nicht damit gerechnet, dass dem Jungtier die große Ähnlichkeit der beiden Männer auffallen werde.

„Das ist der Papa vom Papa", erklärte da Ammon auch schon. „Er heißt Tiku. Wenn du immer brav bist, dann wird er dich genau so lieb haben wie ich."

Papapapa plapperte der kleine Drache, noch einmal Tiku am Bart zupfend.

„Na, wenn der nicht putzig ist, dann weiß ich auch nicht!", lachte Amar. „Kaum vorstellbar, dass er einmal größer als ein Pottwal sein wird."

„Das wird viele Jahre dauern", dämpfte Kami das Staunen. „Sie wachsen nicht besonders schnell und sie sind sehr selten. Gewöhnt euch aber schon mal daran, dass ihr ihn und Ammon nun nur noch im Doppelpack erleben werdet."

Genau so kam es auch. Ammon zog sogar mit seinem Halsschmuck auf die Jagd, wo der kleine Draco ganz genau beobachtete, was geschah. Als Kirk wieder einmal einen Thunfisch nur verwunderte, zischte der kleine Drache regelrecht davon und bis dem Tier die Kehle durch. Ammon schnitt sofort ein Zipfelchen vom Fisch für Draco ab, das sich der Kleine prächtig schmecken ließ.

Zu Hause erfuhren natürlich alle, dass Draco den riesigen Fisch erlegt hatte. Von Kami und Tiku gab es für ihn ein paar Leckerein. Dass sich das der kleine Drache sehr gut merkte, stellten sie auf der nächsten Jagd fest, wo Draco alles herbei schleppte, was er irgendwie überwältigen konnte.

„Unglaublich!", stotterte Amar, der diesmal nicht mit von der Partie gewesen war und sich regelrecht entsetzte, dass die Jäger nach einer Stunde vollgepackt zurück waren.

Nun kam es auch immer wieder vor, dass der Lóng allein mit Kara spielte und sie bewachte. Als einmal eine Krabbe nach den langen Flossenanhängen von Karas Beinen schnappte, war es das Letzte, was sie jemals geschnappt hatte. Draco brachte sie zu Ammon, der sie dem Drachen schenkte.

Der machte kurzen Prozess. *Die war gut*, seufzte er und huschte wieder zu Kara zurück.

Draco freute sich, wenn er kleine Geschenke, die er erhielt, mit Gefälligkeiten ausgleichen konnte. So betrachtete er eine Perle, die er wieder einmal in einer Muschel entdeckt hatte, sehr lange, ehe er sie Ammon reichte.

„Was hast du?", fragte Ammon.

Darf ich die Lynn schenken", bettelte der kleine Drache und auf den fragenden Blick: *Sie gibt mir ganz oft Leckerchen.*

„Dann bring sie ihr!", schmunzelte Ammon. Er wusste, dass seine Mutter dem kleinen Lóng immer wieder harmlose Extras zukommen ließ.

Nun nahm Draco hocherfreut und überaus vorsichtig die Perle in seine Krallen und flitzte in die Nachbargrotte, wo Tiku und Lynn auch gerade aßen. *Guten Morgen,* rief er beim Hineinschwimmen, begrüßte beide, indem er sich einmal um sie spiralig von oben nach unten wand, ließ die Perle in Lynns Hand fallen und wollte sofort wieder verschwinden.

„Stopp!" Lynn hatte den Schreck als Erste überwunden.

Draco, der ahnte, was gleich folgen werde, vollführte einen fröhlichen schlangengleichen Tanz. *Papa Ammon hat gesagt, ich darf das!* Und wusch, war er wieder zur Grotte hinaus.

Tiku lachte herzlich. „Erwischt! Du hast also einen heimlichen Verehrer."

„Natürlich! Oder dachtest du, du bist der Einzige, der hier immer angehimmelt wird?", witzelte Lynn, die schimmernde Perle zu ihrem Schmuck bringend. „Ammons Schatten ist einfach putzig. Ich bin froh, dass er stets bei ihm ist. Da ist die Furcht, unserem Sohn könne auf der Jagd etwas geschehen, nicht ganz so groß."

„Geht mir auch so", gab Tiku zu. „Und noch etwas beruhigt mich – Ammon ist zwar kühn, aber nicht tollkühn. Er zieht sich zurück, wenn er weiß, dass er keine Chance hat. Ich bin stolz, dass ihn Kami deshalb immer öfter in den Rat einbezieht, wenn Entscheidungen getroffen werden müssen, die alle betreffen."

Inzwischen hatte sich Ammon mit seinem ungewöhnlichen Jagdhelfer zur Gruppe der Männer auf dem zentralen Platz gesellt.

„Mir juckt das Fell", gab Tamik bekannt. „Irgendwas liegt in der Luft!"

Kami lachte. „Die Paarungszeit! Ich denke, heute werden die Ersten losziehen, um bis zum Morgen zu tanzen. Nachdem uns eine ganze Generation durch die lange Flucht verloren gegangen ist, wird es langsam Zeit, wieder einmal für Nachwuchs zu sorgen."

„Du siehst traurig aus", stellte Kïa fest, als Ammon in die Grotte schwamm.

Auch Draco schaute Papa Ammon immer wieder prüfend an.

„Ich bin etwas durcheinander", gab der junge Krieger zu. „Die Paarungszeit beginnt."

„Ich weiß." Kïa schaute ihm in die Augen. „Meinetwegen musst du nicht darauf verzichten. Ich werde dich immer als großen starken Bruder betrachten, weil Enga und Wilson ganz sicher keine gemeinsamen Kinder haben können. Wenn dein Tanz von Erfolg gekrönt ist, störe ich hier nur. Ich werde mit Kara zu Siria ziehen, die sich unter all den glücklichen Paaren sehr einsam fühlt." Kïa begann zu lachen, weil Ammon buchstäblich der Mund vor Sprachlosigkeit offen stehen blieb.

„Du … du … hast mit meiner Schwester schon darüber gesprochen?!", stammelte er.

„Eher sie mit mir, weil ich diesen Teil des Lebens völlig ausgeblendet hatte", verriet Kïa. „Dein Volk braucht dich! Du bist einer der Besten und musst dich fortpflanzen, wenn ihr überleben wollt."

„Danke, kleine Schwester Kïa", murmelte Ammon.

„Und du, pass gut auf ihn und die anderen auf, wenn sie tanzen", bat sie Draco, der es ihr fest versprach.

Als er wenig später davon schwamm, erschien Siria.

„Kommt, ihr beiden, machen wir es uns in meiner Grotte gemütlich. Die freien Damen warten doch schon sehnsüchtig auf sein Erscheinen."

„Was meinst du, wen wird er wählen?", fragte Kïa. „Er hat nie eine der Damen vorgezogen."

Siria lächelte versonnen. „Es gab da mal eine Begebenheit, als wir auf einem Schiff der Menschen waren ... ach, ist doch auch egal, lassen wir uns überraschen. Fakt ist: Zwei junge Frauen werden heute sehr traurig sein."

Ammon schwamm zielstrebig an den Tangplantagen entlang, um die große freie Stelle zwischen zwei Abschnitten zu erreichen. Sein Instinkt sagte ihm, dass dort der richtige Platz sei. Ihm juckte auch langsam der Pelz, wie es Tamik ganz trefflich bezeichnet hatte. Draco folgte ihm unauffällig, um nicht versehentlich zu stören. Eine Bewegung hinter einem Felsen ließ Ammon vorsichtig werden. Er spähte um die Ecke.

„Lina!" Sein Herz begann heftig zu schlagen.

„Oh, Ammon, ich hatte in der Finsternis plötzlich Angst ganz allein", flüsterte die Nixe. „Die anderen sind sicher schon lange am Tanzplatz."

„Schwimmen wir zusammen hin?" Er reichte ihr die Hand.

Lina fasste zu und Ammon wusste im selben Moment, dass sie ihn heute nicht mehr loslassen werde.

„Ich glaube, ich bin ein Glückspilz", brummte er in seinen Bart.

„Du auch? Fantastisch!" Linas Augen schienen die Dunkelheit ein klein wenig zu erhellen, mit ihrem glücklichen Strahlen.

Und plötzlich, ohne dass sie etwas dagegen tun konnten, begannen sie sich zu drehen. Erst ganz langsam, dann immer schneller und als sie am Paarungsplatz ankamen, reihten sie sich in den rasenden Wirbel ein, der das Wasser fast zum Kochen brachte.

Draco ringelte sich um einen Felsen, um nicht abgetrieben zu werden und versuchte, Ammon im Auge zu behalten. Weil der sich inzwischen mit Tiku fast wie ein Ei dem anderen glich, richtete der Lóng sein Augenmerk auf die Farbe der Partnerin, die er mit seinen scharfen Drachenaugen gut erkennen konnte. Rot gehörte zu Tiku und türkis zu Ammon.

Die Nacht blieb ruhig und so trudelten die eng umschlungenen Paare noch stundenlang in der Strömung, die sie Stück für Stück bis in die Siedlung spülte.

In einen Gewissenskonflikt war der junge Drache allerdings auch gekommen, denn die beiden verschmähten Damen Petra und Martina waren mit hängenden Köpfen zurückgeschwommen und der Lóng durfte ihnen nicht folgen, weil es wichtiger war, das Gros des Volkes zu beschützen und besonders seinen Papa Ammon.

Siria hatte alle Hände voll zu tun, die beiden Frauen zu trösten, für die erst einmal die Welt unterzugehen schien. Es dauerte eine Weile, bis sie begriffen, dass Sirias Schicksal um einiges härter war. Denn die hatte ihre kleine Schwester, anstatt eines eigenen Kindes aufgezogen.

Kïa war nun besonders neugierig, wen Ammon nach Hause führen werde. Sie spähte aus der Grotte als die Tänzer zurückkamen. „Es ist Lina!", verkündete sie.

„Ich hätte wetten sollen", murmelte Siria zufrieden, drehte sich auf die andere Seite und schlief weiter.

Dass die eher stille Lina das Rennen gemacht hatte, wunderte Kïa nicht wirklich. Sie beschloss aber, Siria zu fragen, was damals auf dem Schiff passiert war. Denn es musste etwas sein, das sich tief in Ammons Innerem verankert hatte.

„Das ist recht schnell erklärt", lächelte Siria beim Frühstück. „Die Kinder waren damals noch klein und Lina ist ins Wasser gefallen. Für eine Nixe ja eigentlich kein Problem, nur dass dort das Meer regelrecht raubfischverseucht war und der Sog Lina unweigerlich in die Schiffsschrauben gezogen hätte, wo sie zu Hackfleisch verarbeitet worden wäre. Ammon ist ihr nachgesprungen und hat sie mit aller Kraft, die er aufbringen konnte, aus der Reichweite der Schrauben gezogen, bis das Schiff endlich stoppte." Sie strich Kara über den Kopf. „Sehr viel älter waren sie nicht. Ammon hat ihr das Leben gerettet, obwohl er selber hätte sterben können. Er war eben schon immer ein Held."

Kïa nickte. Ja, Ammon war ein Held. Das stellte er, ohne darüber zu reden, immer wieder unter Beweis.

Guten Morgen, hörten sie Draco sagen. Da huschte er auch schon heran. *Bitte erfüllt – gut aufgepasst,* erklärte er Kïa, die ihn sanft streichelte.

„Danke, mein Kleiner! Möchtest du ein Häppchen Tang?" *Aber nur ein ganz Kleines. Sonst schimpft Papa Ammon mit mir, weil ich wieder auf fremden Tischen gewildert habe,* erklärte er unter dem Gelächter der beiden Frauen. Er nahm sich auch wirklich nur ein winziges Stückchen, stupste alle drei fröhlich mit der Nase an und verschwand wieder.

„Gut erzogen, würde ich sagen", schmunzelte Siria. „Aber bei dem Papa hatten wir auch nie die geringsten Zweifel."

Gegen Mittag tauchten die ersten Langschläfer aus ihren Grotten, um das gemeinsame Essen vorzubereiten. Draco war fleißig gewesen und hatte einen großen Haufen frisch erlegter Tiere zusammengetragen. Auf das Lob von allen Seiten reagierte er mit seinem Schlangentanz, den er immer aufführte, wenn er mit irgendwas besonders zufrieden war.

Als Ammon und Lina erschienen, ringelte er sich hinter ihren Plätzen zusammen, wobei er hin und wieder über Ammons Schulter nach dem Essen spähte. Die Krabben schmeckten aber auch wirklich zu gut!

Plötzlich fühlte er eine leichte Berührung und schaute nach, was das wohl gewesen sein mochte. Lina hielt ihm, von allen anderen unbemerkt, genau von dieser Leckerei ein Bröckchen hin. Ganz vorsichtig zupfte er es ihr aus den Fingern. *Danke! Hmm, das ist lecker!*

Es folgten auf die gleiche Weise noch ein paar Stückchen. Schließlich wunderte sich Ammon, dass Draco heute gar nicht ständig über seine Schulter schaute, ob etwas übrig bliebe. Sein Blick begegnete dem von Lina und ihm entging nicht das lustige Funkeln in ihren Augen.

„Aha, ich glaube, ich weiß, was hier gespielt wird!", lachte er.

Draco legte Lina den Kopf auf die Schulter, als müsse er sie nun in Schutz nehmen. Da kraulte sie ihn auch schon unterm Kinn und erklärte: „Das hat er sich verdient. Er war den halben Tag auf der Jagd und hat uns so reichlich den Tisch gefüllt, dass bestimmt keiner darben muss, wenn er ein paar Krümelchen davon bekommt."

Auch Ammon streichelte seinen Lóng. „Wenigstens kann ich nun ganz sicher sein, dass ihr beide euch wirklich mögt."

Lina nickte, Draco begann zu schlängeln und die ganze Gemeinschaft lachte fröhlich.

Den Abfall entsorgte man, seit man hier lebte, etwa 200 Meter von der Siedlung entfernt in einer Felsspalte, mit Richtung der Strömung. Nun lockte das natürlich verschiedene Tiere an, die sich an den Resten labten. Denn wo bekam man hier unten sonst schon so reichlich Nahrung? Nach den kleinen Tieren kamen größere und die wiederum zogen richtig große Lebewesen hierher.

Der Lóng und die Jäger hatten keine weiten Wege mehr, mussten dafür aber die Gemeinschaft intensiver schützen, denn die Meerwesen weckten Begehrlichkeiten bei den großen Räubern.

Draco hatte es nach einem Jahr auf etwa zwei Meter Länge geschafft. Immer wenn der kleine Hunger gekommen war, hatte er die Abfallhalde aufgesucht, und sich an allerlei Getier gütlich getan. Der ständige Nachschub an Futter hatte ihn schneller wachsen lassen, als üblich, ohne ihn faul zu machen. So hatte es ihm Ammon auch nie verboten.

Zudem kam Draco nie mit leeren Klauen zurück. Immer brachte er Fische oder Krabben mit. Er hatte schnell gelernt, wie er die Krabben lebend fangen konnte, was ihm vom Meervolk viel Lob einbrachte. Die Meerwesen steckten die wehrhaften Tiere in ihre Hälterungsnetze und alten Reusen, um sie ein paar Stunden oder Tage am Leben zu erhalten.

Inzwischen waren seit dem Tanz der Meerwesen Monate vergangen und alle bereiteten sich auf die Geburt der Kleinen vor. Besonders aufgeregt waren die Paare, die zum ersten Mal Eltern werden sollten.

Als sich am Morgen die Jäger auf dem zentralen Platz trafen, um gemeinsam auf die Pirsch zu schwimmen, erschien Tiku. „Nehmt bitte volle Bewaffnung mit, ich habe so ein Ziehen im Nacken."

„Oha!", murmelte Kirk. „Meinst du das richtig große Programm?"

Ehe Tiku dazu kam, zu antworten, kam Liana heran. „Gib ihnen die Elektroschocker mit. Ich habe ein furchtbar mieses Gefühl."

„Au weia", seufzte Ammon. „Wenn beide Seher so heftig reagieren, liegt Krieg in der Luft."

Amar riss die Augen auf. „Gegen wen?!"

„Kraken, Haie, verrückt gewordene Pottwale", zählte Ammon auf.

Tiku, der auch die noch vorhandene Menschentechnik verwaltete, schwamm zu seiner Höhle und brachte sowohl Elektroschocker als auch Laserpistolen herbei. Eindringlich erklärte er noch einmal die Funktion der Geräte und bat, sie wirklich nur im Notfall einzusetzen.

Draco schaute wissbegierig zu, wobei er die sonst so riesigen Augen zu Schlitzen verengte hatte. Er konnte die Sorge Tikus spüren und wusste, dass er heute alles geben musste, damit niemand zu Schaden kam.

Als sie davon schwammen gab Kami den Befehl an den Clan aus, sich in der größten Höhle zu verbarrikadieren, bis die Jäger wieder da seien. Die Männer übernahmen schwer bewaffnet die Wache.

„Ich habe Angst", wisperte Kïa, Kara in den Arm nehmend.

Siria setzte sich neben sie. „Ich auch, aber wir müssen tapfer sein und handeln, wenn sie die Grotte stürmen."

Die Invasion der Architeuthis

Zum Erstaunen der drei Jäger war an der Halde heute kein einziges größeres Lebewesen zu sehen. Nicht einmal Krabben ließen sich blicken.

„Hier stimmt was nicht!", rief Kirk, während sich Draco stets hinter Ammon aufhielt.

„Kaum zu übersehen", brummte Amar. „Folgen wir dem Tal oder schwimmen wir weiter hinauf?"

„Hinauf", legte Ammon fest und alle vier zogen schweigend los.

Nach einer halben Stunde warnte Draco: *Ich spüre Fremde!*

„Wo?" Die Meermänner schauten sich suchend um.

Überall. Der Lóng begann, sie in immer größeren werdenden Runden zu umkreisen.

„Wie viele?", fragte Ammon.

10 oder mehr, ich kann sie nicht genau orten, sie bewegen sich zu schnell.

„Nuoni. Wir sitzen in der Falle", flüsterte Kirk.

„Das glaube ich erst, wenn ich sie gesehen habe", knirschte Ammon. „Nuoni hätten uns schon lange angegriffen, weil wir deutlich in der Unterzahl sind. Selbst einer von denen hätte sofort versucht, uns alle zur Strecke zu bringen."

„Aber was ist es dann?", wisperte Amar.

In die Warnung des Lóng: *Sie kommen,* schrie Ammon: „Architeuthis! Jetzt geht es um Leben und Tod!"

„Geht das auch in verständlicher Form?" Kirk konnte nicht genau erkennen, was sich näherte.

„Riesenkalmare! Die machen kurzen Prozess, wenn sie uns in ihre Fangarme bekommen!" Ammon zog die Laserpistole.

Da schnellten auch schon die ersten Fangtentakel auf die kleine Gruppe zu. Über die langgezogenen Körper der Angreifer liefen Lichtsignale, mit denen sie sich untereinander zu verständigen schienen. Denn kaum sandte einer ein neues Muster, reagierten die anderen.

Draco begann, die Fangtentakel zu attackieren, biss sie zweien der Tiere sogar ab. Nun wandten sich die Riesen ihm zu. Ammon schrie entsetzt auf. Der Drache wirkte winzig gegen die mehr als 20 Meter langen Architeuthis.

Draco wich nur geschickt aus und den Männern schien es, als habe er einen Plan. Ammon fiel auf, dass der Drache die Kalmare in eine ganz bestimmte Position locken wollte, was ihm nach fast zehn Minuten Abwehrkampf auch zu gelingen schien. Alle 14 Kopffüßler befanden sich nun in einer Art Keilformation vor ihm, die nach hinten breiter wurde. Draco erstarrte für den Bruchteil eines Wimperschlags, dann öffnete er seinen Rachen, worauf die Meermänner vor blankem Staunen inne hielten, denn es schoss eine Energielohe hervor, die das Wasser auf ihrer Bahn zum Kochen brachte.

Das Lichtspiel der Kalmare erlosch, als die Tiere in wilder Flucht davonstoben. Zwei von ihnen hatten mit dem Leben bezahlt, einen Dritten, der schwer verletzt war, zerfetzte Draco in wenigen Sekunden.

Der Jubel aus drei Männerkehlen war unbeschreiblich! Ammon kraulte Draco dankbar zwischen den Hörnern. „Warum hast du nie gesagt, dass du so etwas kannst?"

Weil ich es nicht wusste, erklärte der Lóng. *Das Wissen darum, wie man die Viecher los wird, war ganz plötzlich in mir.*

„Kann man die essen?", fragte Kirk interessiert.

Ammon winkte ab. „Die sind zäh wie Leder."

Was ist Leder? Der Lóng schaute ihn wissbegierig an, worauf Ammon versuchte, es ihm zu erklären.

Also genau so ungenießbar wie Haifischhaut oder Riesentintenfisch, stellte Draco fest. *Da suche ich doch lieber eine andere Beute. Aber seid ihr wenigstens unverletzt?*

„Ein paar kleine Risse von den Saugnäpfen, die uns glücklicherweise nur gestreift haben."

Amar schaute immer wieder in die Richtung, in welche die Kopffüßler verschwunden waren. „Ob die wiederkommen?"

„Damit ist zu rechnen", meinte Ammon. „Lasst uns nach Hause schwimmen, ich werde das komische Gefühl ganz einfach nicht los, dass die irgendwo in der Nähe darauf lauern, dass wir einen Fehler machen. Obwohl es auch einer sein kann, wenn wir zurückschwimmen."

Ich spüre Fremde!

Der Satz des Lóng elektrisierte die Jäger.

„Wo???"

Zu Hause! Draco stupste Ammon mit der Nase an, um ihn zur Eile zu drängen.

Die drei Freunde glitten wie Torpedos durch das Wasser, ohne den Lóng einholen zu können. Sie konnten nicht ahnen, dass in der Siedlung schon der Kampf tobte.

Mehrere Architeuthis hatten ihre Fangtentakel in die Spalten der großen Grotte gesteckt und versuchten, die schmackhaften Leckerbissen zu fangen, die sich zitternd in die hinterste Ecke drückten. Die Männer versuchten zwar, die Tentakel abzutrennen, standen aber auf verlorenem Posten. So droschen sie nur auf diese ein, um sie am Zufassen zu hindern.

Plötzlich wurden die Fangarme zurückgezogen. Dafür erhitzte sich das Wasser so stark, dass einige vom Meervolk ohnmächtig wurden.

„Was ist das?", hauchte Lynn.

„Die Viecher oder die Hitze?", fragte Tiku.

„Die Hitze!"

Tiku hob die Schultern. „Ich weiß es nicht. Einen Vulkanausbruch hätten wir sicher bemerkt."

„Ihr könnt rauskommen!", hörten sie Ammon rufen.

Wer noch bei Kräften war, räumte die Felsbrocken beiseite, um den Eingang zu öffnen. Auf dem Boden vor der Grotte lagen fünf gigantische tote Architeuthis. Entsetzen malte die Gesichter des Clans.

„Es ging leider nicht anders, als mit höllischer Hitze", erklärte Ammon, als Ilka und Tessa, noch immer bewusstlos, aus der Höhle getragen wurden. „Dann wären wir sehr wahrscheinlich alle draufgegangen."

Tiku und Kami betrachteten die Ungeheuer. „Das glauben wir dir unbesehen! Dagegen war die Krake ja fast harmlos! Aber wie habt ihr das gemacht?"

„Nicht wir. Er ist der Drache." Ammon zeigte stolz auf Draco, der seine Opfer eingehend auf Essbarkeit untersuchte.

„Dann ist es also wahr!", staunte Kami. „Die alten Berichte erzählen davon, dass sie Feuer spucken können."

Ammon nickte. „Feuer, in dem Sinne, zwar nicht, aber Energiebündel, die extreme Hitze erzeugen, wie ihr ja selber gemerkt habt. Wir haben also eine echte Wunderwaffe, gegen welche die Laserpistolen fast wie Spielzeug anmuten."

„Schade, dass wir heute nichts gefangen haben", seufzte Amar. „Dracos Sieg wäre eine Feier wert."

„Entsorgen wir lieber die Kadaver, ehe sie Räuber anziehen", schlug Tiku vor und half dabei, die toten Kopffüßler auf die Halde zu bringen.

Diesmal kamen sie auch nicht mit leeren Händen wieder. Mit Hilfe des flinken Drachen überwältigten sie einen Hai, der sich wohl gerade an den Resten der anderen drei Architeuthis vollgefressen hatte.

„Der dürfte reichen", strahlte Amar. „Nun gibt es doch noch eine Feier!"

Ilka und Tessa hatten sich erholt und schon mitgeholfen, einen schmackhaften Tangsalat zuzubereiten. Draco tupfte beide mit der Nase an, um sich zu vergewissern, dass alles wieder in Ordnung sei.

Draco, der Star des Tages, bekam eine große Portion vom Hai und dem Salat, die er auf seinem Platz hinter Ammon sehr zufrieden verspeiste.

„Ich finde es merkwürdig, dass sie uns in der Grotte angegriffen haben", sagte Kirk im Laufe der Gespräche.

„Ich nicht", erwiderte Tiku. „Es ist fast nichts darüber bekannt, was sie in der Tiefe treiben. Man hielt sie zum Teil noch im 20. Jahrhundert für Seemannsgarn. Filmmaterial gab es selbst im 21. Jahrhundert nur spärlich. Es ist also jegliches Verhalten möglich. Daher wundert es mich nicht, dass sie uns regelrecht aus unserem Schlupfloch pflücken wollten."

„Hoffentlich kommen sie nicht wieder", seufzte Siria.

„Das kann uns auch keiner garantieren", murmelte Kami. „Wenn sie wirklich intelligent sind, dann lernen sie aber irgendwann, dass es für sie nichts Gutes bringt, sich mit uns anzulegen."

Für diesen Tag schienen die Riesenkalmare genug Stress gehabt zu haben, denn es blieb ruhig und Draco lag ziemlich entspannt hinter Ammon und Lina auf dem Boden, wo er sich von Kara verwöhnen ließ. Nachts schlief er nun immer direkt am Eingang zu Ammons Grotte, um ungebetenen Besuch fernzuhalten. Harmlose Fische ließ er hinein, aber morgens nicht mehr heraus. So war Ammons Vorratskammer immer bestens gefüllt.

Ein paar Nächte nach dem Überfall durch die Architeuthis wurde der Lóng von intensivem Blutgeruch geweckt. Blut vom Meervolk! Mit einem Satz schwamm er auf und spähte umher.

„Es ist alles gut", hörte er Lina flüstern. „Unser Baby ist gerade zur Welt gekommen."

„Du musst es beschützen, wie auch die Babys der anderen Familien ", bat Ammon.

Draco kam näher heran und bestaunte das winzige Wesen. Er beschnüffelte es eingehend, um sich den Geruch gut einzuprägen. *Es ist so winzig!*

„Deshalb musst du nun ganz besonders gut aufpassen", erklärte Ammon. „Es wird aber schnell wachsen und bestimmt auch mit dir spielen wollen."

44

Oh ja! Draco freute sich darauf. Es war nicht schlimm, wenn sich Kara an seinen Hörnern festhielt und sich durch die halbe Siedlung ziehen ließ. Andere Kinder würden das sicher genau so machen.

„Heute werden wir ein großes Fest feiern, weil wir uns alle über die Babys freuen", erzählte Ammon seinem gehörnten Freund.

Oh! Ein Fest! Da muss ich auf die Jagd gehen! Darf ich?

Der treue bettelnde Hundeblick des Drachen ließ Ammon hellauf lachen. „Natürlich darfst du."

Mit einem zufriedenen Lächeln huschte der Lóng davon. Die jungen Eltern schwammen mit ihrem Baby zum Versammlungsplatz, wo sich die gesamte Bevölkerung zusammenfand, um die neuen Mitglieder des Clans zu begrüßen. Die Kleinen wagten rasch, miteinander zu spielen und bald ertönte fröhliches Kinderlachen auf dem ganzen Platz. Die Männer trugen herbei, was die Vorratskammern hergaben und so kam das Fest in Fahrt, noch bevor Draco seine Beute bringen werde.

Auch wenn Ammon zärtlich mit seinem Söhnchen schmuste, sich mit den anderen unterhielt und aß, schaute er unbewusst immer wieder in jene Richtung, die der Long eingeschlagen haben musste. Als Draco nach einer Stunde immer noch nicht zurück war, wurde Ammon auffallend unruhig.

„Was hast du?", fragte sein Vater schließlich.

„Regelrechtes Magendrücken vor Sorge", erhielt er zur Antwort. „Es ist nicht normal, dass Draco so lange weg bleibt."

„Sucht ihn", bat Lina, das Baby fest im Arm haltend. „Womöglich braucht er eure Hilfe."

Vater und Sohn bewaffneten sich mit Laserpistolen und schwammen los, während in der Siedlung schlagartig gedrückte Stimmung herrschte. Kami ließ an alle, die damit umgehen, konnten, Harpunen, Speere und Laserpistolen austeilen. Die Frauen zogen sich mit den Neugeborenen und den halbwüchsigen Kindern in die große Grotte zurück, vor der die Männer patrouillierten.

„So haben sich das weder Draco noch Ammon vorgestellt", murmelte Lina traurig. „Hoffentlich finden sie den Kleinen wohlbehalten."

Lynn musste trotz aller Sorge schmunzeln. Zwar war der Drache wirklich noch ein Winzling, im Gegensatz zu den ausgewachsenen Tieren, aber mit seinen über zwei Metern Länge schon ein stattlicher Bursche und größer als ein Meermann.

Die beiden Meermänner hatten inzwischen die Schlucht erreicht, wo sie den Abfall entsorgten, als Ammon plötzlich stoppte. „Ich kann bekannte Energien spüren!"

„Draco?", fragte Tiku erstaunt.

Ammon wiegte ganz langsam den Kopf, wobei er ziemlich ratlos aussah. „Nein, Dracos Aura fühlt sich anders an. Auch seine Telepathie würde ich erkennen."

Tiku wurde blass. „Nuoni?!"

„Ich will es nicht hoffen. Ich weiß nicht, was das ist." Ammon schwamm langsam weiter, intensiv die Gegend absuchend. Nach einer Weile hob er hilflos die Hände. „Nun sind weg."

„Dafür kann ich Draco spüren", freute sich Tiku, sofort die Richtung ändernd.

Der Lóng kam ihnen entgegen, einen Hai hinter sich herziehend, der fast drei Mal so groß war, wie er selber. *Oh, prima! Ihr kommt gerade recht. Ich bekomme das schwere Vieh kaum von der Stelle.*

Die Männer schauten erst Draco, dann sich ungläubig an. „Ist dir gar nichts Ungewöhnliches begegnet?"

Doch, doch, da war was. Andere Wesen machten Jagd auf den gleichen Hai. Ich habe sie nicht gesehen, nur gefühlt. Da habe ich ihn vorsichtshalber rasch erledigt und mich mit ihm versteckt, indem ich meine Aura löschte. Als sie weg waren, habe ich versucht, ihn nach Hause zu zerren. Bin bloß noch nicht weit gekommen.

Ammon schüttelte lächelnd den Kopf. Draco hatte offensichtlich Stromstöße als Waffe eingesetzt, sonst hätten die Fremden das Blut gerochen. Und das Riesenvieh, wie der Drache treffend formulierte, war in der Tat eine Beute, die man nicht gern aufs Spiel setzte, wenn man sie eigentlich sicher hatte. Selbst zu dritt hatten sie Mühe, den Hai zu transportieren, und Tiku rief schließlich noch Kirk herbei.

„Was für ein Monster!", staunte Liana. „Unser Draco ist ein Held!"

Dafür bekam er auch ein Filetstück, mit dem er sich hoch erfreut an den Rand des Festplatzes verzog, um nicht versehentlich eines der Babys zu beißen, die überall gleichzeitig zu sein schienen.

Eins der Kleinen tauchte immer wieder bei ihm auf und legte sich schließlich einfach zwischen seine Vorderbeine, als er sich gemütlich zusammenringelte. Er hatte es natürlich sofort wiedererkannt, obwohl er es am Morgen nur ganz kurz beschnüffelt hatte – es war der Sohn von Ammon und Lina. Draco war sehr stolz, dass der Kleine von allein zu ihm gekommen war und sich nun ganz selbstverständlich ankuschelte, als habe er noch nie was anderes getan.

Lina stieß vergnügt blinzelnd Ammon an und deutete mit dem Kopf zu dem ungewöhnlichen Paar, das die anderen mit Staunen betrachteten.

Ammon rieb sich die Hände. „Bestens!"

„Wie werdet ihr euern Sohn nennen?", wollte Siria wissen, worauf sich aller Augen neugierig dem stolzen Vater zuwandten.

„Triton", lautete die kurze Antwort.

„Passt!" Tiku klopfte Ammon erfreut auf die Schulter. „Ich finde es Klasse, die wunderschönen Mythologien der Menschen zu ehren, indem man ihre Götternamen weiterleben lässt."

„Das dachte ich mir auch", gab Ammon zu. „Der kleine Meergott hat ja auch gleich bei der Geburt seinen großen Freund und Beschützer ins Herz geschlossen, wie es sonst fast nur im Märchen vorkommt."

„Es klingt vielleicht verrückt, aber er hat Draco tatsächlich vermisst, als der zur Jagd geschwommen war", erklärte Lina. „Sie müssen schon miteinander kommuniziert haben, als Triton noch nicht einmal geboren war."

Der junge Lóng lächelte verschmitzt, was das Meervolk als Zustimmung wertete.

Der riesige Hai ernährte die Gemeinschaft fast fünf Tage lang. Draco hatte alle Klauen voll zu tun, unliebsame Mitesser abzuwehren. Kleinere Räuber verspeiste er, größere tötete er, um sie Ammon zu überlassen. Zwischendurch schwamm er mit Ammon Patrouille, weil sich die besonders sensiblen Meerwesen von irgendwem oder irgendwas belauert fühlten. Tiku fasste sich immer wieder in bezeichnender Weise in den Nacken, während Liana oft minutenlang wie erstarrt verharrte und in die dunklen Weiten des Ozeans zu lauschen schien.

Sie löschen ihre Aura, grollte Draco als sie auf der Jagd wieder einmal merkten, dass sie beobachtet wurden.

„Schlimmer ist, dass sie es fühlen, wenn wir aufmerksam werden", erwiderte Ammon. „Architeuthis scheinen es jedenfalls nicht zu sein."

„Aber auch keine Nuoni", warf Kirk ein. „Die wissen sicher nicht mal, was eine Aura ist."

Ammon begann zu lachen. „Das denke ich auch."

Aber Erstere sind im Anmarsch, warnte Draco und begann die Männer zu umkreisen.

„Wie viele?", fragte Kirk beunruhigt.

Mehr als zehn und von allen Seiten. Draco schoss wie ein Torpedo davon.

Es gab mehrere heftige Energienetladungen, die Ammon deutlich spüren konnte, dann wurde es beängstigend still. „Verdammt! Sie haben ihn erwischt!", schrie Ammon, weil er seinen Drachenfreund nicht mehr orten konnte. Der Lóng schien wie vom Erdboden verschluckt zu sein. Diesmal lachte Kirk. „Ich denke eher, er hat das nächste Level erreicht. Draco schwimmt genau hinter dir." Ammon fuhr herum und prallte mit Draco zusammen, der sich tatsächlich nur wenige Zentimeter hinter ihm befunden hatte. Er begann den Lóng zu streicheln. „Wenn das die anderen auch können, sind wir leichte Beute."

Nicht, solange ich es zu verhindern vermag! Die Kopffüßer haben sich auch gerade ziemlich erschreckt, als ich buchstäblich aus dem Nichts vor ihnen auftauchte.

„Sie sind weg?", staunte Kirk.

Ziemlich panische Bande, witzelte Draco. *Ich glaube, denen ist der Appetit auf Meermänner und Nixen heute endgültig vergangen. Und wenn nicht, gebe ich ihnen wieder eins auf die Nase. Wobei ihre Lichtsignale irgendwie faszinierend sind. Es wäre schade um die Tiere. Ich habe sie nicht getötet, sondern nur vertrieben.*

„Dafür bin ich dir sehr dankbar", freute sich Ammon. Auch wenn Draco inzwischen begriffen hatte, welch mächtiges Wesen er war, dachte und fühlte er wie einer vom Meervolk.

„Aber wenn die Nuoni auftauchen, machst du bitte kurzen Prozess", forderte Kirk.

Ja, das habe ich euch geschworen, beruhigte ihn Draco.

Ammon sammelte Muscheln in ein Netz. „Große Fische werden wir heute sicher nicht mehr fangen. Lasst uns nach Hause schwimmen!"

Draco nahm ihm das volle Netz ab. Er wusste, dass es ihm weniger Mühe bereitete, es mit beiden Vorderklauen zu tragen, als Ammon, der es schultern musste.

Eines Tages wird Ammon auf meinem Rücken zur Jagd schwimmen, verriet er Kirk, dessen Gedanken er soeben gelesen hatte.

Auf die überraschte Bewegung seines Ziehvaters erklärte er: *Kami hat mir erzählt, wie wir Lóng einst mit anderen Völkern zusammen gelebt haben. Ich möchte werden, wie sie waren.*

„Bleib ganz einfach, wie du bist", erwiderte Ammon, „da bist du deinem Ideal schon ganz nahe auf den Spuren."

Danke, das ehrt mich sehr. Draco wirkte etwas verlegen.

Als sie eine Stunde später auf dem zentralen Platz anlangten, war die gesamte Gemeinschaft versammelt.

„Ist alles in Ordnung?", fragte Ammon erstaunt und besorgt.

Kami und Tiku nickten fast synchron. „Wir hatten merkwürdigen Besuch", sprach der König schmunzelnd. „Einen Architeuthis auf der Durchreise, der bei unserem Anblick in heller Panik das Weite suchte. Ihr seid nicht zufällig daran schuld? Oder?"

Ammon und Kirk klatschten sich mit Draco ab, der sofort seinen berühmten Schlangentanz aufführte, um allen zu zeigen, wie gut gelaunt und zufrieden er sei.

„Wir haben heute wieder die geheimnisvollen Fremden gespürt", dämpfte Ammon den Freudentaumel.

„Wir sind auf der Hut", versprach Tiku, auf die Laserpistole zeigend, welche er in einem Halfter um die Taille trug.

„Ich möchte, dass du das nächste Mal Ammon begleitest", verlangte Kami von Tiku.

Liana hob die Hand. „Ich werde ebenfalls mitschwimmen. Vielleicht gelingt es uns zu viert, endlich herauszufinden, wer sie sind."

Kami nickte. „Wenn Draco dabei ist, habe ich keine Bedenken."

„Ich auch nicht", blinzelte die Nixe, den Wasserdrachen unterm Kinn kraulend.

Sie ließ sich sowohl von Draco als auch von den Männern ganz genau erklären, wie sich die neue Fähigkeit des Drachen entwickelt und geäußert hatte.

„Habt ihr mal ins Kalkül gezogen, dass die Fremden Drachen sein könnten, die ihr Rudelmitglied beobachten und vielleicht *befreien* wollen?"

Draco und Ammon schauten erst sich, dann die Seherin an.

„Das haben wir völlig außer Acht gelassen!"

Ich will nicht von euch weg! Draco faltete bittend die Klauen. *Ich bin ein Lóng vom Meervolk und sehr stolz darauf!*

„Wir werden es ihnen erklären, wenn es wirklich Drachen sind", versprach Liana, ihn fest an sich drückend.

In den Tagen nach jenen Gesprächen, testeten Tiku, Ammon und Liana die Fähigkeiten ihres Wasserdrachen ganz wissenschaftlich. Draco, selber begierig darauf, mehr über sich zu erfahren, war hoch konzentriert bei der Sache.

„Na das ist ein Ding!", rief Ammon überrascht, als Draco zum ersten Mal seine Aura ganz bewusst löschte. „Er wird auch optisch unsichtbar!"

Beinahe chamäleonartig verschmolz der langgestreckte Körper mit dem jeweiligen Hintergrund. Draco machte es Spaß, mit der Erlaubnis der drei Meerwesen, die anderen der Gemeinschaft ein wenig zu narren. Und irgendwann fiel auf, dass Triton immer genau wusste, wo sich der Lóng befand, obwohl ihn nicht einmal Ammon sofort orten konnte.

„Wenn es nicht so gefährlich wäre …", murmelte Ammon.

„Würdest du Triton mit auf die Suche nach den Fremden nehmen", vollendete Tiku den Satz. „In der Hoffnung, er könne auch die Standorte der anderen an uns verraten."

Lina biss sich auf die Unterlippe. Wie würde der weise König entscheiden? Kami überdachte, die Augen zu Schlitzen verengt, intensiv die Worte von Vater und Sohn. Dann wiegte er langsam den Kopf. „Diesem Plan würde ich nur zustimmen, wenn ihr vier keinen Kontakt bekommt."

Lina atmete auf. Ihr Sohn hatte besondere Fähigkeiten, keine Frage, nur war er auch ein wenige Tage altes Baby, das noch gestillt werden musste.

Unerwartete Wendungen

So zogen die vier Gesandten des Meervolks ohne Triton davon, um Gespräche aufzunehmen, so die unsichtbaren Fremden wirklich Interesse daran hätten. Draco schwamm diesmal nicht voraus. Er blieb stets in der Nähe von Liana, die er für besonders verwundbar hielt.

Erst als Tiku mit einem fröhlichen Blinzeln erklärte: „Das ist die Frau, die ganz allein mit den großen Walen spricht", nahm Draco seinen Platz an der Spitze der Gruppe ein.

Diesmal dauerte es ungewöhnlich lange, ehe der Drache flüsterte: *Sie sind da.*

Ich vermute, sie beobachten uns schon eine Weile, gab Ammon telepathisch zurück.

Bleiben wir doch einfach hier und sprechen sie an, schlug Liana vor.

Sie bildeten Rücken an Rücken einen Kreis, in den sich Draco einreihte, indem er senkrecht schwamm. Die Nixe übernahm die telepathische Kommunikation. Minutenlang bat sie die Fremden, zu erscheinen, ohne dass irgendeine Reaktion erfolgte. Dann geschah etwas, womit niemand gerechnet hatte. Von einem Wimpernschlag zum nächsten sah sich jeder der vier vom Meervolk einem geradezu gigantischen gehörnten Kopf gegenüber.

Liana zuckte zusammen, dann sagte sie laut und auch telepathisch: „Lasst den Unsinn! Habt ihr es bei eurer Größe nötig, uns zu erschrecken?"

Das fast 30 Meter lange Geschöpf vor ihr wich ein wenig zurück, die zierliche Nixe mit seinen fast suppentellergroßen Augen interessiert musternd. Auch die anderen folgten seinem Beispiel, wobei alle immer wieder einen Blick auf Draco warfen, der sich nicht einen Zentimeter aus dem Kreis bewegte, aber staunend seinerseits die riesigen Drachen beobachtete.

Gegen sie war er ein Zwerg. Ein Winzling. Gerade einmal so lang wie der Kopf des Anführers der Gruppe. *Ihr habt einen der Unseren bei euch,* begann der Gigant zu telepathieren. *Was habt ihr ihm angedroht, damit er bei euch bleibt? Macht es euch Spaß, fremde Eier zu stehlen und die Kleinen zu versklaven?* Liana musste lächeln, weil die Riesen mit dieser Eröffnung des Gesprächs etwas hilflos wirkten. „Du weißt, dass er freiwillig bei uns lebt. Immerhin beobachtet ihr uns schon sehr lange. Zudem ist er alt genug, um für sich selber zu sprechen." Sie löste den Kreis auf und Draco näherte sich dem großen Drachen.

Liana hat recht. Mein Ziehvater, Ammon, hat mein Ei im Tang hinter der Siedlung gefunden. Er hat es mitgenommen, behütet und dafür gesorgt, dass ich unter dem Schutz der Gemeinschaft ausschlüpfen konnte. Was ich bin, bin ich durch ihn. Ich bin ein Lóng, worauf ich sehr stolz bin, aber ich bin auch einer vom Meervolk, was mich mit genau dem gleichen Stolz erfüllt. Ich lebe wie sie, ich fühle wie sie und ich würde sie niemals freiwillig verlassen. Sie sind meine Familie. Und das trifft auf die hier Anwesenden doppelt zu. Das hier sind Ammon, mein Ziehvater, Liana, seine Schwester, und Tiku, der Vater der beiden. Er zeigte mit der Klaue auf den jeweiligen Namensträger, ringelte sich um die kleine Gruppe und erklärte: *Ich werde sie bis zum letzten Atemzug verteidigen.*

Einer der etwas kleineren Wasserdrachen, obwohl immer noch mehr als 20 Meter lang, schwamm auf Draco zu, tippte ihn mit der Nasenspitze an und erklärte: *Ja, die Nixe hat recht. Wir beobachten euch schon sehr lange. Wir haben gesehen, dass du all die Fähigkeiten, die ein Lóng entwickeln kann, allein und zum Schutz deiner Familie aktiviert hast. Das sogar viel eher, als es Gleichaltrige im Schutz einer Drachenherde tun. Ursprünglich waren wir in deiner Nähe, um dich zu befreien. Nun aber wissen wir, dass wir die Lage völlig falsch* beurteilt haben. *Du scheinst, mit dem Leben das du führst, wirklich glücklich zu sein. So werden wir in die Tiefen des Meeres zurückkehren und den anderen berichten, was wir erfahren haben.*

„Dürfen wir euch eines Tages wiedersehen?", fragte Ammon.

Das ist zu erwarten, erwiderte der größte Drache. *Wir durchwandern oft dieses Gebiet. Ihr könnt uns natürlich auch besuchen kommen. Folgt dem Grabenbruch, in welchem ihr eure Abfälle entsorgt, mit der Strömung. Keiner aus unserer Gemeinschaft wird einem Meerwesen ein Haar krümmen. Hütet euch nur von jenen Wesen, die ähnlich aussehen wie ihr und das Volk der Enga, die zwei Beine haben.*

„Habt ihr die Nuoni erst kürzlich gesehen?", fragte Liana beunruhigt, während die Männer einen schnellen Blick mit Draco wechselten.

Oh, ihr kennt die Nuoni?! Diesen sind wir nicht begegnet, aber einem friedlichen Meervolk, das ähnlich aussieht. Ihr müsst viele, viele Tage schwimmen, um zu ihnen zu gelangen.

„In welche Richtung?"

Die Riesen starrten Tiku wegen dieser Frage beinahe abweisend an, sodass Ammon schnell einwarf: „Ich habe vor längerer Zeit eine Enga und ihr Baby gerettet. Die beiden leben in unserer Siedlung, als wären sie von unserem Volk. Für Draco ist die kleine Enga wie eine ältere Schwester. Sie spielen noch heute gern zusammen und sind füreinander da. Aber Enga und Wilson-Rakaa können keine gemeinsamen Kinder haben. Vielleicht fühlt sie sich eines Tages ausgegrenzt, weil in unserem winzigen Volk die Männer zur Paarungszeit ausschließlich die Nixen vom eigenen Volk umschwärmen. Es wäre schön, wenn wir zumindest Kontakt aufnehmen könnten, damit Kïa entscheiden kann, wo sie zukünftig mit Kara leben möchte."

Die Lóng hatten aufmerksam zugehört und berieten sich nun in ihrer Sprache.

Wir glauben deinen Worten, wandten sie sich an Ammon. *Du hast uns viele gute Gründe genannt. Ist es ein vermessener Wunsch, die beiden Enga sehen zu dürfen und auch jene, die ihr Rakaa nennt?*

„Wenn ihr mögt, folgt uns in die Siedlung. Ich glaube euer Anblick wird alle hervor locken und ihre Augen strahlen lassen", schlug Tiku vor.

So soll es sein!

Draco umschlängelte vor Freude seine Meervolk-Familie, dann setzte er sich stolz an die Spitze des Zuges, um in gemäßigtem Tempo nach Hause zu schwimmen.

Tiku hatte nicht zu viel versprochen. Die rasch angekündigte Ankunft der Lóng hatte tatsächlich alle Mitglieder der Gemeinschaft auf dem zentralen Platz zusammengerufen und dutzende Augenpaare spähten in die finstere Ferne.

„Sie kommen!" Lynn hatte die Bewegung im Wasser zuerst bemerkt. „Meine Güte! Die sind phänomenal!"

Kami wischte sich vor Rührung über die Augen, als müsse er Tränen verstecken. Er hieß die ungewöhnlichen Gäste mit bewegten Worten herzlich willkommen.

Der Anführer der Drachen betrachtete den Meermann mit fast liebevollem Blick. *Ich habe nicht zu hoffen gewagt, jemals wieder einen Rakaa zu sehen. Du siehst Kami, dem letzten König des Volkes unglaublich ähnlich.*

„Ich bin Kami", strahlte der Meermann. „Du musst Dà Lóng sein, der Große Drache, König der Lóng. Wir haben uns vor unglaublich langer Zeit einmal gesehen."

Die Giganten ließen sich rund um den zentralen Platz nieder und bestaunten ihrerseits die Meerwesen, die zahlenmäßig noch ums Überleben kämpfen mussten. Natürlich entdeckten sie rasch die beiden Enga-Nixen, deretwegen sie hierher gekommen waren. Aber auch die roten Schuppen von Lynn und die eindeutige Rakaa-Gestalt von Kirk stachen ihnen als ungewöhnlich in die Augen, genau wie das helle Haar der meisten Nixen.

„Das ist eine lange Geschichte", schmunzelte Kami. „Die ist nicht in zwei oder drei Stunden erzählt. Ich wünsche mir sehr, dass unsere beiden Völker wieder, wie in alten Zeiten, freundschaftlich miteinander verbunden werden."

Dà Lóng lächelte verschmitzt. *Dem dürfte wohl nichts entgegenstehen,* meinte er, auf Draco zeigend, der, die Meervolk-Babys auf dem Rücken, unermüdlich seine Runden um den Platz zog.

Die Kleinen klammerten sich an seinen Stummelflügeln fest, an den Hornzacken auf seinem Rücken und sogar an seinen Hörnern, was der Jungdrache mit stoischer Ruhe über sich ergehen ließ. Als die Winzlinge zu ihren Müttern schwammen, kam Kara zu ihm, um sich an ihn zu kuscheln und ihn mit Muschelfleisch zu verwöhnen, das sie in kleine Häppchen geschnitten hatte.

Dà Lóng schüttelte staunend den Kopf. *Der Kleine ist eindeutig glücklich bei euch.*

Tiku konnte das nur bestätigen und begann, die Geschichten zu erzählen, wie es mit dem jetzigen bunten Volk begonnen hatte.

Angesichts der Tatsache, dass fast unbesiegbare Riesen in der Siedlung weilten, die die Gemeinschaft verteidigen konnten, zogen die jungen Männer ganz beruhigt mit Draco auf die Jagd, um ein Fest ausrichten zu können. Die Lóng hatten versprochen, bis zum nächsten Tag zu bleiben, um alles über das Meervolk zu erfahren.

Das Glück war den Jägern hold. Es beschenkte sie mit einem Schwarm durchziehender Thunfische, die Draco mittels Stromstößen erlegte. Die Männer banden die Beute zusammen und gemeinsam schleppten sie die Last in die Siedlung, wo sie mit Jubel empfangen wurden.

Es war so reichlich Nahrung vorhanden, dass sogar die großen Drachen satt wurden. Die beschlossen, weil ihnen die Unterhaltungen mit den Meerwesen wirklich Spaß machten, und diese auch immer wieder darum baten, noch bis zum übernächsten Tag zu bleiben. Vor allem hatten es die Kinder des Meervolkes geschafft, die Herzen der Riesen zu erobern. Wie die Minis mit Draco harmonierten, imponierte den Wasserdrachen sehr. Und sie bemerkten, dass es wirklich ein besonderes Band zwischen ihm, Kara und Triton gab, genau als wären alle drei leibliche Geschwister.

Nach einer ruhigen Nacht, in der die Lóng die kleine Gemeinschaft der Meerwesen bewachten, löste Siria Tiku beim Erzählen ab. Ihr folgte später Kami. Die Gastgeber zügelten aus Ehrerbietung vor den wundervollen uralten Drachen ihre Neugier, weshalb diese hatten die beiden Enga sehen wollen. Denn darüber war bis jetzt kein Wort gefallen. Erst als Ammon ganz genau berichtete, wie er mit Kirk auf Kïa mit dem Baby getroffen und was danach geschehen war, griff Dà Lóng das Thema auf.

Ich weiß, ihr wundert euch, dass wir nicht verraten haben, weshalb wir die beiden Enga sehen wollten. Genau genommen ging es darum, wie gut das Zusammenleben funktioniert. Bis auf die Sache mit der Paarung sind sie vollwertige Mitglieder in eurer Gemeinschaft. Richtig?

„Richtig!", bestätigten alle.

„Worauf willst du eigentlich hinaus?", fragte Kami.

Der Lóng schaute die Mitglieder seiner Gruppe an, seufzte vernehmlich und erklärte: *Nun ja, Kïa und Kara wäre nicht gedient, sie zu ihren Volk zurückzubringen.* Und auf die entsetzten und ungläubigen Blicke der Meerwesen fügte er rasch hinzu: *Das Volk der Enga ist fast erloschen. Ich möchte vorschlagen, die wenigen Überlebenden zu euch zu bringen, obwohl es mir nicht zusteht, darüber zu befinden.*

Kïa streichelte die Kralle des Giganten und flüsterte mit bebenden Lippen: „Wie viele haben den Angriff der Nuoni überstanden."

Fünf.

„Oh mein Gott!", Liana fasste sich ans Herz, dann drückte sie Kïa tröstend an sich.

Tiku und Kami tauschten einen einzigen Blick, ehe Kami mit fester Stimme sagte: „Wir nehmen sie auf! Je eher, desto besser."

„Werdet ihr uns helfen?", wandte sich Tiku an die Lóng.

Ja, das werden wir.

„Gut, dann kommt hier mein Vorschlag: Ich möchte darum bitten, dass einer von euch hierbleibt, weil ich unser Volk in Sicherheit wissen möchte, wenn Kïa, Ammon und ich mit den anderen von euch ausziehen, um die letzten Enga zu suchen und zu retten." Tiku ließ keinen Zweifel daran, dass er am liebsten sofort losschwimmen würde. „Draco wird sich, solange Kïa mit uns unterwegs ist, mit meiner Tochter Siria um Kara kümmern."

Vorschlag akzeptiert, erklärte Dà Lóng kurz. *Wenn ihr schwimmt, würden wir etwa zwei Wochen brauchen, ehe wir in dem Gebiet sind, wo sich die letzten Enga verstecken. So habe ich auch einen Vorschlag: Ihr haltet euch an unseren Flügeln fest und wir machen Tempo.*

„Angenommen!", rief Tiku.

Kara nickte tapfer, als ihre Mama erklärte, mit den Drachen zu schwimmen, um die wenigen Enga zu retten. „Wenn Draco und ein großer Drache auf alle aufpassen, dann habe ich keine Angst. Dich werden Tiku, Ammon und die großen Lóng ganz genau so beschützen."

Ich werde immer gut auf deine Mama achten, versprach Dà Lóng, Kara sacht mit der Nase anstupsend.

Die Männer verabschiedeten sich ebenfalls von ihren Familien, winkten zum Abschied in die Runde, dann nahmen alle drei ihre Plätze zwischen den Stummelflügeln ein, wobei sie sich zusätzlich mit Seilen an den Handgelenken auf den Rücken der Lóng sicherten.

„Denkt daran, ein ordentlicher Schiffshalter macht sich richtig platt", gab ihnen Kami als wirklich guten Rat mit auf den Weg. Je enger sie mit den Körpern der Drachen verschmolzen, umso weniger Widerstand boten sie dem Wasser.

Dà Lóng, mit Kïa auf dem Rücken, setzte sich als Erster ganz langsam und vorsichtig in Bewegung. Die beiden anderen folgten ihm sofort mit den Meermännern. Außerhalb der Siedlung schossen sie plötzlich mit solcher Kraft davon, dass ein gewaltiger Sog das Meervolk durcheinander taumeln ließ und der große Wächterdrache Mühe hatte, die herumwirbelnden Kinder abzufangen, bevor sie sich ernsthaft verletzten.

„Das nenne ich Kraft", staunte Amar, den es mit Gewalt in eine Felsspalte gedrückt hatte.

Draco kratzte sich an der Wange. „Kaum zu glauben, dass ich das auch eines Tages drauf haben werde." Dann wandte er sich Kara und Triton zu. „Aber erst mal muss ich noch ein Stückchen wachsen." Damit war für ihn das Thema Heldentaten vorerst abgehakt, die kleinen Meerwesen hatten Vorrang.

Die Kinder begannen schließlich, Verstecken zu spielen und der Wächterdrache fand es wirklich witzig, als sie sich schließlich auch bei ihm verbargen.

Lass sie nur, bat er Kami, der die Kleinen zur Ordnung rufen wollte, weil sie den Gast belästigten. *Ich spüre es durch meinen dicken Panzer kaum, wenn sie auf mir herumturnen. Bevor ich mich bewege, gebe ich den Kleinen Bescheid, damit ich sie nicht versehentlich verletze. Es ist lange her, dass wir so nahen Kontakt zu anderen friedlichen Wesen hatten.*

Draco gab Bescheid, dass er die Frauen zur Tangplantage begleiten wolle, denn er musste die beiden Krieger Tiku und Ammon ersetzen. Und den Architeuthis traute er nicht. Egal, ob sie gerade erst in voller Panik geflohen waren. Die konnten schließlich überall auftauchen. Kami ließ ihn erfreut ziehen. *Ammon ist ein guter Vater für den Kleinen,* lobte der große Lóng. „Das ist er. Er hat Draco all das, was er kann, spielerisch beigebracht und ihn nie zu irgendetwas gezwungen und er hat ihm die Freiheit gelassen, selbst seine Fähigkeiten zu testen und zu entdecken. Obwohl Draco ganz genau weiß, dass wir sehr viel schwächer sind, würde er seine Stärke nie gegen einen von uns wenden. Wir sind eine große Familie. Und die beschützt er mit all seiner Kraft." Kami fing eines der Babys ein, bevor es versehentlich in den offenen Rachen des Lóng geriet. *Ja, das hat er uns beim ersten Kontakt wissen lassen.* Der große Drache betrachtete das Meerbaby mit einem Lächeln. *Das ist doch Dracos kleiner Bruder, wenn ich mich nicht irre.* Kami lachte vergnügt. „Das ist richtig." Er ließ Triton los, der wie der Blitz zu Kara verschwand, die ihn zu seiner Mama brachte. „Du bist Hóng Lóng, der Rote Drache, wenn ich mich nicht irre", überlegte Kami laut und bekam mit einem zufriedenen Nicken die Bestätigung. „Ihr unterscheidet euch, außer in der Größe, nur in der Farbe der Rückenzacken. Stimmt das?" *Gut beobachtet,* schmunzelte der Riese. *Dabei ist die Farbe nicht genetisch festgelegt. In den ersten beiden Lebensjahren bildet sie sich nach den Fähigkeiten des Individuums aus.* Kami hielt mitten in der Bewegung inne. Bei Draco hatte jede Zacke eine andere Farbgebung in Blau- und Türkistönen, zum Schwanz hin heller, sogar fast weiß, werdend. Hóng Lóng konnte nicht nur in Kamis Gedanken lesen, wie in einem offenen Buch, sondern auch in dessen Gesichtszügen. *Du denkst das Richtige,* verriet der Lóng. *Der Kleine wird eines Tages ein geachteter Anführer werden – ein Herrscher der Meere. Dà Lóng weiß das. Er sieht in Draco einen Verbündeten und keine Konkurrenz, wie du soeben befürchtet hast. Sonst hätte er ihn schon lange aus dem Weg geräumt.*

Kami stieß einen Schwall Blasen aus, wie ein Mensch Luft, wenn eine Last von ihm abfällt. Da kamen auch schon die Nixen mit Draco zurück, der sich sofort zu Kami und dem Gast begab.

„Nichts Jagdbares gefunden?", fragte Kami, weil die Frauen nur Tang und Muscheln trugen.

Wie man es nimmt, erwiderte Draco fröhlich. *Uns begegnete ein ausgewachsener Riemenfisch. Aber der erschien mir zu schade, um gefressen zu werden. Die sind harmlos, schön anzuschauen und so selten – da meine ich, er sollte sich lieber noch ein paar Jahre seines Lebens freuen. Wir werden, weil ich diesen einen Fisch nicht gefangen habe, sicher nicht verhungern.*

Hóng Lóng bekam noch größere Augen, als er ohnehin schon hatte, während Kami den kleinen Drachen liebevoll am Kinn kraulte. „Es wäre wirklich schade um den Riemenfisch gewesen. Mich beeindruckt es auch, dass sie so durchsichtig sind und senkrecht schwimmen. Fast wie du, wenn du deinen Schlangentanz aufführst", fügte er noch lachend hinzu.

Jetzt, wo die Frauen bei euch in Sicherheit sind, husche ich mal zum Abfallplatz, vielleicht gibt es dort schnelle Beute zu holen. Draco eilte davon.

„Was hast du, Hóng Lóng?", kicherte Kami. „Das war der beste Beweis, dass er zwar wie ein Drache aussieht, aber wie wir denkt. Wir lassen immer wieder mal einen leckeren Happen entwischen, entweder weil er selten ist oder weil er sehr ästhetisch aussieht. Zumindest dann, wenn nicht das Überleben der Gemeinschaft auf dem Spiel steht. Letztens haben wir eine Riesenmuschel verschont, die uns tagelang ernährt hätte. Sie war gigantisch und musste unglaublich alt sein. Genau das und ihre wundervolle blaue Farbe haben dafür gesorgt, dass wir uns staunend für andere Nahrung entschieden haben."

Ein Sog erfasste Kami. Erst in die eine, genau so schnell in die andere Richtung. „Was war das?", fragte er völlig perplex.

Diesmal amüsierte sich Hóng Lóng. *Das war der Kleine. Er hat sich irgendwas aus der Grotte geholt und ist wieder verschwunden. Seine Bewegungen sind zu schnell für eure Augen. Weil er noch nicht so viel Körpermasse hat, wie die Großen, hast du auch nur einen leichten Sog gespürt. Sonst hätte es dich bei diesem Tempo gewaltig herumgewirbelt.*

Es dauerte nur wenige Augenblicke, als Draco wieder auftauchte und tatsächlich ein volles Netz hinter sich her schleppte.

Leckere Riesenkrabben, freute er sich.

„An der Oberfläche muss wohl wieder was passiert sein. Der ganze Ozean spielt verrückt", seufzte Amar, der Draco half, das Netz zu sichern.

„Hoffentlich nur dort", murmelte Lynn. Sie schaute in die Richtung, welche die Retter der Enga eingeschlagen hatten. „Passt bitte auf euch auf und kommt alle gesund und munter zurück."

Fünf vor zwölf

Die großen Wasserdrachen machten nach rund drei Stunden eine Rast, damit sich die Meerwesen erholen konnten.

„Ich habe rasende Kopfschmerzen", klagte Kïa. „Mir platzt bald der Schädel!"

Oh weh! Die Lóng schauten sich ratlos an.

Tiku legte Kïa seine Hände von beiden Seiten an die Schläfen. „Ich bin zwar nicht so gut wie Kami oder Liana, aber vielleicht kann ich dir ein wenig Linderung bringen." Er begann, sanft die Finger zu bewegen, wobei er die Augen geschlossen hielt, um sich besser konzentrieren zu können.

Nach ein paar Minuten ebbte der stechende Schmerz langsam ab und Kïa entspannte sich merklich. „Oh, tut das gut. Ich fühle mich wie neu. Vielen lieben Dank!"

Dann sollten wir wohl etwas gemächlicher schwimmen, überlegte Dà Lóng.

„Nein!" Kïa wehrte wild mit beiden Händen ab. „Ich habe Angst, dass wir dann zu spät kommen. Tiku schafft es sicher noch einmal, mich wieder fit zu machen."

„Es ist deine Entscheidung", sagte der Meermann. „Aber ich kann sie verstehen."

Also behalten wir das Tempo bei, erklärte Dà Lóng. *Macht euch bereit für die nächste Etappe.*

Tiku half Kïa beim Festbinden. Er zog die Fessel kürzer, damit sich die Nixe besser an den Rücken des Drachen schmiegen konnte. „Vielleicht hilft es ja, die Kopfschmerzen zu reduzieren", sagte er, ehe er sich auf Bái Lóng, dem Weißen Drachen, festzurrte. Jīnlóng, der Goldene Drache, zog mit Ammon bereits ganz langsam davon, um den Turbo anzuwerfen, als die anderen startklar waren.

Hier schmeckt das Wasser scheußlich, telepathierte Tiku mit Dà Lóng. *Es muss ein tätiger Vulkan in der Nähe sein.*

Eine Stunde noch, dann haben wir ihn erreicht. Genau dort sind wir den Enga begegnet, erwiderte der Große Drache. *Hoffentlich leben sie noch!*

Mehr als Hoffnung haben wir nicht, seufzte Dà Lóng, die Geschwindigkeit verringernd, um selbst winzige Geruchsmoleküle orten zu können, die von den Enga stammten.

Kïa hob den Kopf, voller Entsetzen die trostlose Gegend betrachtend. Wer sollte hier überleben?

Ich hab was, meldete sich Jīnlóng, den Hang eines offensichtlich erloschenen Nebenkraters ansteuernd.

Die Meermänner und Kïa lösten ihre Fesseln, um besser mit den Riesen agieren zu können.

„Da duckt sich einer hinter die Felsbrocken!", rief Ammon, vom Rücken des Lóng gleitend.

Tiku und Kïa waren im Bruchteil eines Wimpernschlag bei ihm, um gemeinsam zu dem sichtlich erschrockenen Enga zu schwimmen, der sich wohl schon als Futter der Drachen gesehen hatte.

„Komm hervor!", rief ihn Kïa in ihrer Muttersprache an. „Du hast von uns nichts zu befürchten!"

Ein schmales Gesicht schob sich über den Felsen, dann folgte ein völlig ausgemergelter Körper. „Kïa???"

„Ja. Ich bin da!" Die Nixe flog dem Halbwüchsigen regelrecht entgegen und schloss ihn jubelnd in die Arme. „Das ist Pero, mein kleiner Bruder. Wir haben dieselbe Mutter."

„Wer sind die Fremden?", flüsterte Pero.

„Alles Freunde, die euch retten wollen. Wo sind die anderen?" Kïa schaute sich suchend um.

„In der Grotte. Ihnen geht es nicht gut. Ich bin der Einzige, der Nahrung beschaffen kann."

„Und was esst ihr?", fragte Ammon, den sterilen Boden betrachtend.

„Die Kadaver der Tiere, die der große Vulkan tötet", gab Pero zu. „Aber seine Gase bringen auch uns langsam um."

„Führe uns zu ihnen!", forderte Kïa energisch und Pero gehorchte.

Auf der anderen Seite des etwa 50 Meter messenden Kraters befand sich etwas, das der Bezeichnung Grotte nur mit starken Einschränkungen gerecht wurde. Es war ein chaotisch aufgeschichteter Haufen erkalteter Lavabrocken, der entfernt an ein Iglu erinnerte. Tiku schüttelte fassungslos den Kopf, wie man darin überleben konnte. Als er sah, wer aus dem Eingang auftauchte, als Pero rief: „Kommt raus, wir haben Besuch!", war ihm alles klar.

Die verhärmten Gesichter und leeren Augen vierer Halbwüchsiger beiderlei Geschlechts schienen schon lange keinen Hoffnungsschimmer mehr gesehen zu haben. Völlig verfilzte Haare und glanzlose Schuppen zeugten davon, dass sich die kleine Gruppe bereits aufgeben hatte. Nicht einer von ihnen hatte noch vollständige Flossen. Die kläglichen Reste hingen fransig herunter. Sie wären gar nicht in der Lage gewesen, hinter Beutetieren her zu schwimmen. Umso höher war zu werten, was Pero auf sich nahm, alle mühsam am Leben zu halten.

Mit ungläubigen Blicken taxierten sie Kïa, deren seidiges Haar und metallisch schillernde Schuppen davon zeugten, dass es der Nixe ausgezeichnet gehen musste. Es dauerte keine fünf Minuten, bis sie versprachen, jede ihrer Anweisungen erfüllen zu wollen. Denn Kïa war nun nicht nur die Älteste des winziges Volkes, sie war mit ihren unglaublichen Lebenserfahrungen sofort zur Königin erklärt worden.

Ammon hob beide Daumen und blinzelte ihr fröhlich zu. Sie war genau die Richtige, um das trostlose Häufchen wieder auf die Flossen zu bekommen und ihnen eine Zukunft zu sichern.

Zwar fürchteten sich die jungen Enga vor den riesigen Drachen, begriffen aber schnell, dass diese wirklich Freunde waren. Sonst hätten sie ganz bestimmt nicht Kïa und die fremden Meermänner hierher getragen, um ihnen zu helfen.

„Wie bekommen wir die geschwächten Enga nach Hause?",
überlegte Ammon laut und telepathisch.

Dà Lóng hob eine seine Klauen. *Hiermit! Wir werden auch
ganz bestimmt nicht zudrücken und jemandem wehtun. In einer
Stunde machen wir Rast, damit sich die Enga erholen und etwas essen können. Aber jetzt wollen wir, so schnell es geht, aus
der Nähe der tödlichen Vulkane verschwinden.*

Oh ja! Essen! Dieses Wort brachte Leben in die Augen der
jungen Enga.

Kïa band sich wieder zwischen Dà Lóngs Flügeln fest, währen sich Pero mit klopfendem Herzen an dessen riesigen Krallen festklammerte. Der Große Drache, und der Goldene Drache, als Stärkste, trugen zwei Enga in den Klauen.

Festhalten, es geht los, rief Dà Lóng, kräftig den Schwanz
bewegend, um ordentlich Schub zu erzeugen. Die erste Pause
musste schon eingelegt werden, bevor eine Stunde um war.
Eine der beiden geretteten Nixen war von der Anstrengung
ohnmächtig geworden und der Große Drache hatte sofort anzu-
halten befohlen.

Nun kümmerten sich Ammon und Kïa um die geschwächte
Nixe. Jīnlóng schwamm auf die Jagd, während Tiku in der Nähe Muscheln suchte. Die Enga saßen auf dem Boden und beobachteten mit Sorge die Bemühungen der beiden Helfer.

„Wie heißt sie?", wandte sich Ammon an Kïa.

„Inia."

Die Nixe schlug die Augen auf, als sie ihren Namen hörte.

„Tut mir leid, dass ihr meinetwegen Ärger habt", flüsterte sie
matt.

„Pssssst!", machte Ammon, ihr lächelnd den Finger auf den
Mund legend. „Nicht sprechen, das strengt dich zu sehr an.
Auch können wir Männer und die Lóng nur verstehen, was du
telepathisch sagst, obwohl wir bei Kïa einige Brocken Enga
gelernt haben."

Ich will brav sein, seufzte die Nixe telepathisch und ließ sich zum Sitzen aufrichten.

„Ach, schau mal! Da vorn kommen Tiku und Jīnlóng mit Essen!" Ammon und Kïa zogen ihre Tauchermesser aus den Armhalterungen, um sofort die Beute zu zerlegen.

Die vielen Muscheln und die drei kleinen Thunfische wurden mit Freudenrufen in Empfang genommen. Zwei der Fische teilten sich die Drachen, vom Dritten aßen die Nixen und Meermänner.

„Wir werden einen Vorrat an Muscheln mitnehmen", legte Tiku fest. „Dann können die Enga auf dem nächsten Stopp sofort essen und müssen nicht warten, bis wir was gefangen haben."

Die Lóng hießen die Idee ausnahmslos gut.

Die Enga schauten verwundert zu, wie rasch die Meermänner und Kïa mundgerechte Streifen schnitten, die sie an alle austeilten, ohne selbst zu kurz zu kommen.

„Was sind das für außergewöhnliche Werkzeuge?", staunte Pero.

„Das sind Tauchermesser von den Menschen", erklärte Tiku. „Sie bestehen aus einem Material, das es im Meer nicht gibt."

„Von den Menschen? Die gibt es wirklich? Ich dachte immer, das sind nur Geschichten!", rief ein anderer Enga.

Tiku lächelte. „Nein, das sind keine Märchen. Nur geht es den Menschen durch die plötzliche Kaltzeit sehr, sehr schlecht. Wir mussten sie verlassen, um selbst irgendwie überleben zu können. Ihre Erfindungen helfen uns jedenfalls hervorragend dabei." Er deutete auf das Netz in welchem die Muscheln steckten und die Seile, mit denen sie sich an den Drachen festbanden.

Ihr könnt schlafen, wenn wir weiterschwimmen, erklärte Dà Lóng den Enga, als alle satt waren. *Wir werden euch schon gut festhalten.*

Es dauerte auch gar nicht lange, da verständigten sich die Drachen mit den drei Rettern, dass alle Enga wirklich tief und fest schliefen. So nahmen sie wieder kräftig Tempo auf, um Zeit zu sparen. Kïa hatte die ideale Position gefunden, um dem Wasser kaum Widerstand zu bieten. So hielt sie tapfer durch. Sie gab auch Bescheid, dass man wegen ihr nicht halten müsse. Stattdessen solle man sich nach den Befindlichkeiten der Geretteten richten.

Der Erste erwachte, als die Riesen die Abfallhalde der Wilson-Rakaa überquerten und bereits die Geschwindigkeit so stark drosselten, dass ihnen selbst eine Meeresschildkröte hätte problemlos folgen können.

„Wir sind gleich da!", gab Kïa ihren Clanmitgliedern Bescheid, worauf alle wie gebannt dahin spähten, wo Leuchtorganismen das Tal ihrer Retter in geheimnisvolles Licht hüllten.

Das ganze Volk war versammelt, um die Neuankömmlinge zu begrüßen, die es kaum fassen konnten, endlich in wirklicher Sicherheit zu sein. Kara schwamm ihrer Mama mit einem Jubelschrei in die Arme.

Noch bevor König Kami die Enga begrüßte, zogen sich die drei großen Lóng an den Rand des Tales zurück, um ausgiebig zu ruhen. Sie hatten Schwerstarbeit geleistet. Hóng Lóng und Draco übernahmen es, sie zu bewachen. Den beiden Heilern des Volkes war auf dem ersten Blick klar, dass es eine Weile dauern werde, bis die jungen Enga wieder bei vollen Kräften wären. Kïa stellte alle einander vor.

„Meine Mama hat auch einen Bruder", flüsterte Kara Siria mit strahlenden Augen zu. „Nun habe ich eine ganz große Familie aus Wilson-Rakaa, Lóng und Enga." Denn dass Draco und Triton ihre Brüder waren, wenn auch nicht leiblich, stand für sie außer Frage.

Ehe die Frauen eine zünftige Ankunftspartie für die Neulinge vorbereiteten, begannen sie, deren Haare zu entwirren und die vielen kleinen Wunden mit Tang zu verbinden. Inia ging ganz selbstverständlich Lynn zur Hand, wobei sie sich alles erst erklären ließ. Sie hatte nie wirklich gelernt, wie man sich pflegt, und schon gar nicht, wie man Essen schmackhaft zubereitet, weil ihre Eltern den Nuoni zum Opfer fielen, als sie kaum drei Jahre alt gewesen war. Dass sie bis heute überlebt hatte, verdankte sie Pero, dem ältesten Jungen der kleinen Gruppe, der seine wenigen Freunde so gut behütete und ernährte, wie er es allein vermochte.

Lynn beschloss, Inia mit in die Grotte aufzunehmen und Tiku hatte nichts dagegen. Pero kam bei Siria und Kïa unter und auch die anderen fanden ganz nebenbei neue Freunde, die ihnen ein Dach überm Kopf anboten.

Kïa, die neue Königin der Enga, schwamm bei der kleinen Feier in die Mitte des Steinkreises. Es wurde still. „Zuerst möchte ich allen danken, die an der Rettung meines winzigen Volkes mitgewirkt haben. Vor allem den wundervollen Lóng, ohne die wir weder erfahren hätten, dass es Überlebende gab, noch irgendetwas für die Rettung hätten tun können, weil die Zeit der Geschwächten zu schnell ablief. Aber auch das Volk der Wilson-Rakaa hat einen riesigen Anteil daran, dass wir heute hier sitzen können. Sie haben mich und Kara aufgenommen, als wären wir die eigenen Nixen, und sie haben euch sofort Hilfe geschickt und euch ebenso herzlich willkommen geheißen.

Und nun noch ein paar Worte zum Zusammenleben. König Kami ist das Oberhaupt aller, also auch unseres. Seinen Befehlen, und denen des Rates, ist unbedingt Folge zu leisten. Das ist, was ich als eure Königin von euch erwarte. Wenn es Fragen gibt, stellt diese bitte ohne Scheu. Denn nur so können Missverständnisse geklärt werden. Und ich hoffe, dass ihr fleißig lernen werdet, damit wir unser Wissen an künftige Generationen weitergeben können, wenn wir eines Tages vielleicht wieder als Volk existieren sollten. Auf eine ewig während

Freundschaft mit Lòng und Wilson-Rakaa!" Unter dem Applaus der Versammelten nahm Kïa ihren Platz wieder ein.

„Ihr habt eine weise Königin", lobte Kami. „Sie wird ab sofort mit im Rat sitzen, um euer Volk würdig vertreten zu können."

„Sie hat auch einen sehr guten Krieger in ihren Reihen", verriet Tiku, auf Pero zeigend. „Ich werde ihn weiter ausbilden."

„Da … das ehrt mich sehr!", stotterte Pero sichtlich überrascht. Er hatte nicht erwartet, dass ihn die äußerst muskulösen Meermänner eher als Mann, denn als halbes Kind einstuften.

Ammon blinzelte Pero verschwörerisch zu. „Wir werden eine Menge Spaß miteinander haben."

Der strahlte über das ganze Gesicht. Ammon war schließlich der Vater des kleinen Drachen und der Retter seiner Schwester. Da musste ganz einfach was los sein, wie er es noch nie erlebt hatte. Oh ja, und er wollte die Worte von Kïa beachten und lernen, lernen, lernen.

Und das ging gleich am nächsten Morgen los, als Kïa ihre Leute zusammenrief, damit diese mit Kara gemeinsam am Unterricht durch Kami teilnehmen konnten. Kami gelang es, die Aufmerksamkeit der jungen Leute zu fesseln, indem er ihnen etwas über die Tangplantagen und Muschelbänke erzählte. Wie die Meeresströmungen nicht nur das Wachstum beeinflussten, sondern auch die Wanderungen der Thunfische.

„Ihr könnt Thunfische jagen?", staunte Pero.

Kami nickte. „Unsere besten Jäger schaffen es, zu zweit oder zu dritt, Tiere mittlerer Größe zu harpunieren. Aber unsere Geheimwaffe bringt es fertig, ganz allein die größten Exemplare zu überwältigen."

Pero zupfte sich an der Nase. „Ich schätze, du meinst Draco. Nur ein Drache hat die Kraft, das zu tun."

„Sehr gut!", lobte Kami. „Aber es ist weniger die körperlich Kraft, obwohl er die großen Fische totbeißen kann, als vielmehr eine besondere Fähigkeit Dracos. Er tötet seine Opfer mit Energiestößen."

Und damit wurde der Unterricht noch interessanter, denn davon hatten die jungen Enga noch gar nichts gehört. Sie hingen förmlich an Kamis Lippen, obwohl er für sie die Erklärungen auch telepathisch gab. Kara löste inzwischen ein paar Rechenaufgaben, die Kami aus Steinen gelegt hatte, denn sie wusste schon sehr gut, was Energieausbrüche bewirken konnten.

Als Draco nach dem Unterricht vorbeigeschwommen kam, schauten die Enga den kleinen Drachen mit ganz anderen Augen an.

Als was hast du mich dargestellt, kicherte er beim Anblick der verklärten Gesichter.

„Als Super-Lóng oder so ähnlich", witzelte Kami. „Ich hatte nur vergessen, hinzuzufügen, dass über deine Fähigkeiten selbst die großen Drachen ins Staunen gekommen sind. Aber das wäre ja nun auch raus."

Ich schwimme mit Ammon, Kirk, Amar und Auan auf die Jagd, erzählte Draco Pero. *Kommst du mit?*

„Aber natürlich!" Pero schnellte vom Boden auf und eilte dem Drachen hinterher.

Kïa schaute ihnen lächelnd nach. Wusste sie doch, dass die Männer ihren Bruder nicht überfordern würden. Er sollte durch Beobachten lernen. Mehr gab die körperliche Verfassung im Augenblick nicht her.

Inia freute sich darauf, wieder bei Lynn, mit der wundervollen roten Flosse, den Tag zu verbringen und auf deren kleinen Sohn aufzupassen. Der kleine Nemo stand Triton in nichts nach und den Müttern half es sehr, dass Inia ein wachsames Auge auf die flinken Bürschlein hatte.

„Da hast du dir aber den schwersten Job von allen herausgesucht", blinzelte Tiku, worauf Inia fröhlich lachte.

„Oh, ich wusste gar nicht, dass sie lachen kann", staunte Jano, der Zweitälteste der Enga.

„Hoffentlich bleibt das dauerhaft bei ihr", wünschte Lynn.

Tiku nahm die jungen Männer der Enga mit auf Erkundung rund um das Tal, um ihnen die örtlichen Gegebenheiten zu erklären und sie vor Gefahren zu warnen. Voller Stolz nahmen sie Messer und Speere entgegen, um sowohl jagen als sich auch verteidigen zu können. Dass Tiku mit ihnen unterwegs intensiv übte, verstand sich von selbst.

„Wie ist der erste Eindruck?", fragte Kïa, als Kami herankam.

„Ich bin positiv überrascht. Nach dem Schock, den sie erlitten haben müssen, als plötzlich gigantische Drachen und fremde Meermänner auftauchten, sind sie durchweg mental stabil. Die körperliche Schwäche legt sich bereits, weil sie endlich regelmäßig und gut essen können. Und sie sind wissbegierig. Aber ich glaube, das liegt in eurer Natur."

Kïa nickte lachend. „Wir sind auch gut darin, uns anzupassen und in bestehende Strukturen einzufügen."

„Das war einer der Hauptpunkte, deine Leute sofort aufzunehmen. Da ahnte ja noch keiner, dass nicht ein einziger Erwachsener dabei sein würde." Kami ließ den Blick durch die Siedlung schweifen. „Hier ist Platz genug. Es gibt noch viele freie Grotten. Wenn die Erde weiter verrückt spielt, kann man es nur gemeinsam packen, irgendwie zu überleben. Aber darin sind wir alle ziemlich gut und vor allem kreativ."

„Ja, das stimmt", strahlte Kïa. „Ich bin froh, dass wir nun mächtige Verbündete in den Lóng haben. Die kommen weit herum und sind fantastische Beobachter."

„Ja, wir werden den Kontakt pflegen", versprach Kami. „Und wenn wir selber nicht so tief tauchen können, dann wird Draco unser Bote sein."

Liana hatte der Unterhaltung der beiden aus der Nähe zugehört. Sie kam heran, als Kïa weiterschwamm. „Es tut ihr gut, plötzlich Verantwortung für ein ganzes, wenn auch winziges, Volk zu haben. Ich freue mich für sie."

„Zumal sie weiß, dass sie es schaffen können, weil sie unsere Geschichte kennt." Kami streckte sich. „Ich muss ein wenig ruhen. Hab zwei Nächte kaum geschlafen." Auf den prüfenden Blick der Nixe setzte er hinzu: „Ich hatte wieder einmal Alpträume aus jener Zeit, in der man mich eingemauert hatte. Die Erinnerungen kamen hoch, als Tiku die Behausung der jungen Leute am Hang des Vulkankraters beschrieb. Wir haben alle einen vollen Rucksack zu schleppen. Die einen mit schönen Gedanken, die anderen mit weniger schönen. Das Wichtigste ist aber, was jeder aus seinen Erfahrungen macht." Er begab sich schnurstracks in seine Grotte.

Liana sah ihm nachdenklich hinterher. Kami ließ sich selten anmerken, dass es ihm nicht gut ging. Eine Aufmunterung werde ihm sicher gut tun. Nur in welcher Form? Darüber wollte sie mit Tiku sprechen, der sicher eine Idee haben werde.

Drachenfest

Kïa war mit Kara zum Steinkreis geschwommen, wo sich beide gegenüber saßen und Walknochen sortierten. Kara hielt ein Rippenstück hoch, das die Bissspuren eines großen Hais trug. „Schau mal, Mama, das sieht fast aus wie ein Lóng!" „Du hast recht!", rief Kïa. „Hier ist der Kopf, da die Rückenzacken und dort der Schwanz." Sie zog ihr Messer hervor. „Nun müssen wir dem Drachen nur noch Beine und Flügel geben, damit er komplett ist." Sie begann mit der höllisch scharfen Spitze vorsichtig Späne abzutragen.

Kara schaute wie gebannt zu, klatschte in die Hände und bat: „Nun musst du ihm noch Schuppen machen, damit er nicht nackt ist."

„Richtig! Aber erst bekommt er Augen. Und die Hörner sehen noch nicht schön aus." Kïa modellierte die Augen unter den dicken Wülsten und schliff so lange Material ab, bis jedes Horn die richtige Krümmung hatte. Dann erst widmete sie sich den Schuppen.

Die beiden Enga waren so in ihren Drachen vertieft, dass sie gar nicht bemerkten, wie sie von immer mehr Neugierigen umringt wurden. Erst, als Draco ganz verzückt flüsterte, *das bin ja ich*, schreckten sie auf.

Tiku und Liana nickten erfreut, hoben fast synchron den rechten Zeigefinger und sprachen im Chor: „Wir sollten eine neue Wilsonia planen!"

„Wirklich?!", jubelte Lynn.

„Klasse! Absolut fantastische Idee", rief Kami. „Es gibt doch wirklich noch anderes, als sich ausschließlich ums Überleben zu kümmern. Wir werden eine Ausstellungsgrotte anlegen, in der immer mal wieder jeder, der möchte, präsentieren kann, was er künstlerisch drauf hat." Dabei schnippte er mit dem Finger an seine Bartperlen.

Pero kniete neben Kïa auf dem Boden, um das Kunstwerk von nahem betrachten zu können, als diese letzte Hand anlegte. „Ich wusste gar nicht, dass du so was kannst. Ich habe nicht einmal geahnt, dass irgendjemand aus unserem Volk solche Ideen hat."

Kïa schaute lächelnd auf. „Wir hatten in den Wirren der Flucht vor Vernichtung keine Zeit, an so was zu denken. Und wir, die überlebt haben, sind zu jung, um uns erinnern zu können, was unser Volk vielleicht Großes vollbracht hat. Wir fangen praktisch bei Null an. Aber da stehen uns ja nun alle Optionen zur Verfügung und wir haben Freunde, die uns mit Rat und Tat unterstützen." Sie reichte Kara den geschnitzten Drachen. „Bitteschön, mein Schatz, dein Drache ist fertig." Sie breitete lachend die Arme aus. „Es sind noch genügend Knochen da, um andere Kunstwerke zu erschaffen."

Ich weiß, wo ein ganzes Walskelett liegt, jubelte Draco. *Ich werde euch alles bringen, was ihr haben wollt. Dann könnt ihr schnitzen, bis die Messer glühen.*

„Was haltet ihr von einer kleinen Feier zu Ehren einer neuen Künstlerin?", fragte Kami.

„Viel!", kam es von allen Seiten.

„Wir haben gute Beute gemacht", verriet Ammon. „Die sollte reichen, um eine richtig große Party zu feiern."

Tiku bat Kami, die großen Drachen rufen zu dürfen, die sicher noch irgendwo in der Nähe waren, weil sie in den fischreichen Gründen jagen wollten.

„Tun wir es einfach!", sagte der König und das ganze Volk rief nach den Lóng.

Die vier Drachen antworteten nach wenigen Augenblicken und nahmen die Einladung dankend an.

Was feiert ihr denn, fragte Dà Lóng.

„Ein Drachenfest", erwiderte Kami spontan, auf Kara zeigend, die ihren *Draco* noch nicht aus der Hand gelegt hatte.

Sie schwamm auf die vier großen Drachen zu, hielt ihnen die Figur entgegen und sagte stolz: „Hat meine Mama gemacht."

Wie wundervoll, staunte Hóng Lóng. *Hast du deinem Drachen schon einen Namen gegeben?*

Kara nickte. „Das ist Draco."

Das ist ja fast wie in uralten Zeiten, sagte Dà Lóng sichtlich gerührt. *Da wurden auch Drachenfeste gefeiert. Erinnerst du dich, Kami?*

„Oh ja. Sehr gut sogar. Aber wir haben noch etwas, das euch an alte Zeiten erinnern wird." Er stimmt das Königslied an und die Wilson-Rakaa sangen mit.

Draco und die Enga lauschten genau so verwundert, wie die die großen Lóng.

„Als wir noch bei den Menschen lebten, haben wir öfter zusammen gesungen", seufzte Niki.

„Wir werden es wieder aufleben lassen", versprach Kami.

So kam es, dass immer wieder jemand eine Melodie summte und alle mitsangen.

„Ich möchte auch singen und tanzen lernen!", rief Kara begeistert, als Tiku, Lynn, Tamik, Ilka, Amar und Nicki plötzlich zum Schneewalzer, den Siria anstimmte, um den Platz wirbelten.

Ich glaube, wir werden noch was erleben, lachte Jīnlóng, der seinen Köper im Takt der Musik bewegte. *Das ist das tollste Drachenfest, das es je gab!*

Kïa nickte heftig. Sie kannte bisher nur die Kinderlieder, die die Wilson-Rakaa den ganz Kleinen vorsangen. Dass noch sehr viel mehr in diesem Volk stecken musste, hatte sie aber schon immer geahnt. Zumal ihr die Clan-Mitglieder ja viel darüber erzählten, was sie bei den Menschen erlebt hatten.

Apropos Clan … Kïa begab sich zu Kami und Tiku, um ihnen ein paar Sätze ins Ohr zu flüstern. Sie war zu aufgeregt, um zu telepathieren. Die beiden Männer verständigten sich mit wenigen Blicken, dann schwamm Kami mit Kïa in die Mitte des Platzes.

„Wir möchten euch eine Entscheidung mitteilen, die wir soeben getroffen haben", begann Kami zu erklären. „Wir haben beschlossen, uns ein Volk zu nennen, das Meervolk. Es besteht aus zwei Clans, dem Enga-Clan und dem Wilson-Rakaa-Clan. Und es gibt unseren Draco, den Lóng vom Meervolk, wie er sich auch selber nennt. An der Position der beiden Anführer Kïa und Tiku wird sich nichts ändern. Draco entscheidet für sich selbst. Wenn daraus eines Tages ein dritter Clan entstehen sollte, würde mich das aufrichtig freuen."

Dà Lóng hob den Kopf. *Dies wäre auch für uns Drachen eine wunderbare Option. Ich werde meine Machtstellung nicht freiwillig aufgeben und Draco ist es bestimmt, ein Anführer zu werden. Zwei Lóng-Sippen könnten aber friedlich nebeneinander leben. Es ist genug Nahrung für alle da, solange die Erde nicht den totalen Kollaps erleidet.*

Draco hatte vom Inhalt der Unterhaltung zwischen Kami und Hóng Lóng ja nichts mitbekommen und so schreckte er regelrecht zusammen, als ihn der Drachenkönig als zukünftigen Anführer bezeichnete. Die Lösung des Problems, welche die beiden Könige als möglich ansahen, stimmt auch Draco zuversichtlich.

Pero hatte mehr für sich selbst zur Bestätigung genickt. Ihnen ging ja nichts verloren. Sie waren und blieben Enga. Der Entschluss der Anführer zeigte nach außen, dass alle gleichberechtigt waren. Nach innen hatten sie es vom ersten Augenblick an gefühlt, dass sie von nun an dazu gehörten, weil sie auch genau so behandelt wurden. „Ein Enga vom Meervolk. Das klingt hervorragend."

Draco schmunzelte. *Klingt genau so umwerfend gut wie: Ein Lóng vom Meervolk. Und wenn ich die Worte Dà Lóngs richtig verstehe, dann wird mich keiner fressen, wenn ich eines Tages ein Weibchen umgarne und in meine Welt entführe.*

Über diese lustige Sicht in die Zukunft mussten nicht nur die großen Drachen lachen. Draco hatte ein klares Ziel und das werde er hartnäckig verfolgen. Das war so sicher, wie ein Blauwal riesig war.

„Und bis dahin steht uns Draco ein bisschen Modell für neue Drachenskulpturen", lachte Liana. „Ach, was hab ich schon wieder für tolle Ideen! Fragt sich nur, wie man die im Wasser umsetzen kann."

„Es gibt Felswände", ließ Auan fallen.

Liana küsste ihn stürmisch. „Du bist genial!"

„Über das Werkzeug denken wir später nach", schmunzelte Tiku, denn das Gestein schien Basalt zu sein, und werde sich bestimmt nicht mit einem Messer aus Walknochen bearbeiten lassen.

Kïa strich mit den Fingerspitzen über das Figürchen in Karas Hand. „Ich werde erst mal bei meiner Technik bleiben und fast schon bestehende Formen ausarbeiten. Das heißt aber nicht, dass ich nichts Neues lernen will", fügte sie rasch hinzu.

Ich denke, wir werden euch öfter besuchen, ließ sich Dà Lóng vernehmen, *schon, weil wir neugierig sind, was ihr Wundervolles mit euren Händen erschafft. Es gibt nicht viele Völker im Wasser, die einen Sinn für Schönheit und Harmonie haben.*

Wie viele Lóng gibt es eigentlich, wollte Draco wissen. Es war bisher nur die Rede von einem relativ kleinen Volk gewesen.

Bei uns 33. 34 mit dir. Weltweit? Keine Ahnung. Bevor die Erde verrückt spielte, waren wir rund 200 in allen Meeren, antwortete der König der Wasserdrachen.

„Also wirklich nicht viele", murmelte Tiku nachdenklich.

Die wenigen Weibchen legen nur alle 50 Sonnenumläufe ein einziges Ei. Eine Katastrophe, wenn sich die Kraken welche holen. Und die wissen genau, wann sie kommen und wie sie es anstellen müssen, grollte Jīnlóng. *Umso höher ist es zu bewer-*

ten, dass Ammon eines der verloren geglaubten Eier gerettet hat.

Draco schob von hinten seinen Kopf über Ammons Schulter, um vorsichtig seine Wange an dessen Wange zu reiben. Der Meermann fasste nach hinten, seinen ungewöhnlichen Ziehsohn liebevoll an sich drückend.

„Wir sind schon ein verrückter Haufen", schmunzelte er.

Stimmt, strahlte Draco. *Ich habe eine Enga-Schwester und einen Wilson-Rakaa Bruder. Dazu kommen eine Enga-Ziehmama und eine Wilson-Rakaa-Ziehmama. Das muss uns erst mal jemand nachmachen!*

Siria nickte lächelnd. Hier, im Wasser, war das wirklich kaum zu überbieten. Bis dahin hatte sie, mit einem Menschenmann, die Liste der Ungewöhnlichkeiten angeführt. Wie mochte es wohl den letzten Menschen da oben gehen? Und den Tieren! Ob es, außer Eisbären, Robben, Polarfüchsen und anderen kälteerprobten Kandidaten noch Landbewohner direkt auf der Oberfläche gab? Schneehasen, Schneeeulen und Pinguine fielen ihr ein. Und wie zogen die großen Wale jetzt ihre Jungen auf, wo alles so kalt war? Die mussten ja auch an die Oberfläche, um zu atmen …

Es gibt ein paar wärmere Enklaven über Vulkanen, hörte sie Bái Lóng flüstern. *Ansonsten soll alles Land dick mit Eis und Schnee überzogen sein, wo nicht auch gerade tätige Vulkane in der Nähe sind.*

Siria hob überrascht den Kopf. Offensichtlich hatte sie zu laut nachgedacht. *Haben euch das die großen Wale erzählt?*

Ja, bestätigte Bái Lóng. *Nur sehr wenige von uns haben die Fähigkeit, den Druck so auszugleichen, dass sie bis an die Oberfläche schwimmen können.*

Liana legte Siria tröstend die Hand auf den Arm, es hatten wohl alle mitgehört. „Das Meervolk aus der flachen Ostsee wird in die Nordsee oder den Atlantik auswandern müssen, wenn es nicht erfrieren will."

Nicki zupfte sich am Ohr. „Und wieder einmal bestätigt sich, dass es die beste Entscheidung unseres Lebens war, nach Tuvalu gegangen zu sein. Oder seht ihr das anders?" Sie schaute in die Runde der Damen.

„In jeder Weise war es das Beste für uns!", rief Tessa.

Tiku schloss Lynn in die Arme und die anderen Männer taten es mit ihren Frauen ebenso.

Kirk schmunzelte. „Wir übrigen finden diese Entscheidung auch prima, denn sonst gäbe es uns gar nicht."

„Da seid ihr nicht die Einzigen", blinzelte Kïa. „Kara und mich hätten schon lange die Haie oder die Kraken vernascht."

„Mein Ei auch!", rief Draco. „Ein Hoch auf mutige Nixen aus fernen Meeren!"

Über seinen fröhlichen Schlangentanz amüsierten sich auch die großen Drachen. Denn kein anderes Jungtier hatte das jemals getan. Draco war eben in jeder Weise etwas Besonderes. Vielleicht lag es ja daran, dass er zwischen Wesen aufwuchs, die bevorzugt senkrecht verharrten, was er als Winzling imitiert und nicht mehr abgelegt hatte.

Liana seufzte. „Jetzt aus Porzellan eine filigrane Drachfigur formen, die ein Baby darstellt, das gerade aus dem Ei schlüpft … ach, das wäre …"

„Hier unten kannst du wirklich nur schnitzen und Steinmetzarbeiten ausführen", erklärte schließlich auch Kami. „Ich wüsste nicht mal, woraus man brauchbaren Kleber gewinnen sollte. Und das, wo ich schon ziemlich lange im Wasser lebe."

Die Lóng schauten sich ebenfalls ratlos an. Es gab zwar Tiere, die Klebefäden erzeugten, nur konnte man die nicht sammeln und anderweitig nutzen, weil sie sofort erstarrten.

„Aber man könnte doch das ganze Tier …", überlegte Liana, eine Auge zukneifend, und eine Handbewegung machend, als schiebe sie gerade eine Muschel über eine Stoßkante zweier Gegenstände, um sie zu fixieren.

„Könnte man probieren", schlug Tiku vor. „Wer nicht wagt, gewinnt auch nicht. Miesmuscheln wachsen schnell und produzieren eine Art Superkleber."

„Hast du schon mal Miesmuscheln in dieser Tiefe gesehen?", fragte Amar.

Tiku schüttelte den Kopf. „Ich weiß ja, dass die bevorzugt im Schelf- oder Gezeitengebiet leben. Aber das heißt doch nicht, dass es völlig ausgeschlossen ist, in tiefen Lagen andere Muscheln derselben Gruppe zu finden. Zumal ich mir völlig sicher bin, dass ich etwas gelesen habe, wo spezialisierte Miesmuscheln in der Nähe der Black Smoker gesehen wurden. Ach, mir fehlen die Bibliothek und die elektronischen Medien!"

„Aber wir leben", erwiderte Tessa mit einem Blinzeln.

„Und nicht einmal schlecht!" Tikus Miene hellte sich gleich ein paar Nuancen auf.

„Wir werden schauen, ob wir irgendwo Schiffswracks ausschlachten können. Werkzeug können wir immer gebrauchen, oder Metall, aus dem man Kunstwerke erschaffen kann. Vielleicht ist ja sogar Dracos Energie so einsetzbar, dass man damit schweißen kann."

„Wow! Du bist genial", hauchte Liana. „Darauf muss man erst mal kommen, obwohl es so nahe liegt."

Die Drachen horchten auf. *Was versteht man darunter?*

„Das dauerhafte Verbinden von Metallen und anderen Werkstoffen durch Hitze", erklärte Tiku. „Metall ist das Zeug, woraus die Schiffe der Menschen sind."

„Kannst du gezielt Gedankenpakete übertragen?", wandte sich Siria flüsternd an Kami.

„Kann ich. Liana kann es aber auch."

„Wirklich?!" Siria schaute ihre Tochter bewundernd an. „Gib Dà Lóng alle Informationen, die mit der Wilsonia zusammenhängen, damit er weiß, was wir tun könnten, wenn wir die Möglichkeit hätten."

„Geht klar!", strahlte die Nixe, ihre Stirn an die des Drachen legend, die Augen schließend und in den nächsten fünf Minuten alles übertragend, was sie und die anderen getan hatten, um ganze Menschenmassen in ihren Bann zu ziehen. Und das, ohne die Nixenkräfte zu aktivieren.

Als der Große Drache die Augen wieder öffnete, schüttelte er ganz sanft den Kopf. *Ich bin das erste Mal in meinem Leben sprachlos. Darf ich diese Informationen mit meinem Volk teilen?*

„Aber gern!" Siria kraulte den Giganten zwischen den Hörnern.

Der Große Drache winkte Draco heran. *Komm her, kleiner Lóng, du sollst der Erste sein, denn du bist einer von uns und ihnen.*

„Das ist ja noch viel grandioser, als ich es mir nach all den vielen Berichten vorgestellt habe!", rief Draco überwältigt, als er die Bilder empfangen hatte. „Nun weiß ich auch, wie kostbar das Figürchen ist, das Kïa geschnitzt hat, es bringt euch nicht nur die wundervollsten Erinnerungen zurück, sondern es ist wirklich ein unglaubliches Kunstwerk. Ich schwöre, ich werde euch alles anschleppen, was irgendwie zu bearbeiten gehen könnte! Gemeinsam schaffen wir es vielleicht wirklich, dass ich lerne, meine Energie so einzusetzen, dass damit solch wundervolle Dinge gezaubert werden können, wie ihr sie bei den Menschen erschaffen habt."

Die anderen Drachen waren nicht minder erstaunt, was auf der Oberfläche der Erde alles möglich gewesen war. *Wenn wir irgendwo Dinge entdecken, die euch nützen könnten, werden wir euch Bescheid geben,* versprachen sie.

Als sie sich schließlich vom Meervolk verabschiedeten, schwammen sie als Freunde davon, und mit allen guten Wünschen für Draco, der es schon jetzt geschafft hatte, ihr Hochachtung zu erringen.

Werkzeug & Waffe

Das Meervolk schaute den langsam dahin ziehenden Lóng nach, bis sie die Dunkelheit der Tiefe verschluckte. *Hmm,* machte Draco, *nun muss ich wohl wieder allein für Abschreckung sorgen. Wird wohl noch ein bisschen dauern, ehe es durch pure Körpergröße funktioniert.* Er setzte ein vergnügtes Grinsen auf. *Am besten erschrecken wir gleich mal die Thunfische, um die Vorräte aufzufüllen.*

„Super Idee!", lachte Ammon. „Wir nehmen Auan, Kirk und Pero mit."

Der Enga freute sich riesig, die Jäger begleiten zu dürfen. Noch mehr, als Tiku erschien, ihm eines der wenigen noch freien Tauchermesser an den Arm schnallte und sprach: „Es gehört ab sofort dir."

„Damit dürfte dann endgültig bewiesen sein, dass ihn Tiku in den Kreis der Männer aufgenommen hat", freute sich Liana, während Kïas große Augen dankbar strahlten.

„Es ist grandioses Bild, wenn Rakaa, Wilson und Enga mit einem Lóng auf Beutezug schwimmen", schwärmte Kïa, die unterschiedlichen anatomischen Gegebenheiten ansprechend.

„Werden Peros Flossen auch so lang sein, wie deine, wenn sie eines Tages vollständig nachgewachsen sind?", fragte Lina.

„Länger. Viel länger und viel kräftiger." Kïa breitete die Arme aus. „Es wird aber sehr lange dauern."

Siria fuhr sich mit der Hand über die Augen. „Eine völlig zerfetzte Flosse ist schuld daran, dass wir heute alle hier sind und wohl überleben werden", flüsterte sie.

„Wirklich?", riefen die Enga ungläubig.

„Erzähle ihnen die Geschichte", bat Tiku mit belegter Stimme.

„Setzt euch!" Siria deutete auf den Steinkreis. Dann berichtete sie fast zwei Stunden, wie ihre Mutter Adaia von einem

Menschen harpuniert und von einem anderen gerettet worden war, und dass sie seitdem an Land gelebt hatte.

Draco löste in genau diesem Augenblick Peros Problem mit der fehlenden Flosse. Der junge Mann kam einfach nicht schnell genug vorwärts. Weil das Ammon, dem Anführer der Gruppe, vorher klar gewesen war, murrte auch niemand, als der Schwarm Thunfische in fast unerreichbarer Ferne verschwand. *Herkommen!* Draco winkte Pero mit seiner großen Kralle zu. *Auf meinen Rücken! An meinen Flügeln festhalten!*

Den Männern war das lustige Blinzeln des Drachen nicht entgangen und Pero beeilte sich, die ideale Position zu finden. Draco schoss mit einem Satz davon, sodass die drei anderen Jäger nicht mehr folgen konnten. *Rollentausch,* kicherte er.

„Gemach! Gemach!", bremste Ammon seine Jagdpartner mit ähnlichem Grinsen. „Sie sind zu zweit. Es reicht völlig, wenn wir dann die Beute mit nach Hause schleppen." Auf den ungläubigen Blick von Auan brach er in schallendes Lachen aus. „Ich habe wirklich vollstes Vertrauen in die beiden. Draco gleicht die fehlende Flosse aus und Pero ist ein wirklich guter Jäger. Wer so lange am Rande des Verhungerns gelebt hat, lässt sich von keinem kampflos die Beute abnehmen, weder mit noch ohne Flosse."

Einen Wimpernschlag später spürten sie bereits die ersten Energieentladungen des Drachen.

Bleib oben, gebot Draco.

Pero gehorchte und konnte aus allernächster Nähe beobachten, wie der Lóng die vier größten Fische niedermachte.

Schnapp dir die beiden, ich hole die da vorn!

Der Enga glitt vom Rücken des Drachen, um sich die langsam absinken Riesenfische zu greifen. Das Greifen war ja kein Problem, nur die Gegenbewegung. Er hoffte inständig, dass seine Flosse bald nachwachsen möge.

„In einer anderen Zeit hätte dir Sirias Mann eine künstliche Flosse angeklebt", seufzte Auan. „Aber diese wundervolle alte

Zeit ist leider vorbei. Ich hätte nie gedacht, dass ich mal Gewesenem nachtrauern könnte. Aber Tiku ist ja auch nicht verschont geblieben. Das tröstet mich etwas." Er half Pero, die beiden Fische zusammenzubinden.

Ammon war mit Kirk zu Draco weitergeschwommen, der ihm mit zwei besonders großen Thunfisch-Exemplaren entgegenkam. *Ich kann sie kaum schleppen,* hörte er den Drachen ächzen.

Pero verharrte plötzlich in verkrümmter Haltung.

„Hast du Schmerzen?", fragte Ammon besorgt.

„Nein. Da unten ist irgendwas." Der Enga zeigte in die Dunkelheit der Tiefe.

Stimmt, bestätigte Draco. *Da ist wirklich was Komisches.*

„Eure Augen möchte ich haben", seufzte Kirk. „Oder wenigstens den sechsten Sinn von Ammon."

„Ich rufe Tiku und Amar", erklärte Ammon. „Ich will wissen, was da ist, aber die Fische nicht aufs Spiel setzen."

Sekunden später hatte er Kontakt und schon bald erschienen drei kräftige Männer, um gemeinsam mit Kirk und Auan die Fische in die Siedlung zu bringen. Draco, Ammon und Pero sollten auf Erkundung schwimmen. Als Kirk ein finsteres Gesicht zog, wies ihn Tiku darauf hin, dass die großen, an die Finsternis angepassten Augen des Enga auf dieser Mission wichtiger waren, als eine flinke Flosse.

„Tut mir leid", murmelte Kirk schuldbewusst, Pero auf die Schulter klopfend. „Du bist wirklich der geeignetere Kandidat für diese Mission."

Schwimmt los, ehe es unschön wird! Ich spüre Architeuthis!

Der Warnruf des Drachen schreckte die Männer auf. Tiku ließ sofort aufbrechen.

„Was sind Architeuthis?", fragte Pero beunruhigt und wurde blass, als es ihm Ammon erklärte. Solche Wesen waren ihm noch nie begegnet. Die Warnung des Drachen zeigte deutlich, dass sie eine tödliche Gefahr darstellten. „Haben wir eine Chance?", flüsterte er.

Ammon zeigte auf Draco. „Er ist unsere einzige Chance, aber die hat es in sich."

„Seine Energiestöße?"

„Nur die. Anders kommt man nicht gegen die Riesenviecher an. Bleib am besten neben Draco, bis die Gefahr vorbei ist. Ich mache es auch nicht anders."

Gemeinsam tauchten sie tiefer, um herauszufinden, was sich da unten verbarg.

„Wo ist es hin?", murmelte Pero überrascht.

Entweder weiter abgesunken oder mit der Strömung geschwommen. Es war zu groß, um unbemerkt gefressen zu werden, gab Draco zurück.

„Abwärts!", forderte Ammon und die beiden folgten ihm. „Das scheint ein Grabenbruch zu sein", erklärte er, weil es gar so steil hinunter ging. „Ich kann fast nichts mehr sehen."

Draco und Pero hatten noch keine Probleme.

„Da ist es!" Der Enga wechselte die Richtung. „Aber was ist es? Es ähnelt den Netzen, die ihr verwendet."

Ammon, der als kleines Kind mit den Menschen gelebt hatte, erinnerte sich. „Das ist ein fast komplettes Schleppnetz! Wenn wir es bergen könnten, hätten wir Material, um unzählige Dinge zu fertigen. Aber wir drei kriegen es nicht von der Stelle. Das wiegt sicher ein paar Tonnen."

Es hat sich jetzt an einem Felsen verfangen, berichtete Draco nach kurzer Untersuchung. *Da wird es sich auch so schnell nicht wieder lösen. Am besten merken wir uns die Stelle und kommen mit allen Männern wieder, um es zu holen.*

Ammon schüttelte den Kopf. „Dann ist die Siedlung ohne Schutz. Schwimmen wir nach Hause und reden mit Kami und meinem Vater. Oder wartet, ich frage Tiku sofort um Rat!"

Die Männer schwammen gerade in die Siedlung, als Tiku Ammons Ruf erreichte. Der Meermann ließ sich das Netz detailliert beschreiben, mit Maschengröße und vermuteter Länge. „Ich denke, du hast recht, mit über weit 1000 Meter Gesamtlänge. Ich schätze es auf ein bis zwei Tonnen. Das kriegt ihr wirklich nicht vom Fleck. Draco könnte es aber, mit eurer Hilfe zerlegen. Dann könnt ihr einen großen Teil schon mitbringen, und irgendwann holen wir in Etappen den Rest. Am Besten wären vier Teile. Also schneidet jetzt nur rund ein Viertel ab. Ach, noch was. Schont die Messer!"

„Die Messer schonen? Wie sollen wir es dann zerlegen? Das ist doch so gut wie unzerstörbar!" Pero betastete die Kunststoffseile.

Wieder zeigte Ammon auf Draco. „Er ist Waffe und Werkzeug. Meister Draco, wie wäre es mit einer vorsichtigen Kostprobe, mit Hitze die Taue und Querfäden zu kappen? Wir halten das Material glatt und du versuchst, es möglichst schonend zu zertrennen."

Alles klar! Hab kapiert, was uns Tiku sagen wollte! Draco spitzte das Maul, so fein es ging und sandte einen gut dosierten Energiestrahl auf den Kunststoff. Es brodelte, es stank, aber es funktionierte.

„Bei anderen Materialien funktioniert das dann so, dass die Hitze die Ränder anschmilzt und man Teile dauerhaft zusammenfügen kann", sagte Ammon mehr zu sich, als zu seinen beiden Kameraden, die dessen Gedankengänge mit Zustimmung honorierten. „Also wird Liana mit Dracos Hilfe vielleicht doch wieder ganz wundervolle Skulpturen fertigen können."

Au ja! Ich werde mir die größte Mühe geben! Draco machte eine kurze Pause, denn die Energieerzeugung kostete viel Kraft.

„Ich sammele in unmittelbarer Nähe ein paar Muscheln für Draco", sagte Pero, sofort den Felsen absuchend.

Bring mir alles, was du erwischen kannst, bat der Lóng.

Pero gehorchte und schleppte bald schon einen Haufen Röhrenwürmer, Krustentiere und Muscheln an, die Draco wahllos hineinschlang, um genug Kraft zur Weiterarbeit zu haben.

Fertig! Draco betrachtete zufrieden das abgetrennte Stück, das die Männer so zusammenlegten, dass sie es zu dritt gut tragen konnten.

Zu dritt? Als Pero noch verzweifelt grübelte, wie er mit seinem Flossenstummel nennenswerten Auf- und Vortrieb erzeugen sollte, kam Tiku um die Ecke.

„Kann los gehen!" Er freute sich geradezu diebisch über das verblüffte Gesicht des Enga. „Flugs auf Dracos Rücken und gut festhalten", riet er ihm, mit vergnügtem Blinzeln.

Draco und Ammon packten das Netz.

„Auf drei!", rief Tiku. „Eins … zwei … drei!"

Sie schwammen gleichzeitig und völlig gleichmäßig los, das schwere Teilstück unter sich mitziehend.

„Gute Arbeit!", lobte Tiku unterwegs, weil der Transport dank der guten Vorarbeit reibungslos verlief.

Sie zogen das Netz in eine Grotte, die ihnen seit einiger Zeit als Materiallager diente. Kirk und Tamik machten sich bereit, die nächste Tour mit Draco zu schwimmen, während Ammon, Pero und Tiku zu Hause blieben. Auch diesmal warnte Draco, er spüre die Präsenz der Architeuthis, ohne dass die unangenehmen Riesenkalmare wirklich auftauchten.

„Kann das sein, dass hier irgendwo ein Gelege ist?", fragte Tamik, zwar um sich spähend, aber im Dunkel der Tiefe nichts erkennend.

„Möglich. An so etwas habe ich gar nicht gedacht", gab Draco zu. „Ich habe nicht mal gewusst, dass sie Eier legen."

„Ist nur so ein Gedanke", erwiderte Tamik. „Im 21. Jahrhundert wurden bei gefangenen oder tot an Land angespülten Tieren Spermatophoren entdeckt. Also Samenpakete. Aber wie bei denen die Fortpflanzung funktioniert, haben nicht mal die klügsten Menschen herausgefunden. Und die haben so beinahe alles irgendwie lösen können, was die Natur an Rätseln bereit hält. Kann ja auch sein, dass irgendwann winzige lebende Kalmare aus dem Mantel der Mutter schlüpfen, wie man den sackförmigen Körper nennt. Vielleicht treiben sich hier ja auch solche Winzlinge herum, auf die Dracos Sinne reagieren." Kirk rümpfte die Nase. „Auf alle Fälle sollten wir uns beeilen und wieder verschwinden."

Nur war das einfach gesagt. Die Praxis sah etwas anders aus, denn sie mussten das Netz erst einmal entwirren, um ein brauchbares Stück abschneiden zu können. Nach einer Stunde Arbeit musste der Lóng auf Nahrungssuche gehen, um weitermachen zu können. Er kam recht schnell und überaus zufrieden wieder.

Tamik, du musst ein Hellseher sein! Hier ist tatsächlich eine Art Kinderstube der Kalmare. Ich habe hunderte Jungtiere entdeckt.

„Oh, mein Gott!", rief der Meermann entsetzt.

Draco grinste breit. *Jetzt sind es vielleicht noch 20. Aber auch nur, weil die außerhalb meiner Reichweite waren.*

„Lasst uns rasch weitermachen und dann schnell abhauen", schlug Tamik vor. „Nicht, dass die Alten Brutpflege betreiben, und wir ein richtig großes Problem bekommen." Er kontaktierte vorsichtshalber Tiku, der damals bei den Menschen wissenschaftlich mitgearbeitet hatte und von allem die meiste Ahnung hatte. „Nun bin genau so schlau wie vorher", prustet er schließlich los. „Tiku hat erzählt, dass diese Viecher ihre Samenpakete sogar Männchen anheften, weil es für sie wohl einfacher ist, alles zu begatten, was vorbei schwimmt, als gezielt nach Weibchen zu suchen."

„Au weia!", stöhnte Kirk mit lustig verdrehten Augen. „Sachen gibt es, die gibt es eigentlich gar nicht!" Er half, das Netz transportfähig zusammenzuwickeln.

Auf drei hoben sie die Last an und strebten eilig der Siedlung entgegen, wo man sie schon neugierig erwartete. Draco musste natürlich haarklein erzählen, wie die jungen Riesenkalmare ausgesehen hatten.

„Die betreiben ganz sicher keine Brutpflege", merkte Tiku an, als Kirk etwas zaghaft fragte, ob man den Rest des Netzes wirklich noch holen wolle. „Aber stimmen wir doch ganz einfach ab, was mit dem Rest des Netzes geschehen soll."

„Oh. Damit habe ich nicht gerechnet." Tiku schaute irritiert in die Runde. Die Mehrheit enthielt sich der Stimme. Es gab aber zwei Befürworter mehr, als jene, die dagegen waren. Draco und Ammon hatten dafür gestimmt und so sagte Tiku: „Draco, Ammon und ich werden schwimmen, um möglichst viel von dem wertvollen Material retten zu können. Wer weiß, ob wir wieder mal das Glück haben, ein ganzes Netz mit kompletten Seilen zu finden."

Ich muss nur noch mal schnell zur Halde. Mir knurrt schon wieder der Magen, rief Draco, davon huschend.

„Er leistet Schwerstarbeit", verriet Ammon den anderen. „Es grenzt an ein Wunder, dass ein so junger Lóng derart viel Energie erzeugen kann. Aber dafür muss er auch reichlich Nahrung zu sich nehmen. Wenn diese Aktion beendet ist, braucht er ausgiebig Ruhe."

Es dauerte auch mit jeder Tour länger, das Netz zu schneiden, denn Draco musste ja auch noch schwimmen und die Stücke mit in die Siedlung schleppen. Um ihm Letzteres zu erleichtern, legten sie das Netz so zusammen, dass er auch noch seine Hinterbeine einhaken konnte. Zwar schüttelte diese Variante, weil sich der Leib des Drachen heftig schlängelte, die Meermänner kräftig durch, aber das steckten sie, der ganzen Sache Willen, gleichmütig weg. Sein Wohl war wichtiger. Bei der letzten Aktion stellte Tiku überrascht fest, dass noch beide Scherbretter mit unter dem Geflecht lagen, die Grundleine aus Ketten und eigentlich nur das Kopftau mit den Auftriebskugeln fehlte. Warum ausgerechnet das und wie es überhaupt abhanden kommen konnte, werde wohl für immer ein Rätsel bleiben.

„Es ist genug für heute", legte Tiku fest, als Draco völlig ausgehungert zum zweiten Mal über alles herfiel, was bei seinem Anblick nicht sofort von der Abfallhalde verschwunden war.

Ammon nickte. „Da bin ich völlig deiner Meinung." Als Draco satt und zufrieden zurück kam, schickte er ihn direkt in die Grotte zum Schlafen. „Da hast du, abgesehen von Triton, deine Ruhe", fügte er noch hinzu.

Gähnend lief der Lóng zum Eingang. Er hatte nicht einmal mehr Lust, die paar Meter zu schwimmen. Als Lina nachschauen ging, lag er bereits im hintersten Winkel an die Wand geschmiegt, tief und fest schlafend. Triton versprach, ein braver Junge zu sein, Draco nicht zu wecken und auch sonst keinen Unsinn anzustellen.

„Die Taue werden wir auch mit mehreren Personen tragen müssen", erwähnte Tiku. „Möglich, dass wir sie vorher durchtrennen, um sie überhaupt schleppen zu können."

Liana nickte kaum merklich. „Ein Geisternetz weniger, das Schaden anrichten kann."

„Geisternetz?", flüsterte Kïa, sich nach der Lagergrotte umschauend.

„So nennt man verloren gegangene Netze, die sich aus allen möglichen Gründen von den Schiffen gelöst und selbstständig gemacht haben", erklärte Tiku. „Sie tauchen, wie durch Geisterhand, hier und da in der Strömung auf, ohne dass ein Schiff in der Nähe ist."

Kïa blies einen Schwall Luftblasen aus. „Das beruhigt mich. Seit ich euch kenne, glaube ich an alles Mögliche, nun wohl auch an Geister."

„Wo steckt eigentlich Kara?" Liana schaute sich suchend um.

„Irgendwo da hinten in der Nähe des Lagers", verriet Siria. „Sie scheint etwas im Sand zu suchen."

Kïa schwamm hinüber und beobachtete ihre Tochter, die wirklich mit beiden Händen im Sand steckte und sehr konzentriert wirkte. „Kann ich dir helfen?"

„Weiß nicht." Kara schaute nicht mal auf. „Ich habe gesehen, wie ein paar dünne Fäden von den Netzen heruntergefallen sind. Und davon möchte ich wenigstens einen haben." Sie wühlte unbeirrt weiter und jubelte, als sie tatsächlich einen der Kunststofffäden erwischte. Sie hielt das etwa meterlange Stück prüfend hoch, um mit tiefster Zufriedenheit zu verkünden: „Damit kann ich richtig viel anfangen"

„Was hast du denn vor?"

„Das verrate ich noch nicht." Kara wickelte die Schnur zusammen und eilte in die Wohngrotte, um sie sicher zu verwahren. Kaum war sie wieder draußen, begann sie, etwas zwischen den Walknochen zu suchen. Diesmal schien sie nicht fündig zu werden. Sie schaute sich kurz um, schwamm zu Pero, flüsterte ihm etwas zu und huschte weiter.

„Was hat sie gewollt?", fragte Kïa.

„Einen spitzen Knochen, eine feste Gräte oder einen alten Nagel, den die anderen nicht mehr brauchen." Pero zuckte mit den Schultern. „Dann werde ich wohl mal beim Suchen helfen."

Der Wunsch der kleinen Enga machte bald die Runde durch die Siedlung und die älteren Wilson-Rakaa begannen zu ahnen, was die Kleine vor hatte. Unabhängig voneinander brachten sie ihr winzige, aber besonders schillernde Muscheln, kleine Schneckenhäuser und Kami machte sich das Vergnügen, die Röhre eines dünnen Wurmes in kurze Stücke zu schneiden. Pero erbat von Tiku einen Nagel und half Kara, Löcher in die vielen schönen Dinge zu schlagen. Er passte auch auf ihre Schätze auf, als sie davon huschte, um die Schnur zu holen. Dann durfte Onkel Pero helfen, als sie begann, sich eine ganz wundervolle Kette zu fädeln. Denn der Schmuck der erwachsenen Nixen gefiel ihr sehr und der Wunsch, auch eine Kette zu haben, war mit dem Fund der dünnen Fäden nicht mehr unerfüllbar gewesen.

Tiku kam die große Ehre zu, die Schnur zu kürzen und einen unlösbaren Knoten zu setzen. „Ich werde bei Gelegenheit Draco bitten, die Enden noch zu verschweißen, damit der Knoten nie mehr aufgeht", versprach er, der kleinen Nixe das Schmuckstück umhängend. „Da haben wir die nächste Künstlerin, die sicher auf einer neuen Wilsonia ausstellen wird", verkündete er erfreut.

In den folgenden Tagen brachten die Frauen alles Mögliche Kleingetier von den Tangplantagen herbei, damit Kara für alle, die noch keine hatten, Ketten basteln konnte. Egal, ob Meerweiblein oder Meermännlein, alle Kinder schmückten sich mit Karas Kunstwerken. Die waren dann auch noch ganz individuell auf ihren zukünftigen Träger abgestimmt. Die beiden wildesten Knaben, Triton und Nemo, erhielten Ketten mit einem kleinen Haifischzahn in der Mitte.

Für Mama Kïa hatte Kara eine besondere Überraschung. Für sie bastelte sie eine Perlmuttkette mit Muschelstücken, die den Blumen auf der Erdoberfläche nachempfunden war, wie sie sie aus den Erzählungen der der Älteren kannte. Dass sie selbst die Rundungen geschnitzt hatte, sah man nur ihren Fingern an, die über und über mit Schnitten bedeckt waren, weil sie sehr oft abgerutscht war.

„Ich kann nur lernen", wiegelte sie ab, als Mama entsetzt die Hände vor das Gesicht schlug.

Die pfiffige Kleine hatte sich, weil ihr die Erwachsenen kein Messer gaben, aus scharfen Knochenstücken selbst das entsprechende Werkzeug gebastelt. Damit ging die Arbeit nicht schnell, aber mit etwas Mühe ganz gut.

Tiku atmete tief durch, als er die zerschundenen Hände sah, holte ein kleines Taschenmesser, das man starr stellen konnte, aus seinem Fundus, und übte mit Kara den richtigen Umgang.

Immerhin war sie schon ein *großes* Mädchen, dem man vertrauen konnte. Er sollte auch nicht enttäuscht werden.

Nun begann Kara alle möglichen Materialien zu testen und landete wie Mama Kïa bei Walknochen, aus denen man mit etwas Geschick sogar Perlen schnitzen konnte. Mit wahrer Engelsgeduld bohrte sie am Ende auch noch Löcher hinein, um sie auffädeln zu können. Das war der Punkt, an dem Tiku sogar noch eine lange dünne Schraube herausrückte, um Kara die Arbeit zu erleichtern. Die konnte sie fast wie einen Bohrer verwenden.

Tiku schaute zu, fasste sich an den Kopf und schien angestrengt nachzudenken. Von mehreren angesprochen, murmelte er: „Ich hab da in einem Buch etwas gesehen, wie die frühen Menschen Löcher in Holz trieben. Mit den Kunststofffäden sollte es mir gelingen, so ein Gerät zu bauen, falls mir wieder einfällt, wie das genau funktionierte." Dann schwamm er zwei Tage mit finsterem Gesicht herum, weil es ihm einfach nicht einfallen wollte.

Am dritten Tag eilte er ins Lager, um sich ein Stück Seil zu holen. Aus einem Rippenstück baute er einen kleinen Bogen, wand das Seil um einen abgebrochenen Speer und bohrte unter dem Jubel der Menge ein paar ansehnliche Löcher in einen Knochen. „Und jetzt das Ganze eine Nummer kleiner!", rief er, aus einer dünnen Rippe mit dünnerer Schnur einen Bohrbogen für Kara bauend, die diesen mit einem Freudenschrei in Empfang nahm.

„Vergiss nicht, von oben mit dem Fixierstück zu drücken", mahnte er, ihr ganz genau zeigend, wie das obere Ende des Bohrstabs in das Loch eingesetzt werden musste, damit man den Bogen gefahrlos hin und her bewegen konnte, damit sich der Bohrstab drehen konnte.

„Das wird ja ganz heiß!", rief Kara erschrocken, als sie das Werkstück berührte.

Tiku nickte. „So haben die Menschen früher auch Feuer gemacht.“

„Können sie dann nicht auch was gegen die Kälte da oben machen?“, wollte Kara wissen.

„Leider nicht“, seufzte der Meermann. „Sie haben alles versucht, die Katastrophe zu verhindern. Aber die Erde kann man nicht zwingen. Wenn ein Vulkan ausbricht, dann bricht er eben aus. Damit muss man leben lernen, oder aber sterben.“

Pero und die geretteten Enga überlief bei diesen Worten ein eisiger Schauer. Tiku hatte es auf den Punkt gebracht.

Kara streichelte ihr Bohrgerät. „Arme Menschen. Sie tun mir so leid.“ Sie wandte sich wieder ihren Schmuckkreationen zu.

Kaperkapitän Tiku

Nach der Jagd und der Arbeit auf den Plantagen saß das Meervolk nun öfter beisammen, um zu schnitzen, zu basteln und dabei gemeinsam zu singen. Draco übte sich darin, mit feinstem Energiestrahl zu agieren.

Zur größten Freude der Schmuckbastler konnte er bald winzige Löcher in die unmöglichsten Materialien brennen. So wurden Kamis Bartperlen auch immer ausgefallener. Kirk bändigte seinen langen Rauschebart auch mit Schmuck. Nur fertigte er den nicht selbst. Er gab ihn bei Kara in Auftrag, die er als Gegenleistung mit Perlmutt versorgte.

Als die Enga endlich wieder richtig schwimmen konnten, weil die nachwachsenden Flossen lang genug waren, zogen drei Jäger mehr auf die Pirsch nach großen Fischen. Die beiden Nixen halfen mit auf der Plantage. Da blieb am Ende auch mehr Zeit, um sich mit den schönen Dingen zu beschäftigen.

Ammon ließ sich von Tiku und Siria weiter in die Geheimnisse der Menschen einweihen. Tiku musste nicht einmal nachhelfen, denn Ammon hatte den Wunsch selbst geäußert.

„Wenn ich nicht mehr bin, musst du meinen Platz einnehmen, denn du bist der stärkste Krieger", sagte Tiku eines Tages ganz nebenbei, worauf sich lähmendes Entsetzen in der Siedlung breit machte.

Lynn traf der Schock am tiefsten. „Wie viel Zeit bleibt uns noch?", hauchte sie.

Tiku nahm sie liebevoll in den Arm. „Vielleicht 50 Jahre, vielleicht sehr viel weniger. Die Lebensspanne ist ja erst interessant geworden, seit wir in Familienverbänden leben. Ich habe meine Jahre vorher nie gezählt. Aber es dürften etwa 350 sein."

Man hatte es ganz einfach verdrängt, dass Tiku der Älteste nach Kami war, der wiederum unsterblich zu sein schien, so lange, wie er schon auf dieser Welt weilte. Am meisten staunten die Enga, die sich nie mit einem natürlichen Tod beschäftigt hatten, weil sie ganz einfach zu jung waren. Nun hofften sie sehr, ebenfalls so langlebig zu sein, wie die Wilson. Die kurze Spanne eines Menschen, mit durchschnittlich 79 Jahren, entsetzte sie regelrecht.

„Wir werden es eines Tages herausfinden", war Kïas einziger Kommentar zur Sache. Etwas anderes blieb ihnen ja auch nicht übrig, wenn nicht einmal Kami Angaben darüber machen konnte, der so beinahe alle kannte, was im Meer zu Hause war.

„Wisst ihr, was ich gerne herausfinden würde? Wie es über Wasser aussieht!" Tiku deutete mit beiden Zeigefingern nach oben. „Hat jemand Lust, mit auf Erkundung zu schwimmen? Ich mache mir Sorgen, weil der Tang so schlecht wächst."

Ammon, Pero, Auan, Tamik, Amar und Draco hoben fast gleichzeitig Hände und Klauen.

Wobei ich nicht weiß, ob es mir bestimmt ist, mit dem geringen Druck fertig zu werden, schränkte Draco traurig ein. *Ich möchte es aber gern versuchen, weil die anderen Lóng davon sprachen, dass es einigen gelingt.*

„Du wirst dabei sein, solange du magst", versprach Tiku.

Kami hielt die Männer nicht zurück. Er war ja selber begierig darauf, mehr zu erfahren. Und weil man davon ausgehen musste, die letzten 200 Meter allein emporzusteigen, teilte Tiku an alle Laserwaffen aus. Mit ihren Pistolenhalftern um die Hüften, an denen auch kleine Netzbeutel hingen, den Rucksäcken, Tauchermessern und Speeren, boten die Meermänner einen martialischen Anblick. Was alles in Tikus Rucksack steckte, konnten die anderen nur raten. Amar hätte seinen Hintern verwettet, einen druckfesten Kompass darin zu finden.

Tiku brach in schallendes Lachen aus. „Ich glaube, wir kennen uns schon ziemlich lange! Na klar, habe ich einen Kompass einstecken und sogar einen Sextant, um herauszufinden, wo wir uns häuslich niedergelassen haben. Von einem Haufen kleiner Werkzeuge ganz zu schweigen."

Lynn, Nicki und Kïa bewaffneten sich auch, um im Notfall die Siedlung mit den übrigen Männern beschützen zu können. Inia hielt die Kinder zusammen, um jederzeit alle in der Hauptgrotte in Sicherheit bringen zu können. Bei ihr wurden sogar die beiden Rabauken Triton und Nemo ganz zahm.

Die Expeditionsteilnehmer stiegen direkt vom Hauptplatz der Siedlung senkrecht empor. Wenn Tikus Messungen stimmten, mussten sie etwa 400 Meter überwinden. Die Tangfelder lagen rund 200 Meter höher als die Siedlung, aber noch am Hang ihres Tales. Gerade so, dass sie noch ausreichend Licht bekamen, um gedeihen zu können.

Nur war das mit dem Licht so eine Sache …

Tiku war nicht der Einzige, dem auffiel, dass es dem Tang nicht gut ging. Er wuchs plötzlich schlecht und er schmeckte anders, als noch vor wenigen Wochen. Dass es kälter geworden war, ließ sich anhand des Thermometers beweisen, welches Tiku aus Marios Labor mitgenommen hatte. Zwar war es nur ein Grad, aber das konnte verheerende Folgen haben. Was würde sie oben wohl erwarten? Am meisten war Pero aufgeregt, der noch nie direkt an der Oberfläche gewesen war.

„Wird es gar nicht heller?", grummelte Tamik, als sie schon fast eine halbe Stunde unterwegs waren.

„Gemach, gemach, wir haben doch gerade erst die Höhe der Plantagen verlassen", antwortete Tiku. „Die merkwürdige Finsternis ist ja der Grund, weshalb ich nachschauen will, was da oben los ist. Ich vermute, dass es die Sonne gar nicht mehr schafft, die Vulkanstaubwolken zu durchdringen. Dann kommt hier unten auch nichts an und der Tang stirbt ab. Ich will schon froh sein, wenn das Meer keine Eisdecke trägt."

„Was sagt dein Thermometer?"

Tiku zog es aus dem Seitenfach des Rucksacks. „Sieben Grad Celsius."

Amar atmete tief durch. „Könnt ihr euch an 28 Grad Celsius erinnern? An Sonne satt, die so brennen konnte, dass man sich auf dem heißen Sand des Strandes verbrannte? An Limonade unter Palmen? Und an Vanilleeis mit Früchten?"

Pero bekam große Augen. „Was ist Vanilleeis?"

„Eine leckere Erfindung der Menschen", schwärmte Auan. „Die Pflanzen auf dem Land waren wundervoll und vielfältig. Ihre Früchte so süß, wie du es dir nie vorstellen kannst. Die Sonne hat dafür gesorgt, dass sich Massenhaft Fruchtzucker bildete. Von den Schoten der Vanilleorchidee kam der Geschmack in einer gekühlten Masse aus Milch und anderen Zutaten. Und das wurde dann noch mit Fruchtstücken anderer Gewächse garniert, mit Soßen oder bunten Zuckerstreuseln ... ach ja ..."

Tamik seufzte ebenfalls und Tiku rief: „Hör auf, hör auf! Sonst werde ich noch schwermütig!"

„Die Menschen konnten ihr Essen so haltbar machen, dass man es auch nach Jahren noch gefahrlos verzehren konnte", erzählte Auan weiter. „Sie haben einige Dinge an der Luft getrocknet, andere mit viel Zucker eingekocht oder frisches Gemüse kleingeschnitten und eingefroren."

„Fisch haben sie auch tiefgekühlt", warf Tiku ein. „Sie haben die Tiere filetiert und manchmal mit einer leckeren Panade aus Semmelmehl und Kräutern überzogen. Die warf dann beim braten goldbraune Blasen und duftete." Er schloss die Augen, hob die Nase, als folgte er gerade so einem verführerischen Aroma.

Wenn sich sogar Tiku nicht wieder einkriegt, muss es eine Gaumenfreude der Extraklasse gewesen sein, stellte Draco lächelnd fest. Er stupste Pero mit der Nase an. *Uns beiden fehlt es nicht, weil wir es nie erlebt haben. Kann manchmal auch von Vorteil sein.*

„Ja, da hast du recht", murmelte Ammon. „Ich erinnere mich zu gut an Eis, Nougat, Melonen und an Aprikosengelee auf einem warmen Brötchen mit Butter."

„Oha! Wir sollten schleunigst versuchen, alle auf andere Gedanken zu bringen!", schlug Pero dem Lóng vor. „Sonst wird der Ausflug ein glattes Trauerspiel."

Da drüben sind Buckelwale, rief Draco plötzlich, *die kommen genau im rechten Moment!*

Die vier etwa 13 Meter langen Tier tauchten wie die Meermänner senkrecht auf, ohne diese zu beachten.

„Nahrung scheinen sie noch reichlich zu finden", stellte Tiku erleichtert fest.

Amar hob die Schultern. „Wundert mich nicht, jetzt, wo die Menschen nicht mehr alles einsammeln, was irgendwie verwertbar ist. Da gibt es Fische und Krill in großen Mengen für die verspielten Riesen. Aber schaut mal! Das da oben müssen Pottwale und ein Blauwal sein!"

„Ich tippe auf was ganz anders", überlegte Tiku laut. „Ich halte es für Schiffe, die herrenlos treiben. Das sollten wir uns ansehen." Er strebte dem kleinsten Schatten zu. Denn wenn es eine Möglichkeit geben sollte, an Bord zu gelangen, klappte das sicher nicht bei einem Ozeanriesen.

„Stimmt. Sind Schiffe." Auan staunte über die ungewöhnliche Ansammlung.

Draco scannte mit seinen scharfen Sinnen die Umgebung. Fische, Wale, Seepocken, ansonsten keine Lebenszeichen. In der Aufregung hatte er gar nicht gemerkt, dass es nur noch wenige Meter waren, bis sein Kopf aus dem Wasser schauen werde. Erst als Ammon fragte, wie er sich fühle, begriff er, dass er ein Auserwählter sein musste.

Gut. Ich fühle mich prächtig und vor allem neugierig. Das sind also Schiffe, die die Menschen gebaut haben. Kolossal!

„Und da sind das noch nicht mal die Größten", lachte Tamik.

Sie hakten sich alle miteinander unter und durchstießen gemeinsam die Wasseroberfläche, des fast verdächtig glatten Ozeans.

So fühlt sich also Luft an, staunte Draco, während Pero einfach nur überwältigt den Kopf schüttelte.

Am bleigrauen Himmel zogen irgendwelche hellen und dunklen Schlieren entlang, die nicht einmal entfernt an Wolken erinnerten. Kaum merklicher Wind, keine Sonne.

„Irgendwie gruselig." Auan schüttelte sich angewidert, was die anderen Wilson nur zu gut, Draco und Pero gar nicht verstehen konnten.

„Suchen wir eine Möglichkeit, auf eines der Schiffe zu kommen. Vielleicht finden wir ja ein brauchbare Dinge", schlug Tiku vor.

Sie umrundeten vorsichtig die Yacht.

„Fantastisch! Sie hat eine Jetski-Plattform! Auf sie, mit Gebrüll!" Tiku schwang sich gekonnt aus dem Wasser. Die Wilson folgten ihm aufs Trockene.

Draco spülte immer wieder seine Kiemen mit Meerwasser. Das ungewohnte Element Luft beeinträchtigte sein Wohlbefinden. Auch Pero tauchte alle paar Augenblicke unter, um die Kiemen zu benetzen, während die anderen Meermänner bereits in jeden Winkel des Schiffs krochen.

„Ich hab was", hörten sie Tiku zufrieden murmeln und waren gespannt, was es wohl sein mochte. „Ich stecke in der Kombüse", gab er bekannt, „und packe Messer ein. Ach, schau an, ein Vorratsschrank mit Konserven! Wie wäre es mit einem Snack?"

Sofort hangelten sich die anderen herbei, sehr darauf achtend, sich nicht die Flossen zu verletzen. Da hatte Tiku schon den Büchsenöffner angesetzt.

„Pfirsiche!" Ammon leckte sich die Lippen.

Tamik zählte schon. „Oh, Klasse! Für jeden eine Hälfte!"

Tiku prüfte erst das Aussehen, den Geruch und den Geschmack von einem winzigen Stückchen, ehe er sie mit den Worten austeilte. „Sie sind einwandfrei."

„Kannst du mir bitte auch ganz kleine Häppchen machen", bat Draco, der auch möglichst lange die Leckerei genießen wollte.

Tiku schnitt Scheibchen, die er dem entzückten Drachen einzeln auf die Zunge legte. „Schade, dass wir keine Büchsen mit runter nehmen können. Der Wasserdruck würde sie platt machen. Schlagen wir uns also hier den Bauch voll."

„Aber das können wir mitnehmen!" Amar hielt in Kunststofffolie eingeschweißte getrocknete Feigen hoch. „Davon gibt es eine ganze Klappbox voll."

„Geht komplett mit runter", legte Tiku fest, noch eine Dose Ananas öffnend.

„Wurst und Fleisch sind komplett vergammelt", sagte Auan traurig.

„Wundert mich nicht. Wir sind ja schon eine halbe Ewigkeit wieder im Meer", erwiderte Tiku, ein Glas Bohnen von sich schiebend, weil es nach dem Öffnen bestialisch stank.

„Schau mal! Mischpilze! Eine richtig große Dose!" Tamik robbte mühsam heran. „Mir fehlt mein Rollstuhl!"

„Ach???" Tiku hielt sich den Bauch vor Lachen. „Was glaubst du wohl, was ich vermisse?"

„Ich verstehe kein Wort", seufzte Pero.

Erkläre ich dir später. Ich hab ja die Bilder gesehen, meldete sich Draco und schnappte nach der Gabel, die ihm den ganzen sauer eingelegten Hut einer Rotkappe vor die Nase hielt. *Oh ist das lecker!!! Langsam kapiere ich, welchen Verlust ihr erlitten habt.* Er klammerte sich beiden Vorderbeinen an die Reeling und steckte den Kopf zu einem Bullauge herein, das Ammon extra für ihn geöffnet hatte.

„Mehr ist leider nicht genießbar. Ihr könnt höchstens die Zunge in der Zuckernapf stecken, um zu wissen, wie purer Rohrzucker schmeckt, den man in Tee, Kaffee und tausend andere Getränke und Speisen mischen kann."

Her damit, rief der Lóng, um wirklich mitreden zu können. Pero hielt es genau so.

„Wie kommen wir am schnellsten auf das große Schiff da drüben? Da gibt es sicher viel zu holen", überlegte Pero laut.

Tiku schwang sich in den Sitz am Steuerrad, setzte sich eine herumliegende Kapitänsmütze auf und rief aus Spaß: „Fertig machen zum Entern!" Als die Maschinen wirklich ansprangen, klappte ihm der Unterkiefer fast bis auf den Schoß.

„Du willst doch nicht wirklich …", murmelte Auan.

„Aber klar doch! Ein bisschen Spaß muss sein. Draco, lass um Himmels Willen nicht die Reling los!"

Verstanden, kicherte der Drache, vorsichtshalber Hinterbeine und Schweif auf Deck in Sicherheit bringend.

Da tuckerte die Yacht auch schon langsam um die anderen Schiffe herum. Nicht weit, weil der Tank sofort leer war, aber die Ausflügler hatten ihren Spaß gehabt. Es machte auch nichts, das nächste Schiff leicht zu rammen.

„Verkehrsrowdy!", grinste Tamik, weil der Ruck doch etwas heftiger ausfiel.

Tiku grinste zurück. „Für den ersten Versuch als Korsaren-kapitän war es doch gar nicht so schlecht. Hab bisher ja nur zugeschaut. Kapern wir das nächste Schiff!"

Ammon schüttelte belustigt den Kopf. So ausgelassen hatte er seinen Vater noch nie erlebt. Er hatte nicht einmal geahnt, dass dieser zu den unmöglichsten Späßen bereit war, wenn es dadurch keinen Nachteil für das kleine Meervolk gab.

„Das ganz große Schiff können wir vergessen", sinnierte Ti-ku. „Wir würden uns scheckig suchen, um die Küche zu finden. Das ist vermutlich ein Containerschiff, dem die Ladung abhanden gekommen ist. Auch habe ich Angst, dass sich jemand ernsthaft verletzt. Halten wir uns lieber an die drei kleinen Kähne."

„Aye, aye, captain!" Tamik knüpfte ein Tau mit dem Rest der Ankerkette des anvisierten Schiffs zusammen.

Tiku hangelte er sich als Erster hoch. „Oh, ein Trawler!" Er half den anderen an Bord. Selbst Draco kletterte mit hinauf. Ein paar Minuten ging es schon ohne Kiemenspülung. „Hmm, sieht nicht gut aus. Der hat wohl mehrmals ohne Besatzung schwere See erlebt. Ich staune echt, dass er noch nicht gesunken ist."

Zerschlagene Aufbauten, zerstörtes Steuerhaus und nichts zu finden, was sie hätten irgendwie noch verwenden können. Der nächste Trawler sah auch nicht besser aus. Womöglich hatten die beiden Schiffe ein gemeinsames Netz geschleppt, als sie verlassen wurden.

„Da drüben hängt eine Kette bis ins Wasser!", rief Ammon und zeigte auf ein kleines Passagierschiff, das sie von unten gar nicht gesehen hatten.

„Entern wir!" Tiku, noch immer mit der Kapitänsmütze auf dem rabenschwarzen Haar, fügte aber sofort hinzu. „Das ist definitiv der letzte Versuch. Bringen wir lieber in Sicherheit, was wir bisher gefunden haben."

Er hatte, aus Sorge durch einen dummen Zufall etwas zu verlieren, sogar seinen vollen Rucksack auf dem Rücken behalten, während die anderen die ihren auf der kleinen Yacht neben dem Korb mit dem Trockenobst deponiert hatten.

„Aye, aye, captain Blackbeard!", schmunzelte Amar, worauf die ganze Mannschaft in fröhliches Kichern ausbrach.

Tiku hatte zumindest die Farbe des Bartes und die Kühnheit mit dem Piraten gemein, der Anfang des 18. Jahrhunderts im Alter von 22 Jahren enthauptet worden war. Einem so gutaussehenden und verwegenen Recken, wie Tiku, wären in jedem Hafen die Mädchen sicher reihenweise in die Arme geflogen.

„Hier wird es unschön", gab Tiku bekannt. „Mehrere Skelette mit Einschusslöchern in den Schädeln."

Ammon, Pero und Draco betrachteten neugierig die menschlichen Überreste.

„Die lösen sich ja wirklich nicht auf", flüsterte Pero. „Sehen wir innen drin genau so aus? Ich meine zur oberen Hälfte."

„Ja, wir sehen auch so aus", bestätigte Amar. „Mario hat von uns Röntgenbilder gemacht, wenn er uns wieder zusammenflicken musste, weil irgendein Unfall passiert war. Sonst sieht man das ja nie, weil sich jede Nixe und jeder Meermann im Augenblick des Todes in Meerschaum auflöst. Aber darum ja wohl deine Frage."

„Schauen wir nach, ob es noch irgendwas zu holen gibt", forderte Tiku und führte sie zielsicher in die Lagerräume der Kombüse.

Die Türen der vielen Schränke standen offen, die Fächer waren leer oder verwüstet. Also packten sie wieder ein, was sie an Messern und Wetzstäben finden konnten. Drei große klare Plastikbehälter mit Schraubdeckeln stachen Tamik ins Auge und so packte er sie in ein Müllbeutel, den er von einer Rolle gerissen hatte. Er wusste dass er sie mit Wasser fluten musste, damit sie heil in der Siedlung ankamen.

Draco schnüffelte ein wenig in den Ecken herum, weil er ganz einfach neugierig auf alles war, das mit den Menschen zusammenhing. Aus einem Mülleimer hing der Zipfel von einem Jutesack und der Drache wollte sich das Material etwas näher betrachten. Er steckte sogar die Nase in den Stoff. Etwas bewegte sich und machte Geräusche wie die Messer, welche die Meermänner eingepackt hatten. Noch ein Blick mit den großen Augen, die im Dunkeln besonders gut sehen konnten, dann rief er: „Tiku, kannst du mal herkommen! Ich hab was Interessantes gefunden! Ach warte, ich komme hin! Ich hab doch vier Beine zum Laufen!" Mit den Zähnen trug er das doch recht schwere Säckchen ganz vorsichtig den Gang entlang und legte es dem Meermann in die Hände.

Tiku stellte es auf den Boden, krempelte sacht den Rand um und staunte. „Draco, du hast einen Schatz gefunden! Das ist Gold- und Silberschmuck. Den wollte wohl jemand vor den

Räubern verstecken, die dieses Schiff aufgebracht haben." Er hielt ein Armband mit großen Smaragden hoch, damit es alle sehen konnten. „Nun bist du der reichste Drache im ganzen Meer, könnte ich wetten."

„Ich darf das behalten?", fragte Draco ganz vorsichtig.

„Aber natürlich. Du hast es schließlich gefunden. Willst du es selber tragen oder soll ich es einstecken?"

„Ich habe Angst, es zu verlieren", erklärte der Lóng, Tiku beim Abnehmen seines Rucksacks helfend.

Das heftige Schlingern des Schiffs erschreckte die kleine Gruppe.

„Machen wir, dass wir wieder ins Meer kommen!", riet Tamik und Tiku hieß das eindeutig gut.

Es war heftiger Wind aufgekommen und die Wellen begannen, sich zu Bergen zu türmen. Tiku schickte Draco sofort ins Wasser, um die letzten Aktionen der Unternehmung von unten zu sichern. Die Meermänner beeilten sich, auf die winzige Yacht zu kommen, und ihre gehorteten Schätze zu retten. Die Lage wurde bedrohlich und so warf Amar die Box mit dem Trockenobst einfach über Bord, nachdem er Draco Bescheid gegeben hatte.

Der Drache klaubte zusammen, was im aufgewühlten Wasser trieb und steckte es wieder in die Kunststoffkiste. Auan half ihm, den Deckel zu befestigen. Und während oben schon die aneinander schlagenden Bordwände der Geisterschiffe einen ohrenbetäubenden Lärm verursachten, strebten sie eilig und vollgepackt der schützenden Tiefe entgegen.

Seemannsgarn und andere Fäden

Tiku gab immer wieder an Kami durch, in welcher Tiefe sie sich ungefähr befanden. Verständlicherweise sehnten alle die Rückkehr der Ausflügler herbei, denn die Männer fehlten. Die einen bei der Jagd und die anderen als Krieger, um die Siedlung zu beschützen. Untereinander sprachen die Rückkehrer gar nicht. Das Herumkraxeln auf den verlassenen Schiffen war anstrengend gewesen und der Transport der schweren Rucksäcke und der mühsam zusammengeknoteten Beutel verlangte ihnen nun auch noch einmal alles ab. Draco hielt die große Box mit beiden Vorderbeinen an seinen Körper gepresst, damit sich der Deckel nicht wieder löste.

Endlich kamen die Tangfelder in Sicht und schließlich das Leuchtende Tal, wie sie ihr Refugium liebevoll nannten. Das ganze Volk war auf dem zentralen Platz versammelt, um bloß kein Wort darüber zu verpassen, was die Männer und Draco erlebt hatten, die soeben ihr Gepäck in die Mitte des Steinkreises stellten.

Jan, einer der Enga, hatte einen kleinen Tiefseehai erlegt, die Kinder Unmengen Muscheln gesammelt und die Frauen Tang geerntet, sodass gleich wieder die übliche Willkommensparty stattfinden konnte. Draco griff sich alles, was für sie anderen ungenießbar war. Je älter und größer er wurde, umso zähere Beute konnte er verdauen. So landeten eben wirklich nur noch Zähne, Muschelschalen und besonders große Knochen auf der Halde.

Als die erste Sättigungsphase erreicht war, packten die Männer unter dem staunenden Ah und Oh der Versammelten aus, was sie von der Oberfläche mitgebracht hatten. Küchenmesser, Tauchermesser, Zangen, Feilen, Hämmer, Meißel, Schnur- und Seilrollen aus Kunststoff in verschiedenen Dicken und Farben, diverse Behälter mit Deckeln in allen möglichen Form. Schließlich öffnete Tiku die Box mit Trockenobst. Der Jubel der ehemaligen Landbewohner war unbeschreiblich, als er wirklich jedem ein Beutelchen in die Hand drücken konnte. Das Säckchen mit dem Schmuck hatte er in seinem Rucksack gelassen. „Es ist deine Entscheidung, ob du zeigen möchtest, was du gefunden hast", wandte er sich an Draco.

Doch, ich möchte, erklärte der Lóng und so breitete Tiku vorsichtig den Schmuck aus.

„Mein Gott! Das sind ja Schätze!", staunte Siria. „Die musst du gut behüten."

Draco nickte. *Aber vorher sollen sich mein kleine Schwester Kara und meine Ziehmamas Kïa und Lina etwas davon aussuchen.*

„Wirklich?!", fragten alle drei völlig synchron und überrascht.

Kara steuerte sofort die Smaragdkette an, während die beiden anderen Nixen Aquamarine und Rubine ins Auge fassten.

Perfekt, freute sich Draco. *Da gibt es wenigstens keine Streit und traurige Gesichter.* Er sammelte die anderen Schmuckstücke ganz vorsichtig wieder ins Säckchen, um sie Ammons Grotte zu deponieren.

Siria blinzelte vergnügt. „Sina hätte jetzt bestimmt eine Geschichte geschrieben: *Die Legende vom Kaperkapitän Tiku und seiner verwegenen Mannschaft.*

„Oh ja! Eine Geschichte! Tiku muss uns eine Geschichte erzählen!", rief Liana und die anderen klatschten in die Hände.

Der Meermann kratzte sich an der Wange. „Dann werde ich es wohl tun müssen", seufzte er mit lustig verdrehten Augen, fasste noch einmal in seinen Rucksack, zog unter dem Gelächter der anderen die Kapitänsmütze heraus, die er gefunden hatte, setzte sie bedächtig auf, klemmte sich einen kurzen Walknochen zwischen die Zähne, als rauche er Pfeife, und begann.

„Ihr habt es so gewollt. Amar hatte mich Blackbeard genannt, wie einer der gefürchtetsten Kaperkapitäne hieß. Erfahrt also seine Geschichte, so wie ich sie mir gemerkt habe: Er muss irgendwann Ende des 17. Jahrhunderts geboren sein und hatte als junger Mann als Matrose anheuert. Die Kapitäne, mit denen er fuhr, hatten, weil man sich im Krieg befand, Kaperbriefe, um offiziell für ihr Land Beute zu machen.

Als der Krieg endete, arbeiteten viele Freibeuter, verbotenerweise, in ihre eigene Tasche, weil das Aufbringen der Schiffe ein wirklich einträgliches Geschäft war. Blackbeard gehörte zu dieser Zeit der Crew des Piraten Benjamin Hornigold an.

1717, so sagt die Chronik, übernahm er das Kommando über ein Schiff namens Sloop Revenge, mit der er mindestens 15 Schiffe kaperte. Das machte ihn zum gefürchtetsten Piraten an der amerikanischen Ostküste. Im November desselben Jahres brachte er das Sklavenschiff La Concorde auf, das er behielt und umbauen ließ, worauf er es in Queen Anne's Revenge umbenannte.

Na ja, er konnte die Finger nicht von der Piraterie lassen, warum auch immer. Nicht einmal dann, als ihn der Gouverneur amtlich begnadigte, weil er selber Dreck am Stecken hatte, indem er Beute des Korsaren angenommen hatte.

Sein Ruf, besonders grausam zu sein, und seine Show, sich vor jedem Angriff brennende Lunten in den Bart zu binden, war für viele Kapitäne so erschreckend, dass sie beim Auftauchen seines Schiffs sofort kapitulierten. Vielleicht hat ihn das ja übermütig und unvorsichtig werden lassen. Zudem konsumierte er mehr Alkohol als gut gewesen wäre, nahm diverse andere Drogen und so war es wohl nur eine Frage der Zeit, dass ihm jemand das Handwerk legte, indem man Jagd auf ihn machte.

Man lauerte, um ihn zu locken, mit zwei unbewaffnet aussehen Schiffen, die aber umso mehr aufgerüstete Männer unter Deck trugen. Und dann nahm das Verhängnis auch schon seinen Lauf. Er fiel darauf herein und war mit seinen Männern deutlich in der Unterzahl.

Es heißt, er sei verblutet, weil er fünf Mal von Pistolenkugeln und zwanzig Messer- und Säbelhieben getroffen worden war. Man schlug ihm den Kopf ab, den man weithin sichtbar an den Bugspriet der Schaluppe seines Bezwingers hängte. Als Seemannsgarn sehe ich aber die Legende an, dass sein Körper noch mehrmals um das Schiff geschwommen sein soll, ehe er im Meer versank."

„Warum Seemannsgarn? Sind das nicht die Stricke aus denen Fischernetze gefertigt werden?", fragte Inia.

Tiku lachte. „Oh je, ich habe nicht daran gedacht, dass viele von uns die Redewendungen der Menschen gar nicht verstehen können. Fragt bitte alle, wenn euch etwas seltsam vorkommt. Seemannsgarn ist die Bezeichnung für Geschichten, die sich die Seefahrer erzählten und die oft maßlose Übertreibungen von Erlebtem enthielten. Man sprach von Magnetbergen, die Schiffe festhalten konnten, von Monsterkraken, die ganze Schiffe in die Tiefe gezogen hätten, Walen mit Bergen und Bäumen auf dem Rücken und lauter solchen wilden Dingen. Aber auch wir Meervölker, die Lóng und die Riesenwellen, die nur wenige überlebten, um davon berichten zu können, zählen bei den Menschen zum Seemannsgarn."

„Hab trotzdem nicht ganz kapiert, wie die Bezeichnung zustande kommt", überlegte Pero laut.

„Hast recht. Ich habe nicht gesagt, wovon man es ableitet", gab Tiku zu. „Also: Die Matrosen haben sich bei besonders langweiligen Arbeiten diese Geschichten erzählt. Dazu gehörte, Leinen und Trossen mit Material zu umwickeln, das man aus altem Tauwerk herstellte. Man nannte es Garn spinnen oder eben auch Seemannsgarn spinnen. Später erhielten dann die dabei erzählten Geschichten der Einfachheit halber den Namen Seemannsgarn. Als Spinnen bezeichnen es die Menschen und auch wir, wenn jemand verrückte Sachen erzählt, die gar nicht wahr sein können. Und auch unsere Enga haben sich diesen Ausdruck bereits angeeignet, wenn ich mich nicht irre", fügte er kichernd hinzu, worauf ein fröhliches Gelächter einsetzte.

„Aber wie kann ein toter Körper überhaupt um ein Schiff schwimmen, wenn der sich doch in Meerschaum auflöst?", fragte Inia weiter.

„Erstens lösen sich die Menschen nicht auf", rief Pero sofort. „Ich habe die bleichen Knochen mit eigenen Augen liegen sehen! Und zweitens, wenn sich alles Lebende bei seinem Tod in Meerschaum auflösen würde, dann könnten wir nur Tang essen, weil Fische und Muscheln und Krabben vor unseren Augen verschwinden würden."

„Ach ja, das stimmt", murmelte Inia verlegen. „Ich hätte selber darauf kommen müssen. Den Rest hat ja schon Tiku als Seemanngarn eingeordnet."

Kïa warf Pero einen Blick zu, der deutlich sagte: Ich bin sehr stolz auf dich. Kara hatte die Augenbrauen zusammengezogen und schien intensiv zu grübeln. Sie erschrak gewaltig, als ihr Tamik auf die Schulter tippte.

„Alles In Ordnung?", fragte er teilnahmsvoll.

„Doch, doch", beeilte sich die junge Nixe, zu sagen. „Ich denke nur nach."

„Worüber, wenn es so furchteinflößend aussieht?", schmunzelte er.

„Über das Seemannsgarn, die Taue, die ihr mitgebracht habt und was ich nebenbei aufgeschnappt habe."

„Mach es nicht so spannend. Heraus mit der Sprache", forderte Tamik mit einem lustigen Blinzeln.

„Also gut", Kara richtete sich auf. „Ich möchte, dass mir jemand beibringt, wie man Seemannsknoten bindet. Alle reden davon, wie toll die aussehen. Ich will sie für meinen Schmuck verwenden."

Sofort zeigten alle Wilson und Rakaa auf Tiku und Auan, worüber Kara herzlich lachte.

Endlich wieder Kunst zum Staunen

„Das hat man davon, wenn man zuviel kann", witzelte Auan. „Aber mein Wissen gebe ich gern weiter. Gründen wir also einen kleinen Knüpfzirkel, wo jeder, der möchte, die richtige Technik lernen kann."

„Aber nicht mehr heute", gebot Kami. „Auch Helden brauchen Schlaf. Gute Nacht allerseits."

So sah das selbst Draco, der, vor Ammons Höhle liegend, rasch die Augen schloss.

Am nächsten Tag fanden sich nach getaner Arbeit alle Enga und die jüngeren Wilson ein, um von Auan und Tiku zu lernen. Bald schwelgten sie zwischen Achtknoten, Webleinstek, Rundtörn mit zwei halben Schlägen, und anderen Knoten mit klangvollen Namen.

„Interessant", stellte Kara zufrieden fest. „Es gibt also Knoten, die sich richtig zuziehen, und andere mit denen man eine festes Auge knüpfen kann, das sich nicht schließt."

„Ich glaube, dir dürfte auch der Apothekerknoten gefallen", blinzelte Tiku, ihr ganz genau zeigend, wie man einen Korken auf einer Flasche festbinden konnte.

„Der erscheint mir beim Basteln besonders hilfreich" murmelte Kara, wohl schon einige Ideen im Kopf wälzend. Sie schaute Tiku bittend an. „Würdest du mir ein paar Stücke von den vielen farbigen Rollen schneiden, die ihr gestern mitgebracht habt? Etwa so." Sie breitete die Arme ganz weit aus.

„Aber natürlich." Tiku schwamm mit ihr zur Lagergrotte, wo sich die Nixe von jeder verfügbaren Farbe, egal welcher Stärke, rund einen Meter geben ließ.

In den nächsten Tagen schabte sie mit Ausdauer an einer scharfen Steinkante eine Walrippe zu einem geraden runden Stab zurecht. Sie hätte sogar glatt das Essen vergessen, wenn Kïa sie nicht daran erinnerte. Nur Draco erzählte sie, was sie vorhatte und der schwieg eisern. Als sie nach Wochen das Geheimnis lüftete, blieben sogar Tiku und Kami der Sauerstoff weg, und die konnte selten etwas wirklich überraschen. Kara enthüllte einen buntes aus verschiedenen Knoten geknüpftes Wandbild, das symmetrische Muster zeigte.

„Wie war das doch gleich mit einer neuen Wilsonia oder mit einer Ausstellungsgrotte?", fragte Siria, das Kunstwerk mit großen Augen betrachtend.

„Wir nehmen die kleine Höhle gleich hier im Zentrum, die wo sich die vielen Leuchtorganismen herumtreiben", schlug Kirk vor und erntete viel Beifall.

Wegen der ewigen Helligkeit wollte darin keiner wohnen, aber man konnte so die Ausstellungsstücke gut betrachten. Karas Bild wurde im Triumphzug hinein gebracht und kurz darauf schmückte auch der von Kïa geschnitzte Lóng eine Nische, sowie Schmuck, den Kara fertigte. Das war natürlich ein Ansporn für alle jene, die bereits begonnen hatten, sich ebenfalls künstlerisch zu versuchen, und immer noch nicht fertig geworden waren.

Pero hatte sich von Draco einen kleinen Wirbelknochen des Walskeletts mitbringen lassen und schliff und schabte daran herum, was die scharfen Felsen des Tales hergaben. Ein kleines Gemüsemesser, welches er von einem der verlassenen Schiffe mitgenommen hatte, diente nun dazu, die Feinarbeiten zu machen. „Nur nicht die Spitze abbrechen", flüsterte er besorgt, als er einmal zu heftig drückte. Als er meinte, fertig zu sein, bat er Tiku um eine Meinung, ehe er es ausstellen wollte.

„Das ist ja ein Schädel!", staunte Tiku, das zehn Zentimeter große Gebilde betrachtend.

„Du hast es erkannt", freute sich der Enga. „Ich hatte schon Sorge, es sei völlig missraten."

„Nein, der ist großartig gelungen!", lobte Tiku. „Du hast wirklich sehr genau gearbeitet."

„Die toten Menschen haben mich ja auch sehr beeindruckt", gab Pero zu. „Ich habe ihre Überreste wirklich lange betrachtet.

Ist schon ein eigenartiges Gefühl, zu wissen, dass man selber da drinnen auch so aussieht." Er tippte mit dem Finger an seinen Kopf. „Es macht mich aber auch sehr traurig, dass sich Menschen gegenseitig umbringen, nur weil einer mehr als der andere haben will."

„Ach Pero, ich hätte auch fast einen Menschen getötet, weil er in *unser* Reich, das Meer, eingedrungen war. Dafür habe ich mich furchtbar geschämt. Er hat mir aber verziehen und wir sind die allerbesten Freunde geworden."

„Du sprichst von Peter, dem Menschenmann von Sirias großer Schwester?"

Tiku nickte. „Er hat es verstanden, dass ich nur mein Volk schützen wollte. Denn er wusste, dass uns andere Menschen gefangen und für immer eingesperrt hätten, wenn nicht gar Schlimmeres."

Pero lächelte versonnen. „Das ist auch für mich etwas anderes, als jemanden aus Habgier zu töten. Wir sind doch wirklich nur noch ganz wenige."

Gemeinsam brachten sie das kleine Kunstwerk zur Grotte, wo es Augenblick später schon von allen besucht und bestaunt wurde.

„Kreativität liegt offenbar in euren Genen", sagte Kami hoch erfreut zu Kïa.

Die stimmte lächelnd zu. „Hoffentlich haben wir auch irgendwann die Gelegenheit, das weiterzuvererben. Es scheint, zumindest für unseren Clan, die Paarungszeit auszufallen."

„Ist wohl der Tatsache geschuldet, dass alle sehr geschwächt waren, als sie hier ankamen", seufzte Kami. „Seit wir in dieser Kälte leben, kommen wohl auch nur noch alle paar Jahr Kinder zur Welt. Vielleicht liegt es ja auch bei euch an der Temperatur, obwohl ihr eigentlich für diese Tiefen wie geschaffen seid."

Pero legte zwei Wochen später mit noch einem Kunstwerk nach, er hatte die kleine Yacht aus einem Knochen geschnitzt.

„Der Ausflug an die Oberfläche beschäftigt mich wirklich sehr", gab er unumwunden zu.

Liana saß wie auf Kohlen. Wie gern wäre sie auch wieder künstlerisch tätig geworden. Nur wie? Die Techniken die sie auf dem Trockenen anwenden konnte, griffen hier unten nicht. Für Großprojekte fehlte ihr im Augenblick die Kondition. Dann fiel ihr mitten in der Nacht plötzlich die Lösung ein. Aufgeregt telepathierte sie mit Tamik, der zuerst glaubte, es sei etwas passiert, als sie sich zu so ungewöhnlicher Zeit meldete. Am Morgen bekam sie, was sie sich erbeten hatte – eines der durchsichtigen Schraubgläser. Sogar das Größte.

„Heißen Dank!", jubelte sie und verschwand in ihrer Grotte.

Bei der Arbeit auf den Tangfeldern schaute sie immer wieder nach oben. Die Pflanzen kümmerten dahin. Die Männer hatten erzählt, dass der Himmel merkwürdig ausgesehen hatte und Tiku vermutete sogar, dass die Sonne gar nicht mehr durch die zähen, äußerst merkwürdigen Wolken schiene. Das hatte es in vergangenen Jahrhunderten schon gegeben, wie sie aus dem Geschichtsunterricht wusste. Nur gut, dass Adaia und Sina nicht mehr miterleben mussten, wie die wundervolle alte Welt immer mehr verging.

Liana seufzte. Ihre beiden großen Skulpturen waren wohl dazu bestimmt, zu überdauern. Immerhin verfügten die Käufer über unterirdische Bunkersysteme, groß wie ganz Städte, mit Plantagen für Nahrungsmittel und allem, was der Mensch zum Leben braucht. Dort gab es auch bestimmt weniger Feinde als hier.

Sie schüttelte die Gedanken ab, schwamm mit den anderen nach Hause und widmete sich ihrem Glas, oder vielmehr dem Kunststoffbehälter. Amar hörte sie nur hin und wieder leise fluchen, was er gar nicht von ihr kannte. Je öfter sie unwillig knurrte, umso neugieriger wurde er, was sie wohl trieb.

Das Knurren verwandelte sich im Laufe der Stunden in das zufriedene Summen einer Melodie und irgendwann verkündete

Liana, fertig zu sein. Sowohl mit der Arbeit als auch mit den Nerven, die dafür arg gelitten hatten. Sie kroch fast in ihre Schlafecke, um sofort wegzudämmern.

Amar äugte vorsichtig zu ihrem Arbeitsplatz, welchen sie völlig chaotisch zurückgelassen hatte, um endlich schlafen zu können. Mittendrin stand das große Glas, das nun die Bilder der beiden Nixentanz-Skulpturen zierte. Liana hatte sogar Schatten eingearbeitet und Amar wunderte sich nicht mehr, warum seine Partnerin so geflucht hatte. Kunststoff und Glas sind zwei verschiedene Dinge. Sie reagieren auf Gravuren unterschiedlich, zumal Liana nur die Kratztechnik anwenden konnte. Amar wagte nicht, das Kunstwerk zu berühren. Er bettete sich lieber neben Liana, um in einen wundervollen Traum zu sinken. Von einer längst vergangenen Welt, in der es Sonnenschein und warme Meere gab.

Erst am Nachmittag teilte Liana Kami mit, dass sie auch eine Kleinigkeit für die neue Ausstellung habe. Natürlich versammelten sich die anderen spontan, um zu schauen und zu staunen, denn sie alle hatten entweder die Skulpturen selbst gesehen oder zumindest gehört, welchen Besucheransturm diese bei den Menschen heraufbeschworen. So kam es also, dass sogar im Meer angestanden werden musste, um das neue Stück betrachten zu können, wie Kami amüsiert feststellte.

Tiku schwamm als Letzter in die Grotte, um erst nach einer halben Stunde wieder herauszukommen. Lynn erwartete ihn draußen. Er schloss sie wortlos in die Arme. Auch Siria hatte mehrere Minuten regungslos vor dem verschlungenen Paar verharrt. Wie gern hätte sie ihre Mutter kennengelernt! Erst starb diese, noch vor ihrer Geburt, und dann zog Siria, statt eigener Kinder, ihre kleine Schwester auf, was damals noch niemand wusste.

Du hast noch viel Zeit, hörte sie eine telepathische Stimme tröstend sagen und hob erstaunt den Kopf. „Draco?!"

Der Drache stupste sie mit der Nase an. *Kami hat mir das gesamte Wissen des Clans übertragen, so wie er es von euch erhalten hat. Er sagt, so kann ich besser und schneller auf Schwachstellen reagieren. Wollen wir eine Runde miteinander schwimmen, damit du auf andere Gedanken kommst?*

„Gern!"

Dann halte dich an meinen Flügeln fest!

Siria schwamm auf den Rücken des Lóng und klammerte sich an die Wurzeln seiner winzigen Schwingen. Draco setzte sich ganz langsam in Bewegung.

Du darfst ruhig träumen, wenn es die Magie deiner Gedanken entfacht, flüsterte er. *Ich weiß, dass es mal Drachen gegeben haben muss, die riesige Flügel hatten und hoch in den Himmel aufsteigen konnten. Sie beherrschten das Feuer, wie ich die reine Energie.*

„Du bist ein ungewöhnlich einfühlsamer Beobachter", seufzte Siria. „Ich habe wirklich gerade überlegt, warum es die anderen Drachen nicht mehr gibt."

Dabei kennst du die Antwort selbst am besten. Du hast ja lange Zeit wie ein Mensch gelebt.

„Ja, du hast recht. Die Lóng konnten nur weiter existieren, weil sie tief im Meer in Sicherheit sind, wohin die Menschen nur unter unsäglichen Mühen gelangen können." Sie schmiegte sich an den Körper des Drachen, der ganz langsam die Geschwindigkeit steigerte. „Wohin bringst du mich?", fragte sie nach eine Weile, weil es ungewöhnlich warm wurde.

An einen wundersamen Ort, der dir wie ein Garten vorkommen wird, erwiderte Draco, steil nach unten tauchend. Plötzlich nahm er wieder waagerechte Position ein. *Wir sind da.*

Siria hob vorsichtig den Kopf und bekam riesengroße Augen. Wenige Meter vor ihnen rauchte ein kleiner Black Smoker.

Näher darf ich dich nicht heran bringen, du würdest dich verbrühen.

„Ich weiß. An der Austrittsstelle herrschen um die 300 Grad Celsius." Sie hielt auch weiterhin Körperkontakt zu Draco, weil die Umgebung zwar märchenhaft, aber trotzdem beängstigend und unwirklich aussah. Aus hunderten dicken weißen Röhren ragten die brandroten Tentakelbüschel von Röhrenwürmern, denen die enorme Hitze nichts auszumachen schien. „Schau mal! Da kriechen winzige weiße Krebstierchen", staunte Siria.

Wir sollten trotzdem wieder verschwinden, schlug Draco vor. *Ich habe keine Ahnung, was die rauchende Öffnung alles an Giften ausspuckt.*

„Das wird wohl das Beste sein", pflichtete Siria bei, sich wieder an den Rücken des Drachen schmiegend. „Kommen wir zufällig an dem Walskelett vorbei?"

Das lässt sich einrichten, schmunzelte der Drache, die Richtung wechselnd. *Da vorn liegt es schon.*

„Igitt, was sind das für Tiere???" Siria schüttelte sich beim Anblick der schwarzen schlangenähnlichen Kreaturen.

Irgendwelche primitiven Raubwürmer. Das habe ich aus dem Wissensfundus des Clans erfahren. Draco ging tiefer.

„Kannst du versuchen, für mich das schaufelförmige Schulterblatt einer Vorderflosse mitzunehmen. Aber bitte ohne Würmer."

Draco lachte und schickte einen harmlosen elektrischen Impuls zu dem Objekt von Sirias Begierde, der die Würmer sofort vertrieb. Dann packte er es mit den Vorderbeinen und schon war er auf dem direkten Weg nach Hause. Er trug ihr das schwere Stück auch noch in die Grotte, wo er einen dicken Kuss als Dankeschön auf seine Nasenspitze bekam.

„Es war wundervoll!", schwärmte Siria.

Draco blinzelte vergnügt. *Ich wette, du weißt schon ganz genau, was du aus dem alten Knochen zaubern wirst.*

„Oh ja!" Siria blinzelte verschwörerisch zurück.

In den nächsten Tagen ließ sich Siria nur außerhalb der Grotte blicken, wenn sie Tang erntete. Draco verriet nur, dass sie wohl an einem Projekt arbeite und er auch nicht mehr wisse als die anderen. Nicht einmal Liana bekam heraus, was Siria in ihrer Höhle trieb. Es schien ihr aber gut zu bekommen, denn sie wirkte aufgeschlossener und fröhlicher als in den letzten Jahren, in denen sie sich fast völlig zurückgezogen hatte.

Fast zwei Wochen später kam Draco die Ehre zu, die fertige Arbeit in die Ausstellung tragen zu dürfen, womit Siria nun alle verblüffte. Nie zuvor hatte sie sich künstlerisch betätigt und niemand konnte sich vorstellen, dass sie es überhaupt konnte. Nun schwammen sie neugierig herbei, um einen Blick auf das recht große Stück zu werfen, das Draco noch in den Krallen hielt. Dabei sah der Drache auch noch unglaublich stolz aus. Was mochte wohl das Geheimnis des Kunstwerks sein? Die Neugier stieg noch mehr, als Draco aus der Galerie kam und seinen berühmten Schlangentanz aufführte.

Kami, Liana und Tiku waren die Schnellsten. Sie huschten zum Eingang hinein, als die anderen noch erstaunt dem Drachen nachschauten, der den Weg zu Deponie eingeschlagen hatte. Sie kamen auch erst nach einer ganzen Weile wieder heraus und tuschelten ganz aufgeregt.

„Nix wie hin!", raunte Pero Kïa zu und zog sie einfach an der Hand hinter sich her.

„Ist das großartig!", flüsterte Kïa. „Das muss ein Landdrache sein. Schau mal die riesigen Flügel. Die konnten bestimmt wie Vögel fliegen."

„Hmm, das denke ich auch. Zum direkten Vergleich ist ein Lóng auf der anderen Hälfte. Der ist perfekt für das Wasser. Statt Rückenflossen, wie ein Fisch, hat er die kleinen Flügel, um den Körper zu stabilisieren."

Lynn steckte den Kopf herein. „Fachsimpelt ihr?"

„Wir versuchen es", witzelte Pero. „In erster Linie staunen wir aber."

Sie trat ein, schaute, stutzte und meinte: „Ich jetzt auch. Ich wusste gar nicht, das Siria eine künstlerische Ader hat und derart ausdruckstarke Reliefs anfertigen kann."

„Das wusste keiner", sagte Liana hinter ihr. „Umso mehr freut sie sich nun, in die großen Fußstapfen von Mutter und Vater treten zu können, wie die Menschen jetzt sagen würden."

„Ich wurde in erster Linie dazu erzogen, die Firma weiterzuführen", erzählte Siria wenig später, als alle beisammen saßen. „Aber das geschah nicht mit Zwang. Ich habe mich selber der Notwendigkeit untergeordnet und darauf verzichtet, zu entdecken, was mir noch Spaß machen könnte. Nur Mario wusste, dass ich immer wieder mit Kugelschreiber gezeichnet habe, um den täglichen Stress abbauen zu können. Die Bilder sind, falls die Villa noch steht, als ganzer Stapel zusammengebunden im Safe.

Dass ich auf dem Relief Drachen dargestellt habe, liegt daran, dass mir Draco heute richtig Mut eingeflößt hat. Zudem haben wir beide einen herrlichen Ausflug gemacht, der Inspiration pur war. In ihren Büchern hat meine große Schwester Sina die wundersamsten Abenteuer von Drachenreitern beschrieben. Und wie einer von denen habe ich mich heute auf Dracos Rücken gefühlt.

Ich habe an dem kleinen Black Smoker begriffen, dass das Leben immer einen Weg findet. Es geht weiter, egal, ob mit mir, oder ohne mich. Eingedenk der Worte, die Draco zu mir gesagt hat, habe ich beschlossen, dass es mit mir weitergehen soll." Sie lächelte vergnügt in die Runde und winkte den Lóng heran. „Komm her, Großer, lass dich knuddeln!"

„Hast du gerade das laute Poltern gehört?", fragte Kami.

„Das war der Stein der soeben Tiku vom Herzen gefallen ist!"

Soll ich dir noch den zweiten Schulterknochen holen, fragte Draco. *Der liegt auch noch beinahe unversehrt im Schlamm.*

„Nur, wenn es wirklich kein Umweg ist", erwiderte Siria erfreut.

„Dann setzen wir eben die Bergung aller brauchbaren Knochen fest auf den Plan", schmunzelte Ammon. „Ehe uns irgendwelches Viehzeug zuvorkommt, und sie auffrisst. Wer weiß, ob sich die schwarzen Würmer nicht auch davon ernähren, wenn Haut, Muskeln und Fett alle sind."

„Und wie sie das tun!", rief Tiku. „Der Osedax-Wurm löst mittels einer Säure die Knochen auf, um das verflüssigte Zeug dann durch eine Art Wurzelsystem aufzunehmen. Die sind aber rosarot und nicht schwarz. Und, ich glaube, die leben in 3000 Metern Tiefe."

„Musstest du mich so erschrecken?" Siria knuffte Tiku in den Arm.

Liana stieß Lynn an. „Draco hat richtig was bewirkt. Sie war schon lange nicht mehr so unbekümmert."

„Apropos unbekümmert – wo stecken Triton und Nemo?" Lynn schaute sich mit gerunzelter Stirn um. „Die beiden wollten doch nur noch mal ganz kurz in unsere Grotte und dann sofort hierher kommen." Sie fragte telepathisch bei Lina nach. *Die müssten schon bei euch sein. Es sind doch nur ein paar Meter,* lautete die überraschte Antwort.

Wenige Augenblicke später war das ganze Volk auf der Suche nach den Kindern. Tiku durchwühlte sogar die Lagergrotte, in der Annahme sie könnten sich zwischen den alten Netzen verfangen haben. Selbst in die kleinsten Felsspalten der Siedlung schauten sie, ohne die beiden zu entdecken.

Ich habe eine ganz dumme Ahnung, meldete sich schließlich Draco. *Die haben ziemlich genau hingehört, als wir über den Ort sprachen, wo das Walskelett liegt. Nicht, dass sie sich heimlich dahin auf den Weg gemacht haben!*

Ammon schwang sich auf Dracos Rücken. „Beeilen wir uns! Ein paar von euch sollten mal an der Deponie nachschauen. Die könnte auch für kleine Abenteurer interessant sein."

Kampf auf Leben und Tod

Der Sog des rasant startenden Drachen wirbelte Unmengen Sand auf, die sich nur langsam wieder absetzten. Aber das interessierte weder Ammon noch Draco. Sie wollten nur eins: Die Kinder finden, bevor andere Bewohner der Tiefe schneller waren.

Tiku führte inzwischen den zweiten Suchtrupp an, dem insgesamt vier Männer angehörten, während die Frauen mit voller Bewaffnung zur Tangplantage schwammen, um bloß nichts unversucht zu lassen. Die anderen Kinder wurden inzwischen in Kamis Grotte von den Enga-Kriegern bewacht, die ebenfalls bis an die Zähne bewaffnet waren.

Draco war nach wenigen hundert Metern dazu übergegangen, langsamer zu schwimmen und den Kopf pendeln zu lassen. Er schien eine Spur zu haben und Ammon verließ sich ganz auf die scharfen Sinne des Lóng.

Verdammt, knurrte Draco plötzlich unwillig. *Die beiden verrückten Zwerge löschend ständig ihre Aura und wechseln auch laufend die Richtung! Wahrscheinlich werden sie gejagt! Wenn ich einen Pelz hätte, würde ich ihn mir glatt raufen. Irgendwo hier müssen sie stecken. Aber wo???*

Hinter dem nächsten Felsvorsprung prallte Draco regelrecht entsetzt zurück und auch Ammon hatte Mühe, nicht die Fassung zu verlieren. Beide hatten mit einem Schwarm Haie gerechnet. Stattdessen belagerten Nuoni eine Spalte im Gestein, in die sich die beiden kleinen Wilson wohl geflüchtet hatten. Mit ihren scharfen Krallen tasteten die Räuber blindlings herum, rissen aber gleichzeitig auch ganze Brocken aus dem Fels, um die begehrte Beute doch noch zu stellen.

Das Auftauchen des fremden Wesens, denn einen Lóng hatten sie noch nie gesehen, lenkte ihren Jagdtrieb sofort auf diesen um.

Lass bloß nicht los, dann bist du sofort eine Leiche, schrie Draco Ammon zu, der das auch ohne den Hinweis überdeutlich vor Augen hatte. Dann versuchte Draco, sich mit Energieimpulsen zu wehren.

Ohne seinen Drachenpanzer wäre er wohl innerhalb weniger Sekunden zerrissen worden. Die Angreifer waren überall gleichzeitig und wenn er einen erledigte, setzten ihm die anderen mit Klauen und Zähnen zu. Auch Ammon fühlte sich inzwischen, als sei er einem Hai zwischen die Zähne geraten.

Lass bloß nicht los, wiederholte der Lóng ächzend, als sich Ammons Blut als riesige Wolke im Wasser verteilte und die Nuoni in einen mörderischen Fressrausch versetzte.

Ich weiß nicht, ob ich durchhalte, flüsterte Ammon matt, seine Kräfte immer mehr schwinden fühlend.

Draco wehrte sich mit allen Mitteln und irgendwann hatte er auch den letzten Nuoni endlich in unschöne Fetzen zerrissen, worauf er mit geschlossenen Augen einfach zu Boden sank.

Diesmal war es der schwer verletzte Ammon, der flüsterte: *Gib nicht auf, mein Sohn.*

Wo sind die Kleinen, hauchte Draco.

Wohl noch in der Felsspalte. Ich denke, sie haben einen schweren Schock erlitten, wisperte Ammon zurück.

Hoffentlich ist er heilsam, knirschte Draco und wandte sich an die beiden Jungen: *Kommt raus, ihr Unglückswürmer! Jetzt könnt ihr zeigen, was für große Helden ihr seid!*

Zwei schreckenbleiche kleine Gestalten tauchten zwischen den Felsen auf, um sich angstschlotternd den beiden schwer Verletzten zu nähern.

Auf meinen Rücken und an meinen Zacken festhalten, befahl der Lóng, um, kaum dass sich die beiden festgekrallt hatten, mühsam auf allen vieren Richtung Heimat zu kriechen. Als er noch überlegte, ob er es überhaupt schaffen werde, seine Wilson-Familie in Sicherheit zu bringen, wurde er von Tiku telepathisch, und einen Wimpernschlag später akustisch, angesprochen.

Ihr seid unsere Rettung, stöhnte der Drache beim Anblick von Kirk, Auan, Pero und Tiku, sich entkräftet in den Schlamm fallen lassend.

„Nemo und Triton haben uns zu Hilfe gerufen, um einen Teil von dem wieder gutzumachen, den sie hier verbockt haben", erklärte Tiku. „Wären sie älter, hätten sie mit ernsthaften Konsequenzen zu rechnen."

Bringt die Kinder und Ammon nach Hause, ich komme schon irgendwie zurecht.

„Das werden die anderen tun. Ich weiche keinen Meter von deiner Seite", sprach Tiku. „So weit kommt es noch, dass wir jemanden im Stich lassen! Zudem hat schon ein kleiner Hai Witterung aufgenommen."

Der wird sich wohl eher an die Reste der Nuoni machen, erwiderte Draco matt.

„Ihr habt euch mit Nuoni geprügelt???", entsetzte sich Pero.

Und wir haben gewonnen, verkündete Draco nicht ohne Stolz. *Und nun bringt die Kleinen und Ammon weg, ehe sich die nächsten auf leckere Happen freuen.*

Als die Rettungsmannschaft Ammon in einem Netz davon trug und sich Kirk die beiden Jungen unter die Arme geklemmt hatte, damit sie auch wirklich keine Dummheiten mehr begehen konnten, begann Tiku den Drachen zu untersuchen.

„Es wird wohl eine Weile dauern, bis dein Körper neue Schuppen bildet, wo sie dir die alten herausgerissen haben."

Draco schnaufte: *Ich werde schon froh sein, wenn sich überhaupt neue Schuppen bilden. Ich habe nämlich keine Ahnung, ob wir Drachen so etwas können. In den Geschichten, die uns Siria erzählt hat, konnten es die Drachen auf der Erdoberfläche nämlich nicht. Und an genau den Stellen haben die Drachtöter dann ihre Waffen eingestochen.*

„Kopf hoch!", rief Tiku. „Wir werden es gemeinsam herausfinden und im widrigen Fall an einer Lösung des Problems arbeiten. Jetzt ruhst du dich ein wenig aus. Ich besorge inzwischen etwas Essbares, damit du wieder zu Kräften kommst."

Es dürfen auch die Reste der Nuoni sein, schlug Draco vor. *Falls der Hai was übriggelassen hat.*

Tiku hob die Nase und schwamm dem Geruch des Todes nach, der mit der Strömung herüberkam. Der kleine Hai nahm keine Notiz von dem Meermann. Er schlug sich seelenruhig den Bauch an den zerfetzten Resten voll, die weit verstreut lagen. Das war wiederum für Tiku von Vorteil. Er sammelte ein, was er tragen konnte, wobei er sich ausschließlich an die fischschwänzigen Unterkörper hielt. Das menschenähnliche Aussehen der Oberkörper der Bestien berührte ihn äußerst unangenehm. Obwohl er wusste, dass es nichts weiter als Raubtiere waren, hätte er diese Teile nicht an den Drachen verfüttern wollen.

Auch Draco wusste das zu würdigen, als er sah, was ihm Tiku vorlegte. *Ich wusste, du triffst die perfekte Auswahl,* seufzte er. *Bei den anderen Stücken hätte ich mich wie ein Brudermörder gefühlt. Auch bin ich äußerst dankbar, alles Wissen über den Clan bekommen zu haben. Sonst hätte ich diese entsetzlichen Ungeheuer womöglich noch als Meerleute angesehen. Dabei fühlte sich ihre Aura genau wie die von Haien an. Ich hätte nie geahnt, dass etwas viel Gefährlicheres den Kleinen auflauerte.*

Er stemmte sich ächzend auf die Beine. *Versuchen wir, nach Hause zu kommen.*

„Probieren wir Huckepack einmal anders herum", schlug Tiku vor, den Drachen auf den Rücken nehmend.

Das ging nicht besonders gut, weil Draco viel schwerer war als der Meermann, aber immer noch besser, als wenn der Drache aus eigner Kraft gekrochen wäre, weil er nicht schwimmen konnte. Aber der erfinderische Tiku packte es, den Lóng sicher in die Siedlung zu tragen.

Kami und Liana eilten sofort in Ammons Grotte, um den zweiten Patienten zu behandeln. Der Herr der Höhle lag schon, wie eine Mumie mit Tang bandagiert, in einem tiefen Heilschlaf. Draco vergewisserte sich noch, dass es Ammon überleben werde, bettete sich daneben und ließ sich die vielen Biss- und Kratzenwunden reinigen und verbinden. Kami konnte ihm leider auch keine Auskunft darüber geben, ob bei einem Lóng herausgerissene Schuppen nachwachsen konnten, was den Drachen sehr traurig machte.

Vor der Grotte wandte sich Kami an Liana. „Ich ertrage es nicht, ihn so hoffnungslos zu sehen. Ich werde versuchen, Dà Lóng zu finden. Der muss es wissen."

„Du kannst nicht allein herumschwimmen, wenn bekannt ist, dass sich Nuoni in der Gegend herumtreiben", rief Liana.

Kami lächelte. „Ich werde nicht allein sein. Kirk hat meine Gene, er wird in der Lage sein, wie ich, in große Tiefen zu tauchen."

„Dann legt wenigstens die Carbonpanzer an", bat Tiku. „Ich will sicher sein, dass euch nichts geschehen kann."

„Nicht nur das. Ich werde Nemo und Triton befragen, was sich ganz genau abgespielt hat."

Tiku hob die Augenbrauen. „Denkst du, die erzählen alles, was sie angestellt haben?"

„Denke ich schon." Kami machte eine Bewegung, als hielte er ein Pendel in der Hand.

Tiku begriff. „Hypnose."

„Genau. Sie sind ja praktisch gleich hier um die Ecke angegriffen worden. Was das für uns alle bedeuten kann, muss ich dir sicher nicht erklären."

„Gut. Wir haben nur die Wahl zwischen zwei Übeln." Tiku holte seinen Sohn Nemo, der wohl auch der Anstifter gewesen war.

Am Ende wussten sie allerdings auch nicht, woher die Nuoni gekommen waren. Die beiden Kinder hatten ebenfalls die Anwesenheit von vermeintlichen Haien gespürt und sich vorsichtshalber versteckt. Dabei hatten sie immer wieder versucht, ihren Auren zu löschen, um die Raubfische zu verwirren. Was dann auf sie zukam, werde sie wohl noch eine Weile in den schlimmsten Alpträume heimsuchen. Besonders, als sie merkten, wie übel es dem unglaublich starken Ammon und dem dick gepanzerten Drachen erging, die sich einer Übermacht fressgieriger Feinde stellen mussten, die vor gar nichts zurückschreckten und die auf den ersten Blick auch noch fast so aussahen wie die Enga, mit denen sie friedlich zusammenlebten. Die riesigen aufgerissenen Mäuler mit den messerscharfen Zähnen würden beide Jungen niemals mehr vergessen. Vielleicht half es ihnen ja auch, in Zukunft besonnener zu sein und die Worte derer zu achten, die mehr Lebenserfahrung hatten.

„Ist wohl nicht der richtige Zeitpunkt, zu gehen", murmelte Kami. „Zwei Krieger verletzt und die Feinde womöglich in direkter Nachbarschaft."

„Dann warte noch zwei Tage. Wenn Draco wieder auf den Beinen ist, sieht die Sache gleich viel positiver aus", meinte Tessa.

Kami nickte. Tessa hatte recht. Draco war der Einzige, der den Nuoni wirklich Paroli bieten konnte. Natürlich konnten auch die Männer mit den Laserpistolen etwas ausrichten, obwohl die längst nicht die Durchschlagskraft des Drachen hatten.

Kirk war hoch erfreut, dass ihn sein Vater für die Mission ausgewählt hatte, die Drachen zu finden. Es kam selten vor, dass Vater und Sohn ein Gespann bilden konnten, da der König von allen gefährlichen Unternehmungen ferngehalten wurde. Diesmal war er den anderen körperlich überlegen und Kirk wusste, welche Verantwortung auf ihnen beiden lag. Kami hätte die Leitung auch keinem anderen übergeben, weil er der

Einzige war, der sich mit den Tücken der Tiefsee wirklich aus-kannte. Tiku musste die Geschicke des Volkes lenken, stieße ihnen etwas zu.

Am Morgen des dritten Tages nach dem Kampf gegen die Nuoni verließ Draco zum ersten Mal die Grotte, um Schwimmübungen zu machen. Ein bisschen wacklig, aber immerhin. Zum Energiespeien reichte die Kraft auch schon wieder und so erbeutete er gleich am Rand der Siedlung ein paar kleine Fische, die den gröbsten Hunger stillten. Erst jetzt bekam er mit, dass und weshalb Kami in die dunklen Tiefen aufbrechen wollte. Und auch, dass sich Kami nicht umstimmen lassen werde. Der hatte sich in den Kopf gesetzt, mehr über die Lóng zu erfahren, und das zog er jetzt durch.

Ammon ging es auch schon ein wenig besser. Seine starke Natur hatte den immensen Blutverlust ausgeglichen, die Wunden schlossen sich und auch die eingerissene Flosse begann, sich zu regenerieren. Triton, den das schlechte Gewissen malträtierte, half seiner Mutter bei der Krankenpflege, wo es nur ging. Auch Draco nahm dankbar an, was der kleine Meermann an Essbarem herbeischleppte. Jede Muschel, jede Krabbe, die er entdeckte, nahm er sofort für den Drachen mit, denn der war jetzt immer hungrig.

Nur sagte Draco das den anderen nicht. Also spannte Triton auch Nemo ein, Futter für den Lóng zu beschaffen. Lynn blieb natürlich nicht verborgen, dass hin und wieder etwas aus der Speisekammer fehlte, wenn Nemo gar nichts innerhalb der Siedlung erbeuten konnte. Aber auch nicht, wohin Nemo die Fische brachte. Als sie ihn schließlich zur Rede stellte, schlug Nemo vor, seine eigene Essenration zu kürzen, damit Draco nicht hungern musste.

Tiku schmunzelte. „Iss auf, damit du groß und stark wirst. Für Draco gehe lieber ich auf die Jagd."

Pero schloss sich ihm an und schon bald trugen sie ein kleines Netz voller Leckerbissen, die nur ein Drache essen konnte, zu Ammons Grotte. Draco wurde verlegen. Er hatte nicht gewusst, dass die Knaben seinetwegen die Vorräte plünderten.

Tiku kraulte den Lóng zwischen den Hörnern. „Du hättest uns doch sagen können, dass du mehr Nahrung brauchst, damit du gesund werden kannst. Zumindest haben die die beiden Rabauken gelernt, Verantwortung für das zu übernehmen, was sie angerichtet haben. Hoffentlich kommt ihr beide bald wieder richtig auf die Beine oder Flossen."

Will Kami immer noch meinetwegen zu den Lóng, fragte Draco zaghaft. *Ich werde es doch merken, ob die Schuppen nachwachsen.*

„Wenn es dir lieber ist, mitschwimmen zu können, dann warte ich noch", hörte er Kami am Eingang sagen und zuckte wie ein ertappter Sünder zusammen.

Es ist mir wirklich lieber, antwortete Draco. *Selbst mit Carbonpanzerung habt ihr keine Chance, wenn Nuoni kommen. Die Pflücken euch stückchenweise raus.*

„Da gebe ich Draco vollkommen recht", meldete sich Ammon. „Und wir wissen, wovon wir reden." Er zeigte auf die tiefen Narben an seinem ganzen Körper und auf den geschundenen Drachenleib.

„Ich auch, meine Lieben!" Kami hob seinen langen Bart hoch, um die breite Narbe zu entblößen, die sich um seinen Hals zog. „Ich weiß, wie es sich anfühlt, wenn einem ein Nuoni den Kopf abbeißen will."

„Klassisches Patt", lachte Tiku. „Mir ist es aber auch lieber, wenn Draco mit von der Partie ist. Ich habe auch nicht vergessen, wie sich ihre Krallen und Zähne anfühlen."

In den nächsten Tagen legte sich Kirk besonders ins Zeug, den Drachen gut zu versorgen. Er freute sich riesig auf den Ausflug und hoffte inständig, ihn bald antreten zu können. Der Zufall und die riesigen Kraken spielten ihm schließlich einen Fang in die Hände, der geradezu spektakulär war. Ein kleiner Pottwal, aber immer noch stolze zehn Meter lang, hatte den

Angriff mehrer Kopffüßer nicht überlebt und sank just da zu Boden, wo Kirk auf Beute lauerte.

Wenige Augenblicke nach dem telepathischen Jubelschrei des Jägers fanden sich alle Erwachsenen ein, um den Wal mit Seilen in die Siedlung zu zerren, wo man ihn sofort zerlegte. Auch Draco hatte ein Seil gepackt und zog aus Leibeskräften.

Natürlich gab es ein Fest zu Ehren von Kirk, der mit seinem Fund das Volk für mehrere Tage versorgt hatte. Draco durfte sich nach Herzenslust an der riesigen Fluke und den Brustflossen bedienen. Die energiereiche Nahrung ließ ihn sichtbar aufblühen und am nächsten Tag fühlte er sich fit für einen längeren Ausflug.

Als er zurückkam, war er zuversichtlich, auch den Trip in die Tiefe problemlos bewältigen zu können. Kirk und Kami machten sich bereit.

Im Reich des Lóng

Nachdem sich Liana noch einmal alle Blessuren des Drachen angesehen und für gut verheilt befunden hatte, starteten die drei ihre Unternehmung, die Lóng zu besuchen. Um Kraft zu sparen, zogen sie gemächlich davon. Dà Lóng hatte den Weg hervorragend beschrieben und die drei waren sich rasch einig, auf der richtigen Spur zu sein. Sie durchschwammen viele Stunden lang den Grabenbruch, der auch ihr Tal beherbergte, bis sie zu jener Stelle kamen, an welcher der Boden plötzlich senkrecht abfiel, genau wie es die Drachen erzählt hatten.

„Ziemlich trostlose Gegend", stellte Kirk fest, während sie langsam hinab tauchten.

Äußerst selten begegneten ihnen Lebewesen. Und wenn sie eines erspähten, sah das meist ziemlich skurril aus. Ob Teufelsangler oder Pelikanaal, Kami kannte den Namen jedes einzelnen.

Über den Pelikanaal lachte sogar Draco. Der blies sich wie ein Ballon auf, um größer zu erscheinen, und die drei Wanderer davon abzuhalten, ihn zu fressen. Noch mehr kicherte Draco, als ihm Kami erklärte, was ein Pelikan war. Ja, mit solch einem Maul oder Schnabel mit Sack konnte man schon tüchtig Futter einschaufeln, wenn man denn welches fand. Der Aal hatte wohl irgendwann begriffen, dass man ihm gar nicht ans Leben wollte, erschlankte plötzlich wie durch Zauberhand und suchte eilig das Weite.

Viehzeug, grinste Draco amüsiert, als Kirk genau dasselbe dachte.

Auch den Riemenfisch, der träge in die Gegenrichtung schwamm, ließen sie passieren. Ein paar hübsch anzuschauenden, leuchtenden Kranzquallen schwammen Kirk und Kami lieber aus dem Weg. Sie hatten keine Lust mit den Nesselzellen der Tiere Bekanntschaft zu machen.

„Das sind übrigens recht interessante Zeitgenossen", erklärte Kami. „Bei einigen Arten leben die Jugendformen wie Polypen. Manche bleiben es und manche lösen sich los, um als Qualle ihr Dasein zu fristen. Ob es das Nahrungsangebot ist, oder die Wasserqualität, die sie zur jeweiligen Erscheinungsform werden lässt, kann ich euch aber nicht sagen."

Hat man da nicht Identitätsprobleme, witzelte Draco, sich einen Borstenwurm als Zwischendurchhäppchen schnappend.

„Jetzt strahlst du von innen", kicherte Kirk, weil sich der Wurm mit einer Lichtexplosion zu wehren versuchte, die an eine Leuchtgranate erinnerte.

Hauptsache, ich mache dann keine leuchtenden Häufchen, grinste Draco. *Das wäre dann doch zu peinlich.*

Kami schüttelte belustigt den Kopf. Da hatten sich die beiden Richtigen zusammengefunden.

Ich kann sie fühlen! Draco verharrte regungslos am Felsen und spähte in die Schwärze der Tiefsee.

„Ich auch!", wisperten Kami und Kirk zugleich.

Kami wandte sich, ohne zu wissen, ob ihn jemand hören konnte, telepathisch an die Lóng, um ihre Ankunft anzukündigen.

Er ist da! Draco zog die Meermänner vorsichtig in die Richtung, woher ihnen ein gigantischer Körper entgegen schwamm, der eine deutlich fühlbare Druckwelle erzeugte.

„Das ist Jīnlóng, der Goldene Drache", staunte Kirk.

Seid willkommen! Ich werde euch die letzten Meter begleiten, damit ihr nicht erschreckt, wenn plötzlich überall Drachen herumwuseln. Jīnlóng berührte alle zum Gruß mit der Nasenspitze. Bei Draco stutze er. *Du bist verletzt, kleiner Bruder?!*

Nicht mehr der Rede wert. Ich bin auf dem steilen Weg der Besserung, erwiderte Draco.

Lóng Mǔ wird schauen, ob sie dir helfen kann. Der Drache setzte sich langsam in Bewegung und die Gäste folgten ihm.

„Lóng Mǔ heißt Drachenmutter", erklärte Kami. „So nennt man das älteste und weiseste Weibchen im Clan."

Du weißt viel, mein kleiner Freund, lobte Jīnlóng.

Die Augen der Reisenden weiteten sich, als ein riesiger Talkessel mit leuchtenden Wänden auftauchte, der von einem Höhlensystem durchzogen war, wie ihre eigene Siedlung. Alle Drachen des Clans hatten sich versammelt, um die ungewöhnlichen Gäste gebührend zu begrüßen.

Dà Lóng, in der Mitte des Platzes, erhob sich zu voller Größe. *Ahhh, da sind sie ja! Fühlt euch wie zu Hause bei uns! Wir hatten schon seit ewigen Zeiten keine Meermänner zu Besuch und auch keine jungen Drachen von anderen Völkern.*

Sein Blick traf die Stellen, an denen Draco hatte Schuppen lassen müssen. *Wie ich sehe, hattest du einen schweren Kampf.*

Draco nickte. *Ich habe mich mit einigen Nuoni gerauft, um meine Familie zu retten.*

Es müssen doch bestimmt 20 gewesen sein, rief Dà Lóng.

Ganz so viel waren es nicht, wiegelte Draco ab. *Vielleicht zehn oder elf.*

Für jemanden von deiner Größe eine erstaunliche Leistung! Hattest du Hilfe? Ein Drachenweibchen hatte die Frage gestellt und Draco vermutete, sie müsse Lóng Mǔ sein.

Nicht beim Kampf. Mein Ziehvater hatte glücklicherweise auf meinen Rat gehört, nicht von meinem Rücken zu gehen. Sonst wäre er jetzt tot. Er hatte nicht den Funken einer Chance gegen die Bestien. Ich habe diese Untiere mit Energie getötet, und als die versiegte, habe ich die anderen totgebissen und mit meinen Krallen zerrissen. Es war ein harter Kampf.

So siehst du auch aus, junger Lóng. Die telepathische Stimme des Weibchens klang warm und mitfühlend.

„Das ist der Hauptgrund, warum wir gekommen sind", berichtete Kami. „Ich kann es nicht ertragen, Draco traurig zu sehen. Und das ist er, weil er nicht weiß, ob seine Schuppen nachwachsen werden. Bei den Drachen an Land sind sie oft nicht nachgewachsen, wie wir aus alten Berichten wissen."

So, wie die Narben aussehen, ist es noch nicht lange her, dass er gekämpft hat.

„Das ist richtig. Es sind kaum zwei Wochen", verriet Kirk.

Dann ist es auch fast noch zu früh, eine endgültige Antwort zu finden, erklärte das Weibchen. *Aber nach dem, was ich von unseren Drachen über ihn gehört habe, werde ich in den nächsten Tagen versuchen, etwas herauszufinden. Jetzt wollen wir erst einmal eure Ankunft feiern.* Sie gab den Blick auf die Mitte des Platzes frei, wo sich bestimmt ein Dutzend Tiefseehaie stapelten, die die Drachen erlegt hatten.

Einen bekamen nun die Gäste, um sich die schmackhaftesten Stücke zu nehmen. Dass Draco eher wie ein Meermann aß, als ein Drache, imponierte den großen Lóng. Er riss sich mit den Krallen Stücke aus dem Kadaver, die er ganz manierlich in seinen Rachen stopfte, statt mit den Kiefern den Hai direkt zu malträtieren.

Wenn ich allein bin, dann mache ich das auch anders, schmunzelte er. *Ich will nur niemanden verletzen, wenn alle vom gleichen Tier essen. Es gibt bei uns viele Kinder, deren winzige Finger ernsthaft in Gefahr wären. Manchmal trage ich deshalb große Stücke abseits, um dann meine Zähne ganz nach Drachenart hinein zu schlagen.*

Die Drachen, die in der Siedlung des Meervolks gewesen waren, lachten herzlich über die verdutzten Gesichter der anderen Lóng. Auch, wenn es hier hatte keiner glauben wollen, der junge Drache war durch und durch einer vom Meervolk, der nur etwas anders aussah. Dass die jungen Enga ihren Platz in der Gemeinschaft gefunden hatten, freute die Lóng genau so sehr.

Schließlich berichtete Draco von der Exkursion an die Oberfläche und wie er mit auf den Schiffen gewesen war. An diesem Punkt tippte Kami Kirk an, denn drei junge Weibchen, die

Draco bisher nur auffallend neugierig beobachtet hatten, wechselten plötzlich deutlich sichtbar die Farbe. Ihre Schuppenpanzer begannen metallisch zu schimmern, was hochgradiges Interesse verriet. Dà Lóng blinzelte den Meermännern fröhlich zu. Nicht jeder jungen Dame war es vergönnt, einen echten Alleskönner zu bekommen. Zumal diesem hier eine glorreiche Zukunft vorausgesagt worden war, an der er offensichtlich schon intensiv arbeitete.

Draco ließ seine Rückenzacken strahlen, was den anderen zeigte: Ich habe die Botschaft verstanden. Kami strich vergnügt seinen langen Bart. Selbst die fehlenden Schuppen würden für den Lóng kein Hindernis sein, eines Tages ein Weibchen zu erringen.

Im Augenblick stand er den männlichen Drachen Rede und Antwort, wobei ihn auch die ungewöhnlichsten Fragen nicht aus der Ruhe brachten. Er wusste unglaublich viel für sein Alter und das nutzte er geschickt. Natürlich ließ er sich auch auf kleine Spielereien ein, mit denen er die Älteren beeindruckte. Dà Lóng und die anderen hatten nicht übertrieben, als sie ihnen die unglaublichsten Dinge über den Jungdrachen berichteten.

Die Meermänner wunderten sich also auch nicht, als Draco am nächsten Tag die anderen auf einen Jagdausflug begleiten durfte, wo er wieder fleißig Punkte sammelte. Ihm gelang es, mit einem Energiestrahl einen großen Fisch zu lähmen, den die anderen für zu weit entfernt hielten.

Da muss erst ein Jungspund kommen und euch zeigen, wie es geht, lästerte Hóng Lóng unter dem Gelächter der wirklich großen Drachen.

Er stammt ja auch aus einer anderen Welt, antwortete einer der Jäger schlagfertig, *da setzen wir voraus, dass er mehr kann.* Er grinste so breit in die Runde, dass auch Draco schmunzeln musste. Es machte Spaß mit den neuen Freunden. Nun freuten sich alle auf einen Ausflug in noch größere Tiefe, wo besonders imposante Black Smokers rauchen sollten.

Jīnlóng bat Draco: *Kümmerst du dich darum, dass den Deinen nichts Böses geschieht? Ich weiß nicht, was sie aushalten können.*

Geht klar! Ich habe inzwischen ein paar Erfahrungen gesammelt. Draco war auch so stets darauf bedacht, die Meermänner vor jeglichem Unheil zu beschützen.

So mussten sie mit Hóng Lóng zurückbleiben, als die Umgebungstemperatur der Raucher, 40 Grad Celsius deutlich überstieg. Aber auch so gab es noch genug zu sehen und zu staunen. Draco hielt an, als das Wasser über 80 Grad erreichte. Er merkte erst nach einer ganzen Weile, dass die anderen Lóng auch nicht näher heran konnten.

Ganze Teppiche von weißlich-blauen Garnelen turnten zwischen riesigen Röhrenwürmern herum, denen die immense Hitze nichts ausmachte. Die Ablagerungen der Schlote boten ihnen Nahrung in Hülle und Fülle.

Sie leben in Symbiose mit Schwefelbakterien, hat mir Tiku erklärt, erzählte Draco. *Das heißt, sie nehmen ganz anders Nahrung auf, als ähnlich aussehende Geschöpfe in höheren Schichten im Meer.*

Das erklärt natürlich vieles, was wir bisher nur geahnt haben, murmelte Jīnlóng. *Wir haben auch schon Würmer auf alten Knochen gesehen, die niemals einen Fisch gefangen haben und trotzdem leben.*

Ja, von denen hat Tiku auch gesprochen. Die lösen mit einer Säure die Knochen auf, um die Nährstoffe wie eine Landpflanze mit Wurzel aufzusaugen. Und die Würmer hier leben von der heißen Brühe, welche die Schwefelbakterien für sie genießbar machen. So habe ich das zumindest verstanden. Aber nun sollten wir wieder verschwinden, das Zeug, was da aus dem Boden kommt, ist unserer Gesundheit weniger zuträglich.

Da sprichst du wahre Worte, lachte Jīnlóng. *Nichts wie weg!*

Die großen Drachen nahmen die Meermänner auf ihre Rücken, um noch einen weiteren geheimen Ort anzusteuern. Hier rauchte es zwar nicht aus Schloten, aber es stiegen flächendeckend Gasbläschen aus dem Boden.

Ach du großer Gott, rief Draco in Menschenmanier, wie es die alten Wilson immer taten. *Das ist Methanhydrat! Man nennt es auch brennbares Eis! Wenn das schmilzt, kann es Katastrophen ungeahnten Ausmaßes hervorrufen.*

Es blubbert schon lange nicht mehr so toll wie noch vor Jahren, wiegelte Hóng Lóng ab.

Das hat nichts zu sagen, erwiderte Draco. *Das Zeug ist unberechenbar. Ich verstehe nur nicht, wie Raucher und brennbares Eis so nah beieinander liegen können. Daran muss wohl der kleine Bergrücken Schuld sein, den wir vorhin überquert haben.*

„Ich schäme mich fast, dass Draco klüger ist, als ich", seufzte Kirk. „Ammon hat wohl recht gehabt, dass ich ziemlich viel verschlafen habe. Draco ist fast so ein wandelndes Lexikon wie Tiku. Er hat das Wissen übertragen bekommen und kann es nutzen, ich hab alles direkt erlebt und kann oft nichts damit anfangen."

Kami lächelte nachsichtig. „Selbsterkenntnis ist doch schon der erste Weg zur Besserung. Du bist ein guter Jäger, aber kein guter Denker."

„Ich weiß", murmelte Kirk. „Deshalb fängt Ammon auch jede Beute mit weniger Aufwand. Genau betrachtet, weil ich zu faul bin, vorher zu denken."

Ich habe es genau gehört, ließ sich Jīnlóng vernehmen. *Beim nächsten Treffen möchte ich eine Vollzugsmeldung, dass du daran gearbeitet hast.*

„Wird mir auch nichts übrig bleiben, wenn ich Achtung vor mir selber haben will", brummte Kirk.

Wir sollten wieder nach Hause schwimmen, schlug Draco am nächsten Morgen vor. *Sie werden sich schon Sorgen machen.*

„Aber du weißt doch noch gar nicht, ob deine Schuppen wieder nachwachsen", warf Kirk ein.

Draco winkte ab. *Die Sicherheit der Siedlung ist wichtiger, als ein paar fehlende Schuppen. Dann muss ich in Zukunft einfach noch besser aufpassen, damit kein Feind mein Problem zu seinem Vorteil nutzt.*

Lóng Mǔ war der Wortwechsel nicht entgangen, sie winkte Draco zu sich heran. *Ganz stillhalten, junger Drache, vielleicht kann ich dir gute Nachricht mit nach Hause geben.* Sie begann, die Lücken im Panzer mit der Zungenspitze zu betasten. Als sie fertig war, wartete Draco gespannt auf das Ergebnis.

An vier Stellen kann ich im Zentrum kleine Knötchen fühlen. Dort wird ganz sicher eine neue Hornschicht wachsen. Die anderen brauchen vielleicht einfach mehr Zeit, weil die Wunden tiefer waren.

Oh, das ist Klasse! Draco führte vor Freude seinen Schlangentanz auf. *Ich habe mich schon mit einem geknüpften Jäckchen aus Fischernetzen herumschwimmen sehen.*

Lóng Mǔ brach in schallendes Lachen aus. Der junge Drache war mehr als nur drollig. *Ich glaube, auch das hättest du mit Würde getan. Und kurz darauf hätte jeder Meermann, der etwas auf sich hält, auch solch ein Jäckchen haben wollen.*

„Und dazu eine Kapitänsmütze wie Tiku!", rief Kirk feixend, worauf Kami von dem Piratenabend erzählte, auf dem Captain Blackbeard-Tiku vom Schicksal des finsteren Piraten berichtet hatte.

Dà Lóng nickte wissend. *Oh ja, wir haben oft hölzerne Schiffe untergehen sehen, die eine schwarze Flaggen mit Totenschädel am Mast hatten. Und Kisten mit glänzenden Münzen, welche die Menschen so lieben. Kanonen, Lafetten, Fässer mit Essen, das sogar uns schmeckte, sank hier herunter. Wir konn-*

ten meist nichts damit anfangen und haben es im Schlamm liegen lassen.

„Eigentlich schade", seufzte Kirk. „Aus den Münzen hätte man wundervolle Ketten für die Frauen machen können."

Wenn wieder mal eine Kiste auftaucht, hebe ich sie für euch auf, versprach Dà Lóng.

„In sechs Mondzyklen ist Drachenfest. Wir laden euch ganz herzlich ein." Kami breitete die Arme aus.

Das werden wir bestimmt nicht verpassen, jubelte Jīnlóng. *Ich freue mich darauf, alle wiederzusehen.*

Die drei vom Meervolk sagten auf Wiedersehen, um langsam ein paarhundert Meter am Hang entlang aufzusteigen. Die Lóng schauten ihnen nach, bis auch ihre riesigen Augen nichts mehr erkennen konnten.

Du wirkst nachdenklich, wandte sich Dà Lóng an Lóng Mŭ.

Das Weibchen seufzte tief. *Ich möchte schwören, dass der Kleine aus einem Ei geschlüpft ist, das ich gelegt habe.* Dann lächelte sie. *Wie auch immer – ich bin stolz auf ihn.*

Alles, nur nicht gewöhnlich

Die drei Reisenden kamen gut voran. Immer wieder zeigten sie sich gegenseitig die unmöglichsten Tiere, die mit Lichtsignalen entweder auf Beutezug waren, oder aber Fressfeinde abschrecken wollten.

Da, da, da! Ein Schwarzer Schlinger! Draco zerrte die Männer zu einem unterarmlangen Fisch, der soeben einen anderen Tiefseebewohner verschlang, der einige Zentimeter länger war, als sein Jäger. Augenblicke später konnte man sehen, wie die Beute zusammengerollt im dehnbaren Bauch des Schlingers ihr Ende fand.

„Ist das gruselig!" Kirk schüttelte sich angeekelt.

Perfekter Snack für zwischendurch. Die Zwei-in-eins-Variante. Draco genehmigte sich ungerührt den erfolgreichen Jäger.

Kami brach über Kirks undefinierbare Miene in wieherndes Gelächter aus.

Draco schaute ihn ebenfalls belustigt an. *Was willst du? Es gibt nur zwei Möglichkeiten: Entweder leben und leben lassen oder fressen und gefressen werden. Wobei du bei der ersten Variante nicht alt wirst, weil du verhungerst. Bei der zweiten musst du nur deinen Hintern schnell genug aus der Gefahrenzone bringen. Sonst siehst du aus wie ich – gerupft und zerfleddert.*

Kami konnte vor Lachen kaum noch schwimmen und hielt sich an Draco fest, der mühsam ein Glucksen unterdrückte. Kirk schaute aber auch derart unbeschreiblich erst seinen Vater, dann ihn, an, dass beide wirklich kaum noch an sich halten konnten.

Draco setzte noch einen oben drauf, indem er trocken anmerkte: *Kommt direkt von den Lóng und tut, als hätte er noch nie einen Drachen beim Essen beobachtet.*

Kami hielt sich nun endgültig den Bauch und japste: „Oh …
verdammt … da … ha … ha … has … wird … ein satter Mus-
kelkater!"

Er sollte sich nicht geirrt haben.

Nach einer Weile hatten sich Draco und Kami beruhigt und
schwammen mit Kirk weiter bergauf.

„Abwärts ging es irgendwie leichter", murmelte Kami, der
das Zwicken in den Bauchmuskeln schon deutlich spürte. Da
meldeten sich plötzlich Muskeln, von denen er ewig nichts
gemerkt hatte.

Das sagst du was! Draco musste schon wieder grinsen. *Abwärts sind wir ja auch fast von allein gesunken.* Er zog sich hin
und wieder mit allen vieren den Felsen hinauf, so wie es die
Meermänner mit beiden Händen taten, um Kraft zu sparen.
*Noch ein paar Meter, dann haben wir unseren Grabenbruch
erreicht. Dann geht es nicht mehr ganz so steil nach oben.*

Auf den letzten paarhundert Metern vor der Abfallhalde kamen ihnen einige große Thunfische in die Quere, von denen
zwei die Begegnung nicht überlebten. Weil sie die schweren
Exemplare aber nicht allein schleppen konnten, rief Kami Tiku
telepathisch herbei. Der war mit Auan und Pero auch schon auf
halben Wege gewesen, weil die Frauen vereinzelte Fische gemeldet hatten, als sie von den Tangfeldern zurückkamen. Das
Hallo war entsprechend groß und die Heimkehrer wurden besonders überschwänglich begrüßt.

Die Größe der Fische forderte geradezu ein Festbankett heraus und so fanden sich alle auf dem zentralen Platz ein, um die
glückliche Rückkehr zu feiern und zu lauschen, was die drei
erlebt hatten. Vor allem Tiku war darauf bedacht, nicht ein
Wort zu verpassen. Wie gern hätte er all die Tiere und fernen
Orte mit eigenen Augen gesehen. Kami beschrieb die Welt der
großen Tiefen sehr detailliert, wobei er stets betonte, was Draco dazu gesagt hatte, wobei er auch genau dessen Worte wiederholte.

Als es um das Methanhydrat ging, schreckte Tiku auf und bat Kami, alles noch einmal ganz langsam zu wiederholen. Er schaute Draco an, der mit einem bekümmerten Nicken alles bestätigte.

„Abgesehen davon, dass ich es hätte auch nicht besser erklären können, macht es mich genau so ratlos Feuer und Eis so nah beieinander zu wissen. Der Gebirgszug muss die Lösung sein. Anders kann ich es mir auch nicht denken", sagte Tiku schließlich.

Danke, murmelte Draco ganz verlegen, wegen des vielen Lobes.

„Machen kann man eh nichts. Hoffen wir einfach das Beste. Wir leben seit ein paar Jahren ja alle wie auf einem Pulverfass." Tiku klopfte Draco auf die Schulter.

„Aber was hat Lóng Mǔ denn zu deinem Problem gesagt? Davon war noch gar keine Rede!", fragte Ammon, dessen Narben noch immer feuerrot leuchteten.

In ein paar Löchern bilden sich Knötchen, die sie für neu wachsende Schuppen hält. Den Rest muss ich abwarten, erwiderte Draco. *Ich scheine wohl ein besonderes Exemplar zu sein, aus dem auch die alten Lóng nicht wirklich schlau werden.*

„Das bist du! Da gebe ich dir Brief und Siegel drauf!", rief Siria.

Draco lächelte versonnen. *Lóng-Mütter prüfen die bebrüteten Eier mit der Zunge, genau wie Lóng Mǔ die Löcher in meinem Panzer abgetastet hat. Es war ein vertrautes Gefühl.*

„Das würde mich nicht wundern", warf Kami ein. „Sie ist als Dá Lòngs Partnerin die Königin der Lóng und du bist für alle ein Auserwählter. Uns fehlt die menschliche Technik, um das zu beweisen, aber auch ich glaube, dass du der leibliche Sohn des Königspaares bist."

Draco lachte. *Dann hat es das Schicksal ja dreifach gut mit mir gemeint, dass Ammon mein Ei gefunden hat. Hēilóng, der*

Schwarze Drache, hat mir erklärt, dass männliche Nachkommen der Könige entweder verstoßen oder getötet werden. Ich gehöre durch glückliche Fügung einem anderen Volk an und bin dadurch für die Lóng immun.

„Und das ist gut so!" Lina und Kïa hatten völlig synchron gesprochen und umarmten ihren ungewöhnlichen Ziehsohn fest und liebevoll.

„Ich bin erstaunt, dass so viele Drachen da unten genug Nahrung finden", ließ sich Tamik vernehmen.

Das hat viele Gründe, erklärte Draco. *Der Hauptgrund wird sein, dass in noch größeren Tiefen der Stoffwechsel langsamer läuft. Wir haben uns ja auch langsamer bewegt, je tiefer wir tauchten. Gleichzeitig haben wir weniger Nahrung gebraucht. Die Lóng bewegen sich auf der Jagd aber immer noch schneller als ihre Beute, verschiedene Arten Tiefseehaie, ohne die sie gar nicht existieren könnten. Dadurch, dass sich die Haie schneller vermehren, als die Drachen, ist auch immer ausreichend Futter für die Riesen am nachwachsen. Das muss schon seit undenklichen Zeiten so sein. Für die große Jagd auf Thunfische, zweimal im Jahr, tauchen sie logischerweise höher hinauf, bewegen sich wie der Blitz und fangen entsprechend mehr. Als sie uns hier gefunden haben, waren sie gerade in so einer Jagdphase und wir haben erlebt, welche Geschwindigkeiten sie entwickeln können, wenn es die Bedingungen zulassen.*

„Wobei mir Dà Lóng erzählt hat, dass du mir ihren Jägern mithalten konntest", warf Kami ein.

Ich habe den Sog ihrer Körper genutzt. Bei meiner Größe eine kraftsparende Methode, um vorwärts zu kommen, kicherte Draco fröhlich. *Man muss halt nur ein bisschen aufpassen, dass sie einem mit ihrem kraftvollen Schwanz nicht versehentlich den Schädel einschlagen.*

„Fazit: Ihr hattet viel, viel Spaß", freute sich Siria.

„Oh ja! Den hatten wir", strahlte Kirk. „Und ich hoffe, dass sie den auch haben werden, wenn sie in einem halben Jahr zu uns zum Drachenfest kommen."

Kïa zuckte freudig-überrascht zusammen: „Stimmt, es sind ja schon einige Monate vergangen. Werden alle kommen?"

„Davon gehe ich aus", sagte Kami. „Die Neugier, wie wir leben, ist riesig. Besonders drei jungen Damen sind ganz scharf darauf, unser Tal kennenzulernen."

Draco grinste breit in die Runde, als ihn alle forschend anschauten. Er ließ sogar wieder seinen Zacken aufleuchten, womit er das Meervolk völlig verblüffte. *An Farbkommunikation zwischen Lóng werdet ihr euch sicher gewöhnen, wenn es soweit ist,* lachte er und legte sich neben Ammon, der sich an Dracos Körper lehnte.

Nach einer Weile begann der Meermann die Stelle zu betasten, die seine Haut berührte. Der Lóng schien es nicht zu bemerken. Erst, als sich Ammon wirklich umdrehte, um mit beiden Händen zu untersuchen, was plötzlich anders war als früher, schlich sich ein Lächeln in Dracos Gesicht. Inzwischen waren auch andere aufmerksam geworden, die Ziehvater und Sohn fragend anschauten.

„Ich könnte schwören, die Stelle war ungewöhnlich warm und es kribbelte ganz angenehm", erklärte Ammon, noch einmal mit der flachen Hand über das schuppige Areal streichend, sich schließlich wieder anlehnend, worauf das sanfte Kribbeln erneut einsetzte.

Hat mir Lóng Mŭ beigebracht, schmunzelte Draco. *Sie gilt bei den Lóng als Heilerin.*

Kami sah den Drachen verblüfft an. „Da hat aber einer seine Zeit allumfassend genutzt!"

Man tut, was man kann, witzelte Draco. *Du weißt doch, wenn es Wissen zu holen gibt, nehme ich es mit. Es gibt immer eine Situation, in der man es gebrauchen kann.*

Kirk zog ein leidendes Gesicht. „Autsch! Der nächste Voll-treffer in mein schlechtes Gewissen."

Ammon kuschelte sich inzwischen mit dem ganzen Rücken, der die größten Narben trug, an Draco. „Mann, tut das gut", seufzte er mit halb geschlossenen Augen." *Es macht mich glücklich, dass ich dir ein wenig Linderung verschaffen kann.*

Kami und Liana freuten sich nun umso mehr auf Lóng Mŭ, die Weiseste aller Lóng. Sicher hatte sie auch für Heiler mit Fischschwanz noch nützliche Tipps.

„Du weißt aber schon, dass du jetzt öfter mal als Wärme-pflaster oder Heizkissen aufgelegt wirst", blinzte Tiku dem Drachen zu.

Der lachte herzlich. *Kein Problem. Das kostet mich ver-gleichsweise wenig Energie. Und die lässt sich mit einem Fisch rasch wieder auffüllen.*

Das junge Volk musste sich die Erklärung für unbekannte menschlichen Begriffe, wie Heizkissen und Wärmepflaster, bei den Älteren holen, so lautete die einfach Regel, die jeder Wiss-begierige auch befolgte.

Liana wartete bis zum nächsten Tag, um Draco ihren Wunsch vorzutragen, weil Ammons Gesundheit um Längen wichtiger war. Der Drache hörte aufmerksam zu, überlegte einen Moment und meinte dann recht zuversichtlich: *Lass es uns doch einfach versuchen!*

Liana holte etwas Tang, einen Mahlstein, einen Meißel und eine Skizze, welche sie in einen Walknochen geritzt hatte. Sie deutete auf eine etwa acht mal drei Meter große, relative ebene Fläche am Gestein des Tales. „Dort möchte ich es probieren. Da kann es jeder schon von weitem sehen, der unsere Siedlung besucht."

Auf geht es! Draco stupste sie mit der Nase an.

Augenblicke später trug Liana eine feine Linie aus zerriebenem Tag auf den Felsen auf, Draco bündelte seine Energie und bearbeitete in Präzisionsarbeit genau da den Stein. *Besser geht es nicht,* sagte er fast um Entschuldigung bittend, weil mitunter Stücke abplatzten, die eigentlich hätten an ihrem Platz bleiben sollen.

„Nicht so schlimm." Liana kraulte ihn zwischen den Hörnern. „Schon mal fantastisch, dass der Wärmeunterschied überhaupt solche eine Wirkung zeigt." Dabei schlug sie emsig mit einem großen Stein auf den Meißel, um die Linien tiefer und breiter zu machen. „Es wird Monate dauern, aber bestimmt grandios aussehen."

Ich stehe dir in jeder jagdfreien Minute zur Verfügung, versprach Draco. *Zeichne einfach noch ein bisschen was an, damit ich für dich vorarbeiten kann.*

Diesen Wunsch erfüllte Liana mit großer Freude. Natürlich blieb es nicht unbemerkt, wie die beiden an gut sichtbarer Stelle herumwerkelten und immer mehr Neugierige fanden sich ein.

„Kannst du mich brauchen, oder willst du es allein machen?", fragte Siria hoffnungsvoll und strahlte auf, als Liana sagte: „Schnapp dir einen Meißel und leg los!" Siria hatte nicht erwartet, am eigentlichen Werk mitarbeiten zu dürfen. Sie eilte hoch erfreut zu Tiku, um sich Werkzeug zu besorgen. Selbst dann, wenn sie nur hätte den Tangbrei anrühren dürfen, wäre sie mit Eifer bei der Sache gewesen.

Kïa und Inia übernahmen die Versorgung der Künstler, von denen besonders Draco ständig mit Nachschub versorgt werden musste, um seinen begehrten Energiestrahl erzeugen zu können.

Nachts stahl sich Ammon heimlich aus der Höhle, um sich von Draco mit etwas Zusatzwärme versorgen zu lassen, die den verletzten Muskeln gut tat. Lina und Triton sollten nicht merken, wie schlecht es ihm noch ging. Nach ein paar Tagen verkündete er dankbar, dass es nun wieder erheblich besser sei und er fast alle Bewegungen schmerzfrei machen könne.

Dann solltest du dir Bonus holen, damit der Zustand auch so bleibt, schlug Draco vor, ihm noch eine ganze Woche lang Wärme spendend.

Die beiden kunstfertigen Nixen hatten sich darauf verständigt, erst alle Umrisse zu schaffen und dann in aller Ruhe im Lauf der Zeit Details herauszuarbeiten. So konnten die anderen nach ein paar Wochen auch langsam die Konturen eines Lóng erkennen, dessen zusammengeringelter Körper einen Meermann schützend umschloss. Eigenartigerweise sammelten sich in den frischen tiefen Linien besonders viele fluoreszierende Organismen, sodass man das Bild schon von sehr weitem leuchten sehen konnte.

„Undergrounds Manhattan", lachte Tiku, auf die Leuchtreklamen der Menschen anspielend.

„Bin ich froh, dass es nicht blinkt", kicherte Liana. „Das wäre dann doch zuviel des Guten."

Vielleicht lassen sich die kleinen Viecher ja dressieren, überlegte Draco laut, worauf Liana, Siria und Tiku entsetzt ausriefen: „Untersteh dich!"

Der Drache brach in schallendes Lachen aus, das zu Tikus großer Erheiterung einem Fauchen mit Schluckauf ähnelte, weil Draco noch ganz im Energiespeimodus war.

„Machen wie Feierabend", schlug Siria vor und Liana sammelte das Werkzeug ein.

Tiku trug es zu den Wohngrotten, während sich Draco noch einmal in aller Ruhe das monumentale Wandbild anschaute. Der Meermann darauf trug bereits Ammons Gesichtszüge und wen der Lóng darstellte, musste er nicht lange rätseln. Es tat gut, so eine Familie und solche Freunde zu haben. Draco schwamm gemächlich in die Siedlung hinunter, wo sich alle zum gemeinsamen Abendbrot und Beisammensein trafen.

Tiku, vor wenigen Augenblicken noch zu Späßen aufgelegt, wirkte abwesend. Als er sich in den Nacken fasste, stieß Kirk seinen Vater an, der Draco mit einer winzigen Kopfbewegung aufmerksam machte.

Der Drache blieb äußerlich ruhig, hatte aber alle Sinne auf Empfang geschaltet. Recht bald fühlte auch er, was Tiku beunruhigte. Er konnte sogar ziemlich genau die Richtung eingrenzen.

Ich schaue mal nach, sagte er, schnurgerade das Ziel anpeilend.

„Wo will er denn so plötzlich hin?", fragte Tiku, schon ahnend, warum der Lóng seinen Platz so eilig verließ.

„Das beobachten, was auch dich nervös macht", flüsterte Kami, um keine Panik zu verursachen.

„Ich halte es für einen ungewöhnlich großen Schwarm Haie", wisperte Tiku zurück.

„Genau das ist, was Draco nicht glaubt", erwiderte Kami.

„Du meinst, das könnten …?" Tiku sprach das furchtbare Wort nicht aus. „Ich folge ihm!"

Als Tiku aufsprang wurden noch einige andere hellhörig. Besonders Ammon, der sich fast wie sein Vater in den Nacken fasste. „Ihr könnt mich teeren und federn, aber ich hab so ein unangenehmes Ziehen …"

Weiter kam er nicht. Die einen lachten, eben weil er wie Tiku reagierte, während sich die anderen ängstlich umschauten.

„Geordneter Rückzug in die große Grotte!", forderte Kami. „Es scheint sich wirklich etwas zusammenzubrauen."

Gemeinsam rafften sie alles zusammen, nahmen die Kinder an die Hand, um sich zu verbarrikadieren. Tiku hingegen legte volle Bewaffnung an und versuchte, Draco zu finden. Dabei ging er keinesfalls planlos zu Werke. Jede Deckung nutzend, arbeitete er sich langsam voran. Als er die Abfallschlucht überschwamm entdeckte er ein Phänomen, das ihm hier noch nie aufgefallen war. Ein Felsen schien sich zu verzerren, als betrachte er ihn in einem gewölbten Spiegel.

Sofort ging Tiku in einer Spalte im Gestein in Deckung und beobachtete angestrengt den merkwürdigen Felsen, der sich sogar zentimeterweise immer in die gleiche Richtung bewegte. Dann ging Tiku plötzlich ein Licht auf. Das war Draco, der seinerseits etwas beobachtete und vor Aufregung kaum seine Unsichtbartarnung aufrecht erhalten konnte. Es musste etwas äußerst Unangenehmes sein.

Da gab es wohl nur eines, was sogar einen Drachen in Panik versetzen konnte – Nuoni. Und bestimmt nicht nur einer, denn damit wäre der Lóng spielend fertig geworden. Tiku blieb also, wo er war, und hoffte, dass auch Draco bleiben mögen.

Eine halbe Stunde rückte der Drache fast unbemerkt vor, dann gab er von einem Augenblick zum anderen seine Tarnung auf. Zugleich hörte ihn Tiku sagen: *Wir haben alle unglaubliches Glück gehabt.*

„Wie viele waren es denn?"

Bestimmt hundert! Draco kam herüber, wobei er noch immer geschockt wirkte.

Tiku ging es nach dieser Information nicht anders. „Ach du Scheiße! Was machen wir denn jetzt? Damit werden wir doch nie fertig!"

Das muss eine Zusammenrottung zur Paarung gewesen sein, sonst hätten die uns garantiert gefunden und in einzelne Zellen zerlegt. Jetzt haben sie sich wieder in alle Richtungen zerstreut. Ich kann dir nicht mal sagen, wie groß die Einzelschwärme waren.

„Schwimmen wir nach Hause und berufen den großen Rat ein", forderte Tiku.

Draco nickte, sich dem Meermann anschließend. Ruhe fanden beide nicht, denn sie drehten sich alle paar Meter um und spähten forschend in die fast lichtlose Schwärze hinter sich. Eine halbe Stunde später übertrug sich das Entsetzen, das Draco gespürt hatte, auf die Ratsmitglieder, zu denen in der Erweiterung auch die Krieger Ammon, Pero und Lynn gehörten. Kïa schlug die Hände vors Gesicht und schüttelte stumm den Kopf. Hörte der Alptraum denn nie auf? Pero biss die Zähne aufeinander und schaute durch zu Schlitzen verengten Augen ins Nirgendwo, während jene, die von den Nuoni bereits körperlich verletzt worden waren, unbewusst, ihre Narben berührten.

Es kann, jetzt wo wir die Ausmaße kennen, auch keiner die großen Lóng um Hilfe bitten. Jeder wird jetzt zum Schutz der Gemeinschaft gebraucht. Wir können nichts weiter tun, als auf der Hut sein, seufzte Draco. *Wenn ich doch nur schon größer wäre! Ich glaube nicht, dass sie gegen einen ausgewachsenen Lóng etwas ausrichten könnten.*

„Sei nicht traurig. Du bist uns doch auch so eine unglaubliche Hilfe", tröstete ihn Ammon, wozu die anderen heftig nickten.

„Wir versuchen, durchzuhalten, bis die Drachen zum Fest kommen. Dann werden wir mit ihnen beraten", legte Kami fest. „Morgen früh werde ich alle über unsere Probleme informieren."

Als in den Grotten die Nachtruhe einkehrte, hockte Draco noch lange schlaflos vor dem Eingang zu Ammons Wohnung. Er grübelte so intensiv darüber nach, wie man die Lóng benachrichtigen könne, dass er gar nicht merkte, wie er wieder Unsichtbartarnung anlegte. Zugleich fühlte er sich, als schwelle sein Kopf an, wobei er all seine Gedanken mit einem doppelten oder gar dreifachen Echo hörte. Irgendwann schlief er, sehr traurig darüber, einfach nichts gegen die Nuoni machen zu können, ein.

Am nächsten Tag herrschte beim Meervolk lähmendes Entsetzen, als Kami erklärte, dass man in den Belagerungszustand übergehen müsse. Ab sofort herrschte eine Art Ausgangssperre. Das bedeutete, niemand sollte sich weiter als fünf Meter von den Grotten entfernen, damit blitzartig Schutz gesucht werden konnte. Auf die Jagd ging ausnahmslos Draco, jeweils von einem der besten Jäger begleitet. Die Abstimmung ergab: Tiku, Ammon, Pero und für den Fall, dass einer der drei wichtigere Aufgaben zugeteilt bekam, Tamik oder Amar. Die beiden waren bei Abwesenheit von Tiku als Hauptleute für den Schutz der Siedlung zuständig und setzten die übrigen Krieger entsprechend ein. Lynn sollte die Gemeinschaftsgrotte schützen, wenn sich alle dahinein zurückgezogen hatten.

Kirk war das erste Mal im Leben froh, nicht ganz so pfiffig zu sein, wie die anderen. Die Verantwortung war riesig und blitzschnelles Denken nun mal nicht sein Ding. Er bekam die Tangernte auferlegt, was immer noch gefährlich genug war, denn die Nuoni konnten überall auftauchen.

Am vierten Tag nach dem Auftauchen des Schwarms brachten Draco und Pero einen toten Nuoni in die Siedlung.

Er war allein, sagte Draco, den Kadaver auf dem zentralen Platz ablegend.

„Kommt her und schaut euch an, was wir am meisten fürchten müssen!", rief Kami und alle strömten herbei.

Die meisten hatten noch nie solch eine Bestie von so nahem gesehen, entsprechend groß war das Entsetzen über die gigantisch weit aufklappbaren Mäuler mit den messerscharfen Zahnreihen. Triton und Nemo betrachteten das ungewöhnliche Tier mit besonderem Abscheu. Sie hatten diese Wesen in Aktion erlebt und waren auf keine weitere Begegnung scharf.

Ich bringe ihn weit fort, damit sein Geruch nicht die anderen anlockt. Draco packte die Kreatur und legte den Turbo ein. Fernab der Siedlung ließ er sie fallen, um anschließend sofort nach Hause zu eilen.

In den folgenden zehn Tagen berichteten die Jäger immer wieder von Abschüssen einzelner Nuoni, die sie an Ort und Stelle liegen ließen. Dann tauchte wieder ein Schwarm von fünf Tieren auf, der verschwand, bevor sich Draco in Abschussposition gebracht hatte.

Der Lóng gab erst seine Tarnung auf, als die Raubtiere verschwunden waren. *Haben sie uns gesehen?*

„Das kann ich mir fast nicht vorstellen", erwiderte Ammon. „Sie hätten uns sicher sofort angegriffen. Zudem haben sie nicht ein Mal in unsere Richtung geschaut. Wer weiß, was sie vertrieben hat."

Hoffentlich etwas, das uns wohlgesonnen ist. Draco packte das volle Netz mit den Fischen.

Die Nachricht der Sichtung veranlasste Kami, die Gemeinschaft in die große Grotte einzuladen, damit alle in Ruhe essen konnten. Als sich während des Mahles Tiku und Ammon in den Nacken fassten, während Liana zeitgleich erstarrte, trat im Bruchteil eines Wimpernschlags Totenstille ein.

Showdown im Nixental

Mit den Worten: *Sie sind da,* brachte sich Draco am Ausgang in Positur, um sein Volk zu bewahren. Hinter ihm nahmen in zwei Reihen die Schützen mit den Laserwaffen Aufstellung und hinter diesen die übrigen mit Speeren und Messern. Draco nahm sofort jeden Nuoni aufs Korn, der sich blicken ließ und in die Schusslinie geriet. Tiku erlegte, was der Drache nur verletzte. Doch anstatt, wie sonst, die Toten zu fressen, strömten immer mehr nur Nuoni in das Tal, als säße ihnen der Teufel im Nacken.

Kann mir mal einer sagen, was da draußen vorgeht??? Draco stellte die Frage höchst verwundert.

Ja, ich, aber später, hörten sie alle eine männliche telepathische Stimme. *Haltet einfach drauf!*

Das ließen sich die Krieger des Meervolkes nicht noch einmal sagen. Sie verließen sogar die sichere Grotte, um die Anweisung der Stimme besser befolgen zu können. Staunend nahmen sie zur Kenntnis, dass der Fluchttrieb der verhassten Nuoni erheblich größer war, als die Angriffslust beim Anblick der Meermänner. Als der letzte Nuoni vernichtet war, schauten sie sich kopfschüttelnd um.

„Das muss der ganze Schwarm gewesen sein, den du letztens beobachtet hast", wandte sich Tiku staunend an Draco.

Ein kleines Gastgeschenk für liebe Freunde, ließ sich die Stimme wieder vernehmen und im nächsten Augenblick tauchten in langer Reihe die großen Lóng zu ihnen ins Tal hinunter.

„Ahhhh, es ist wundervoll, euch zu sehen!", jubelte Kami.

Dà Lóng stellte dem Meervolk alle Drachen namentlich vor und schmunzelte dann: *Wir haben unsere Ankunft ein wenig vorverlegt. Wenn ein Drache, wie Draco, nachts keine Ruhe mehr findet und befürchtet, dass eure Welt in einem Mordinferno der Nuoni untergeht, dann lässt uns das nicht kalt. Also haben wir für die einen, wie für die anderen, ein bisschen*

Schicksal gespielt. Denn uns liegt sehr viel daran, dass auch unsere Nahrungsfische erhalten bleiben, was unmöglich wäre, wenn sich die Nuoni hier dauerhaft ansiedeln. So haben wir zusammengetrieben, was wir auf ein paar Quadratkilometern finden konnten. Ab einer bestimmten Größe mögen sie uns Lóng wirklich nicht sonderlich. Wir haben den Ring um sie langsam geschlossen und nur euer Tal als Fluchtweg gelassen, weil uns klar war, dass ihr in voller Bewaffnung seid. Unser Meer dürfte jetzt also sauber sein von dieser Seuche, die alles Lebende zerfetzt, auch wenn sie keinen Hunger hat.

Draco schaute den Großen Drachen mit noch größeren Augen an. *Meine Gedanken sind bis zu euch gelangt? Aber wie ist das möglich?*

Das, junger Drache, kann ich dir nicht sagen. Ich weiß nur, dass Lóng Mǔ deutlich gespürt hat, in welchen Nöten ihr euch befunden habt. Dà Lóng stupste ihn mit der Nase an.

„Dann müssen wir alle Lóng Mǔ für unsere Rettung danken", rief Liana. „Feiern wir ein großes Fest, ihr zu Ehren!"

Vergesst nicht, den Absender der Botschaften, lachte Hēilóng, *ohne seine Informationen wären wir jetzt noch zu Hause, ihr vielleicht bald Fischfutter und wir irgendwann sehr, sehr hungrig.*

„Sollten wir nicht lieber zuerst die Kadaver wegbringen?", fragte Siria zaghaft, mit einem gelinden Grusel den Blick schweifen lassend.

Es sind Fische, die wir auf Drachenart verschwinden lassen werden, blinzelte Jīnlóng. *Das Festmahl ist praktisch schon serviert.*

„Ich denke, wir werden nicht Ohnmacht fallen", erwiderte Kami, „aber sicher auch nicht an dieser Art Fisch mitessen."

Verständlich, gab Lóng Mǔ zu. *Wir würden bestimmt auch kein Tier essen, das einem Lóng so ähnlich sieht, wie ein Nuoni einem Enga.* Dabei ließ sich die Drachenfrau wie zufällig neben Draco nieder. *Was machen die Schuppen, junger Drache?*

Weiß nicht. Es war keine Zeit, mich damit zu beschäftigen. Draco hob bedauernd die Vorderbeine, wie es Ammon und die anderen machten, worüber sich Lóng Mǔ herzlich amüsierte. Diese winzige Geste zeigte erneut, dass Draco ein Meermann, nur in ungewöhnlicher Gestalt war. Bevor Lóng Mǔ erst weiterfragten musste, erzählte Draco: *Wir haben uns künstlerisch betätigt, Thunfische gejagt und versucht, uns die Nuoni vom Hals zu halten.*

Die Figuren am Felsen sind wundervoll, schwärmte die Drachenfrau. *Sie scheinen aber noch nicht ganz fertig zu sein.*

Das ist richtig. Die Nuoni hatten wohl etwas dagegen. Die haben uns ganz schön in Bewegung gehalten und am Ende eine Weiterarbeit unmöglich gemacht, erklärte Draco.

„Wir hätten sie euch gern in voller Schönheit präsentiert", sagte Liana. „Aber die Sicherheit war wichtiger. Draco hat für meine Pläne so viel Kraft investiert, dass ich manchmal ein ganz schlechtes Gewissen hatte, ob ich nicht vielleicht zu viel verlange."

Ich bin nun mal das einzige Werkzeug, dessen Akku man mit Fisch aufladen kann, witzelte Draco, worauf Tiku den Lóng erklärte, wie ein Akku funktionierte.

Diesmal war Lóng Mǔ diejenige, die feststellte, dass man solche Geräte nur auf dem Trockenen erfinden konnte. Während der Unterhaltung sprachen die Riesen eifrig dem reichen, wenn auch selbst gewählt eintönigen, Menü zu. Am Ende hatten die Lóng Nahrung für drei Tage aufgenommen, was sie das Meervolk auch wissen ließen, damit niemand auf die Idee kam, ihretwegen eine große Jagd veranstalten zu wollen.

Die jungen Lóng-Damen hatten Draco natürlich die ganze Zeit beobachtet und gesehen, dass er die Kadaver der Nuoni nicht anrührte. Lóng Mǔ hatte die drei nach dem Besuch der Meermänner mit Draco bereits darauf hingewiesen, dass sie sich, im Falle Draco erwähle eine von ihnen, darauf einrichten müssten, ihr Leben in vielen Punkten umzustellen.

Das Tal, die Druck- und Lichtverhältnisse waren ideal, Futter gab es reichlich, die Mitglieder des Meervolkes waren nicht nur unglaublich klug, sondern auch fröhlich. Draco, das Objekt der Begierde, war ein besonderes Exemplar Seedrache, das ganz sicher eines Tages ein starkes Volk führen werde. Auf den ersten und zweiten Blick also nichts, was einem das Leben verleiden werde. Nun musste man ihn nur noch irgendwie dazu bringen, ihn für sich, als die Eine, zu interessieren. Das passende Thema diskutierten die Meerleute gerade mit den Anführern der Lóng.

„Wir müssen uns nachwuchstechnisch auf Verhältnisse einstellen, wie sie unsere Damen aus Ost- und Nordsee kennen", sagte Tiku soeben. „In Küstennähe und bei deutlich über 20 Grad Wassertemperatur gab es jedes Jahr Paarungstänze. Hier, in der Kälte und Finsternis, nur noch in viel größeren Abständen. Die Kinder wachsen auch langsamer heran. Möglich, dass wir, um überleben zu können, eines Tages auch wieder den Verband der festen Paare aufgeben müssen. Die Enga kannten diese Verbände gar nicht. Wenn unsere Kinder sich für die Lebensweise im lockeren Verband entscheiden, weil sowieso jeder für jeden da ist, dann werden wir es ihnen nicht verbieten. Wir werden sehen, was die Zukunft bringt."

Bei uns gab es vor sehr langer Zeit ausschließlich Männchen mit mehreren Weibchen, erzählte Dà Lóng. *Jetzt haben die männlichen Drachen schon Mühe, überhaupt ein Weibchen zu bekommen. Am Ende obliegt es den Damen, dem Werben eines Herrn positiven Bescheid zu geben.*

Er schaute zur Felswand mit dem leuchtenden Relief. *Wie habt ihr es überhaupt in so kurzer Zeit hinbekommen, dieses Kunstwerk zu schaffen. Dass Draco geholfen hat, wissen wir ja inzwischen, nur nicht, wie er das genau gemacht hat.*

Also begann Liana, haarklein über Temperaturunterschiede, Lasertechnik in höchster Präzision und Steinmetzarbeiten mit Hammer und Meißel zu erzählen. Die drei jungen Lóng-Damen rückten näher. Jīnlóng schaute Draco ebenfalls sehr ehrfürchtig an. *Wir haben unsere Energie stets nur zu Jagd benutzt. Meist breit gefächert, um viel Beute zu machen. Dass man auch winzige Löcher damit bohren kann, hätte ich nicht einmal im Traum gedacht. Felsen haben wir zwar auch schon zerstört, aber das war Zufall. Unsere Grotten erweitern wir mit unseren Krallen. Zumindest haben wir das bis heute getan,* fügte er lachend hinzu, *aber morgen werden wir bestimmt die neue Technik erproben.*

Übertreibt es nicht und lasst was vom Gebirge übrig, kicherte Draco.

Ins Staunen gerieten die Lóng auch, als das Meervolk die neu erschaffenen kleinen Kunstwerke aus der Galerie-Grotte holte, um zu zeigen, was man alles auch hier unten, tief im Ozean, bewerkstelligen konnte.

Von den Landdrachen, die fliegen und richtiges Feuer speien konnten, haben die ganz Alten immer erzählt, berichtete Dà Lóng beim Anblick der gravierten Walschulter. *Sie haben auch gesagt, dass eine große Gruppe ins Meer ging, um überleben zu können, weil die Erde schon einmal verrückt spielte. Daraus sind schließlich wir Lóng entstanden, wie wir heute sind. Seit jenem Abtauchen sind unsere Körper immer länger und die Flügel immer kleiner geworden, womit wir hier, im nassen Element, besser zurecht kommen.*

„Wir sind halt alle fabelhafte Fabelwesen", schmunzelte Tiku. „Wie wäre es mit ein paar wundersamen Geschichten von gigantischen Drachen und wunderschönen Meerjungfrauen?"

Als alle ihn erwartungsvoll anschauten, lachte er: „War ja klar!", und begann, die schönsten Märchen der Menschen zu erzählen.

Jetzt wisst ihr, warum wir das Drachenfest nicht verpassen wollten, wandte sich Jīnlóng begeistert an jene, die zum ersten Mal zu Gast beim Meervolk waren. *Ganz gleich, ob wahre oder erfundene Geschichten, sie sind immer wieder wunderschön anzuhören.*

Yín Lóng, der Silberne Drache, eines der jungen Weibchen, seufzte. *Ja, das kann ich nun sehr gut verstehen. Tiku hat ja auch ganz hervorragend erklärt, was ein Pferd ist, ein Ritter mit Rüstung und was man mit Zaubern meint. Wenn wir aber wirklich die Eigenschaften hätten, die uns die Menschen zuschreiben, dann wäre das Leben manchmal nicht ganz so beschwerlich. Wobei ... na ja ... Feuer oder Energie speien muss ihnen schon wie Zauberei vorgekommen sein, als sie noch keine hochentwickelte Technik hatten.*

Ich glaube, da haben wir eine, die über alles Gehörte von ganz allein die richtigen Schlüsse zieht, wisperte Draco Ammon unbemerkt zu.

Und er gab zurück: *Also was Patentes für einen Drachen, der gern Neues entdeckt und bevorzugt knifflige Aufgaben löst.*

Jaaaaa, das trifft es, schmunzelte Draco. *Mal abwarten, ob sie es eines Tages für möglich hält, in unserem Tal zu leben. Vorausgesetzt, bis dahin hat kein anderer bei ihr mehr Punkte gesammelt.*

Ammon drückte seinem Ziehsohn die Daumen. Draco sah alles sehr realistisch. Er schien es nur selber noch gar nicht zu bemerken, dass er begann, sich für das andere Geschlecht zu interessieren. Aber vielleicht war es ja doch nur die Hoffnung, eines Tages jemanden zu haben, mit dem man wirklich Gedanken teilen konnte. Auch diese Möglichkeit war augenblicklich nicht ganz von der Hand zu weisen.

Am vierten Tag des Besuchs wollte Dà Lóng gern einen Ausflug zur Oberfläche machen, und nach den verlassenen Schiffen der Menschen Ausschau halten. Weil die Siedlung in der Zeit unter dem mächtigen Schutz der Drachen stand, die keinen niedrigen Druck vertrugen, schwammen außer Kami alle Meermänner mit hinauf. Besonders die Enga waren neugierig auf das, was mit den Menschen zusammenhing. Da sich die fünf Lóng nach dem Tempo der Meermänner richteten, gab es für alle einen langsamen und gut zuträglichen Druckausgleich.

Als man die Oberfläche langsam erahnen konnte, bat Tiku, der Leiter der Unternehmung: „Prüft bitte ganz genau, ob ein Schiff verlassen ist. Den Menschen traue ich durchaus zu, etwas entwickelt zu haben, womit sie auch in dieser für sie lebensfeindlichen Welt herumfahren."

Gemeinsam durchstießen sie die Oberfläche der leicht bewegten See, die genau so bleigrau aussah, wie der Himmel darüber.

„Einfach gruselig", seufzte Tamik traurig. „Wenn ich daran denke, dass der Himmel meist strahlend hellblau mit kleinen weißen Wolken war, und eine golden gleißende Sonne alles ringsumher erwärmte, dann möchte ich am liebsten weinen. So was hier, was jetzt normal ist, war die absolute Ausnahme."

Nach fast zwei Stunden Suche und ein paar Begegnungen mit Walen, die sowohl Lóng als auch Meerwesen argwöhnisch beäugten, fanden sie zwei Schiffswracks, denen schwere See schon sämtliche Aufbauten zerschlagen hatten. Draco und Hóng Lóng schafften es, an Deck zu klettern und die anderen nachzuholen.

„Dies war mal ein Containerschiff", stellte Tiku schnell fest, aber auch, dass es hier nichts mehr zu holen gab.

„Das da drüber sieht noch schlimmer aus", murmelte Auan. „Ein Wunder, dass es überhaupt noch schwimmt."

Dà Lóng gab zu, sehr geschockt zu sein. Er kannte die Welt über Wasser auch in einem anderen Zustand. Die Luft roch unangenehm und brannte in den Augen.

„Es erinnert mich an unsere Zeit am Vulkan", gab Pero bekannt.

„Ein guter Vergleich", bestätigte Tiku. „Hier sind es auch die Schwefelverbindungen, die so übel riechen. Nur gut, dass das Meerwasser verdünnt, was jetzt als Regen niederfällt. Ich könnte mir vorstellen, dass es an einigen Orten die blanke Säure ist. Tauchen wir lieber wieder ab!"

Guter Vorschlag, sagte Jīnlóng, der Anblick dieser grauen trostlosen Weite macht depressiv. Selbst in unserer Schwärze gibt es Leuchtorganismen, die einen Funken Licht hell erstrahlen lassen. Von meiner Nase, die sich jetzt schon arg beleidigt fühlt, will ich gar nicht erst reden.

Er war auch der Erste, der zurück ins Wasser sprang. Wobei er seine winzigen Flügel spreizte, einen weiten Satz machte und dabei rief: *Achtung, jetzt kommt ein Drache geflogen! Rette sich, wer kann!*

„Ich glaube, wir sollten noch eine Theatergruppe ins Leben rufen", kicherte Amar, dem Drachen mit einem Kopfsprung folgend.

Kirk grinste breit. „Dann bin ich der tragische Held. Die Rolle ist mir doch wie auf den Leib geschrieben. Leb wohl du schnöde Welt! Ich weiß nicht weiter und geh ins Wasser!" Er ließ sich unter dem schallenden Gelächter der anderen rückwärts gedreht über Bord fallen, wobei er ihnen noch zuwinkte.

Die gestalteten ihren Abgang weniger dramatisch, mussten aber beim Anblick von Jīnlóng und Kirk gleich wieder vor Lachen losprusten, denn die beiden überlegten gerade, ob der Drache den lebensmüden Helden hätte retten oder lieber fressen sollen, um dem Drama die richtige Würze zu geben.

„Da kannst du mal sehen, was Märchen erzählen für Auswirkungen haben kann", sagte Tiku mit todernster Miene, worauf der angesprochene Dà Lóng erneut zu lachen anfing.

Auf dem Weg zum Tal erwischten sie mehrere ausgewachsene Thunfische, die selbst die Drachen nur mühsam tragen konnten.

„Bloß gut, dass es abwärts geht", ächzte Amar, der mit drei anderen einen der Fische hinab zerrte.

„Da möchte ich glatt die Ballade vom Taucher deklamieren", merkte Tiku an.

„Ich erinnere mich schwach, dass Sina im Unterricht davon sprach, Schiller habe sie geschrieben", warf Auan ein. „Kannst du die etwa auswendig?"

„Na klar! Gluck, gluck, weg war er", antwortete Tiku mit Grabesstimme.

Die Meermänner hatten Mühe, den Fisch wieder in ihre Gewalt zu bringen, den sie vor wieherndem Gelächter hatten fallen lassen.

Hóng Lóng grinste vergnügt. *Verrückte Bande. Schön, dass es so was noch gibt.*

Die beiden kleinen Haie, denen die Thunfische auch sehr gefielen, und die notfalls auch einen der Meermänner als Beute genommen hätten, wurden von Draco mit ein paar harmlosen elektrischen Impulsen verjagt.

Die genehmigen wir uns später mal, kommentierte er den Vorfall, sehr zum Vergnügen der großen Lóng.

Im Tal wurden die erfolgreichen Jäger mit Jubelstürmen empfangen. Die Frauen hatten Tang geerntet, die Kinder Muscheln und Krebstiere gesammelt, sodass einem deftigen Essen nichts im Wege stand.

Yín Lóng suchte zwar auch immer Dracos Nähe, kroch ihm aber nicht so nah auf den Leib wie die anderen beiden Damen, die sie in einer Mischung aus Missbilligung und Sorge beobachtete.

Er weiß, was ihm guttut, hörte sie eine telepathische Stimme. Überrascht hob sie den Kopf. Kïa, auf der anderen Seite des Steinkreises sitzend, blinzelte ihr kaum merklich zu.

Das denke ich eigentlich auch, gab sie etwas beruhigt zurück und hörte auf, die anderen zu überwachen. Sollte er sich anders entscheiden, konnte sie es ja doch nicht ändern.

Ammon hat erzählt, dass du einen Drachenschatz, wie in den Geschichten der Menschen, gefunden hast, sagte sie etwas später mit fragendem Ton zu Draco. *Das ist richtig. Ich werde ihn holen, damit du ihn dir ganz in Ruhe anschauen kannst.* Er huschte in die Grotte, um mit dem unscheinbaren Säckchen wiederzukommen. Vorsichtig knüpfte er den Knoten auf, rollte noch sachter mit seinem scharfen Krallen den Rand zurück, womit er den Blick auf die schimmernden Geschmeide freigab. *Das ist der Stoff aus dem seit undenklicher Zeit die Träume vieler Menschen sind.*

Ammon half ihm, die einzelnen Stücke auf einem der Sitzsteine auszubreiten. Die Lóng machten lange Hälse, um zuzuschauen. Wie versprochen, durfte sich Yín Lóng als Erste alles sehr genau anschauen.

„Das sind seltene Edelsteine, für die manche Menschen Unmengen von ihrem Besitz weggeben", erklärte Ammon. „Sie werden geschnitten und ganz besonders geschliffen, damit sie dieses unglaubliche Funkeln bekommen." Er bat Tiku um eine der Akku-Lampen, um den Glanz wirklich zeigen zu können. *Das ist einmalig schön,* flüsterte Yín Lóng überwältigt. *Gut, dass du es gefunden hast, sonst wäre es vielleicht für alle Zeiten verloren, wenn die führerlosen Schiffe irgendwann sinken.*

„Das Metall, mit dem die Steine eingefasst sind, damit man sie als Kette, Ring oder Ohrring tragen kann, ist bei einigen Stücken Gold, bei anderen Platin und manchmal Silber." Der Meermann zeigte auf den jeweiligen Schmuck.

Yín Lóng schaute in die Runde der Nixen, von denen manche Schmuck aus Edelmetall und andere aus Naturmaterial trugen. *Das, was ihr sowohl auf dem Land als auch hier im Meer erschaffen habt, ist ein genau so großer Schatz. Auch Kamis Bartperlen sind wertvolle Schätze, denn in ihnen steckt genauso viel Mühe und Liebe zum Detail, was sich hier unten noch schwerer umsetzen lässt. Ich bin tief beeindruckt von all dieser Kunstfertigkeit.*

Dem gibt es nichts hinzuzufügen, sagten die anderen Drachen, vom Anblick der wertvollen Stücke genauso angetan.

Ammon und Draco wechselten einen langen Blick.

Zwei Tage später verabschiedeten sich die großen Lóng, mit dem Versprechen, nach einem Jahr wiederzukommen, um mit dem Meervolk zu feiern.

Pass gut auf dich und dein Volk auf, bat Lóng Mǔ, Draco mit der Nase anstupsend.

Fast die gleichen Worte wählte Yín Lóng und fügte hinzu: *Ich freue mich auf das nächste Treffen.*

Draco begleitete die Lóng ein Stück, dann kehrte er ziemlich zufrieden ins Tal zurück.

Achtung, Tauchboote!

Ohne die Bedrohung durch die Nuoni verlief das Leben des Meervolkes sehr viel entspannter. Nicht einmal, dass mehrere große Kraken versuchten, hier Beute zu machen, brachte sie aus der Ruhe. Draco vertrieb die Störenfriede mit elektrischen Impulsen, schwamm aber hinterher, um herauszufinden, wo die Tiere lebten. Als sich eines der Tiere mit einer leuchtenden Sepiawolke wehrte, in welche Draco direkt hineinschwamm, musste er lauthals lachen, weil ihm gerade wieder ein Märchen einfiel.

Was ist los, telepathierte Ammon neugierig.

Ich bin im Augenblick das magische Zweihorn in einer Wolke Feenstaub, die es unsichtbar macht, erhielt er als Antwort zurück.

Nun musste auch Ammon lachen. *Wie Feen sahen die Viecher aber nicht aus, eher wie die Kehrbesen einer alten Hexe, nur ohne Stiel.*

Stil, mein Lieber, Stil, kicherte Draco. *Die schwimmen übrigens schnurgerade nach Westen und ich komme jetzt schnurgerade zurück.*

Wenig später bog er in das Tal ein, um ein paar große Muscheln und Schnecken mit wunderschön gewundenen Häusern abzuladen, die er auf dem Heimweg gefunden hatte. *Alles andere haben die dämlichen Viecher vertrieben.*

„Ist doch in Ordnung", tröstete ihn Kïa. „Etwas zu essen und drum herum herrliche Dinge zum Basteln. Ich möchte bitte dieses ganz große, spitze Haus haben!"

Liana reichte es ihr hinüber. Kïa schnitt sofort das Tier heraus und teilte es sich mit Liana und Siria. Kara war auf die Muschelschale scharf, die Pero soeben öffnete.

„Schau mal! Eine große Perle!", rief sie überrascht. „Nicht besonders hübsch geformt, aber in einem Wahnsinnsblau leuchtend."

„So sah an manchen Tagen der Himmel über unserer Insel aus", schwärmte Siria. „Hin und wieder zogen Flugzeuge mit lautem Brummen hoch droben vorbei ..."

„Wie gerade eben?" Kïa zeigte nach oben.

Es dauerte eine Weile, bis die anderen begriffen, dass Kïa in der Tat etwas hörte, was erst jetzt auch ihnen auffiel, und das sehr langsam näherzukommen schien.

„Ich fresse einen Besen quer, wenn das keine Schiffsschraube ist!", rief Tamik. „Die wollen doch nicht etwa zu uns auswandern?"

„Verdammt!" Tiku wurde unruhig. „Wenn die uns hier finden ist guter Rat teuer."

„Ab in die Grotte!", forderte Kami.

Sogar Draco, der inzwischen fast sieben Meter lang war, schlüpfte mit hinein, um sich zu verstecken. Das laute Brummen und Dröhnen zog vorbei und kam auch nicht wieder.

„Für ein normales Schiff war das Geräusch zu laut. Ich tippe auf ein U-Boot", murmelte Tiku und Kami nickte bekümmert.

„Hat man denn nicht mal in der Tiefsee seine Ruhe vor den Menschen?", grollte Liana. Dabei fasste sie so auffällig nach ihrer Narbe am Hals, dass Kïa nachfragte, ob diese von den Menschen stamme, weil die Vernarbung an Kamis Hals doch ein Nuoni verursacht hatte. Liana nickte und berichtete, wie ihr Tiku und Kami in New York das Leben gerettet hatten.

„Ihr habt wirklich nicht gerade wenig erlebt", staunte Kïa. „Wir haben nun schon so viel von euch erfahren und trotzdem kommen immer wieder Dinge zutage, die wir noch nicht kennen."

„Die unschönen Details zu unserer grandiosen Ausstellung damals haben wir ganz bewusst weggelassen", ließ sich Tiku vernehmen. „Nur kochen die immer mal wieder mit hoch, wie gerade eben. Der Überfall war übrigens der Auslöser dafür, herauszufinden, dass auch Liana meine Tochter ist. Sie brauchte dringend eine Blutspende und nur mein Blut hat perfekt gepasst."

In den nächsten Tagen werkelten Liana, Siria und Draco fast ungestört am Relief an der Felswand weiter. Der Drache bekam endlich Schuppen und der Meermann Haarsträhnen. Tiku betrachtete das Bild mit einem vergnügten Lächeln. „Wenn die Menschen das irgendwann vor die Linse bekommen, haben sie richtig Stoff zum Nachdenken. Und witzig ist, dass das in die völlig falsche Richtung führen wird. Ach, wie gut dass niemand weiß …", schmunzelte er und der Lóng beendete den Satz: „dass ich Tiku Meermann heiß."

Unter viel Gelächter räumten sie, zum letzten Mal für dieses Relief, das Werkzeug in die Lagergrotte.

Ein paar Tage danach erfüllte erneut merkwürdiges Brummen den Ozean und diesmal beschloss der Rat, die Sache genauer zu untersuchen. Tiku, Ammon, Auan, Pero, Tamik und Amar wurden gepanzert und bewaffnet mit Draco ausgeschickt, um herauszufinden, welcher Art die Fahrzeuge waren, die seit Stunden im gleichen Areal kreuzten.

Sie durchkämmten in Paaren das Wasser. Nur Draco agierte allein und, nach Drachenart, blitzschnell. Er schwamm in einer Spirale mit immer größer werdendem Durchmesser, während sich die Meermänner strahlenförmig von einander entfernten. Das Geräusch wurde mal leiser, mal lauter, schien auch die Tiefe zu wechseln.

Ich hab was, hörten sie nach mehreren Stunden Draco rufen und bekamen eine detaillierte Beschreibung des Objektes: *Es ist kürzer als ich, vermutlich fünfeinhalb Meter lang. Es ähnelt vom Aussehen einem winzigen Pottwal. Es hat keine sichtbaren Öffnungen, die Fenster oder Bullaugen sein könnten.. Aber es hat relativ große Beulen und Höcker.*

Vermutlich Messfühler und Kameras, gab Tiku zurück.

Es geht unten auf und eine Art Greifarme kommt an einem langen Seil heraus, rief der Lóng. *Ich bleibe hinter meinem*

Felsen und warte ab, was es tun wird. Dann plötzlich: *Es scheint mich orten zu können. Ich muss weg!* In den nächsten Minuten hörten sie nichts von Draco und machten sich natürlich die allergrößten Sorgen.

Dann meldete sich der Drache wieder: *Hab es sehr weiträumig umschwommen und stecke jetzt auf der anderen Seite hinter einem Felsen. Es scheint sich noch immer dahin zu orientieren, wo ich zuerst gelauert habe. Die Höcker haben sich auch dorthin gedreht. Ich kann von hier aus Vorder- und Rückseite der Auswüchse unterscheiden. Die matte Seite zeigt zu mir. Jetzt greift es nach einem Krebstier auf dem Hang und saugt es in einen durchsichtigen Behälter. Es zieht ihn in sich hinein und schwimmt davon. Schräg nach oben. Vermutlich taucht es auf. Ich auch. Will schauen, ob ein Schiff in der Nähe ist.*Wieder blieb es eine Weile still, dann ein erschrockenes: *Oh, nein, ist das riesig! Ein Unterwasserfahrzeug! Bestimmt 100 Meter lang! Ich verschwinde. Wir treffen uns zu Hause.*

Das war für die Meermänner das Kommando, ebenfalls schleunigst das Gefahrengebiet zu verlassen.

„Und nun?" Die Mitglieder des Rates schauten Tiku an, denn der hatte immer für alles eine Lösung.

„Warten wir erst einmal ab. Wenn das Mini-Tauchboot hier herunter kommt, zerstören wir es, um uns selbst zu retten", sagte er auch sofort.

„Wie willst du das denn bewerkstelligen?", staunte Kïa.

Tiku zeigte auf Draco. „Seinen elektrischen Impulsen und dem Laserstrahl ist die menschliche Technik bestimmt nicht überlegen. Zumindest hoffe ich das. Gegen das große Boot werden wir hingegen keine Chance haben. Ich hoffe erst einmal, dass sie uns für einen Fischschwarm auf ihrem Radar gehalten haben und Draco zu einem Riemenfisch erklären."

„Riemenfisch." Liana zog eine Augenbraue hoch.

Tiku seufzte. „Ich weiß mir doch auch keinen echten Rat und habe keine Ahnung, was die Menschen in ihren Bunkern unter der Erde an neuer Technik ausgeheckt haben. Hoffnung ist alles, auf das ich setzen kann."

„Im ganz großen Notfall rufen wir die Lóng zu Hilfe und schießen das U-Boot mit Brachialgewalt ab", legte Kami fest. Tiku nickte. „Das widerstrebt mir zwar, aber wenn sie den Krieg eröffnen, werden wir ihnen Paroli bieten. Ich denke eher, sie wissen, dass hier unten Methanhydrat lagert. Sie werden es sicher nicht darauf ankommen lassen, dass hier das Ende der Welt besiegelt wird. Vielleicht wollen sie ja nur schauen, dass den Lagerstätten in den Zeiten der extremen seismischen Aktivitäten nichts zugestoßen ist."

„Deine Worte in den Gehörgang aller guten Geister", murmelte Siria.

„Ist euch vielleicht mal aufgefallen, dass weder Liana komische Gefühle hatte noch, dass sich Tiku und Ammon in den Nacken gefasst haben?", wandte sich Kïa an die Ratsmitglieder. „Ich glaube nicht an eine direkte Gefahr durch die Boote für uns. Ich vermute, Tiku hat mit dem Methanhydrat recht."

Kamis Miene hellte sich ein paar Grad auf. „Stimmt. Du hast gut beobachtet. Machen wir uns nicht selber verrückt. Wir reagieren, wenn wir unbedingt müssen."

Das riesige U-Boot blieb noch einige Tage in der Region. So, wie es sich bewegte, schien es den Meeresboden zu scannen. Das Mini-Tauchboot sahen sie gar nicht mehr. Als endlich wieder Ruhe herrschte, atmete das Meervolk tief durch und konnte sich endlich wieder frei bewegen.

Als es Kamis Berechnungen nach auf die Sommermonate zuging, begannen die Enga, unruhig zu werden und sich umzufärben. Die meist türkis- und silberblauen Schuppen und Flossen nahmen einen dunkelblauen, fast schwarzen Schimmer an.

„Paarungszeit", kommentierte Kïa kurz.

Am Morgen des nächsten Tages zogen sie, wie ein Schwarm Fische im Verband schwimmend, zu den Tangfeldern hinaus. Auch Kara, inzwischen im richtigen Alter, folgte der inneren

Stimme. Ammon nickte Draco zu, der ihnen sofort unbemerkt folgte, um sie zu bewachen. Denn in den folgenden Stunden wären sie selbst für schlechte Jäger eine leichte Beute gewesen. „Drücken wir ihnen die Daumen", seufzte Siria. „Dadurch, dass sie im losen Verband leben, haben alle Frauen eine Chance auf Nachwuchs."

Und diese zu nutzen, schienen auch alle versucht zu haben, denn sie kamen am Abend als Schwarm zurück, mit langsam verblassendem Schwarz und Dunkelblau. Sie huschten zu ihren Schlafplätzen und schlummerten sofort ein. Draco ließ sich diesmal von den Jägern der Wilson-Rakaa mit Essen verwöhnen. Er war nicht weniger müde, weil er seine Sinne überall haben musste. Aber ihm war niemand verloren gegangen, und das stimmte ihn froh.

Hat jemand etwas dagegen, wenn ich einen zweitägigen Ausflug unternehme", fragte er ein paar Tage später den Rat. *Ich möchte die Lóng besuchen.*

„Wir denken, dass du dir eine Auszeit verdient hast. Grüße die Großen bitte von uns." Kami klopfte dankbar Dracos Schulter.

Passt ihr bitte gut auf euch auf!

Sie versprachen es ihm und er machte sich sofort auf den Weg ins Tal der Drachen. Dass er unterwegs, wo er niemandem schaden konnte, ein bisschen seine Fähigkeiten testete, verstand sich von selbst. Ganz bewusst beobachtete er, wie sich der Herzschlag und seine Bewegungen verlangsamten, je tiefer er kam. Als sich der Hunger meldete, stillte er ihn notdürftig mit zwei Dumbo-Oktopussen. Die etwa 30 Zentimeter langen Tiere waren auch das einzige Fressbare, das er finden konnte. Der Sektor, in dem er sich in die Tiefe bewegte, schien wie leergefegt zu sein.

Als er endlich das Drachental erreichte, fand er auch ein paar Krabben, die er mitsamt Panzer in großen Stücken hinunterschlang, um nicht gleich durch einen knurrenden Magen auf sich aufmerksam zu machen. Dann meldete er sich telepathisch an und bekam ein fröhliches *Willkommen* zur Antwort. Im nächsten Moment tauchten buchstäblich von allen Seiten Lóng auf, die ihn begrüßten und zu den Schlafgrotten eskortierten.

Yín Lóng trug einen großen, merkwürdig geformten Fisch herbei. *Du wirst sicher hungrig sein. Habe ihn ganz frisch gefangen.* Sie freute sich riesig, als Draco den Leckerbissen dankend annahm.

Ich habe eine Passage erwischt, wo fast nichts Essbares lebt, erzählte er. *Hab nur zwei Dumbo-Oktopusse erwischt und Krabben, die nur aus Panzer bestanden.*

Dumbo? Yín Lóng sah ihn verständnislos an.

Draco kratzte sich am Kopf. *Ach so, den Begriff kannst du nicht kennen. Er stammt auch aus der Menschenwelt. Das sind die Kopffüßer, die zwei große Seitenflossen haben. Sie erinnern die Menschen an die Ohren von Elefanten, von denen einer Dumbo hieß, und den die Kinder sehr mochten, weil er so niedlich war.*

Dà Lóng, der schon einmal Elefanten gesehen hatte, übermittelte das Bild davon telepathisch an Yín Lóng. Die gab lächelnd zu, dass tatsächlich eine gewisse Ähnlichkeit der Oktopusse mit einem Kalb der seltsamen Wesen bestand.

Dumbo klingt lustig, den Namen werde ich mir merken, sagte Yín Lóng.

Draco übermittelte erst einmal die Grüße des Meervolks, um gleich darauf zu fragen, ob man hier auch das Brummen der U-Boot-Motoren vernommen habe.

Oh ja! Und wie! Tagelang ist das Ding hier herumgefahren und hat uns nicht zur Ruhe kommen lassen. Tag und Nacht das Hämmern in den Ohren, war kaum auszuhalten, klagte Lóng Mú.

Haben sie euch etwa gesehen?

Wo denkst du hin? Jīnlóng begann zu lachen. *Wir sind in unseren Höhlen geblieben und haben fein abgewartet, bis die weg waren. Haben sich meist eh dort aufgehalten, wo das brennbare Eis im Boden lagert.*

Dann hat Tiku recht gehabt, mit seiner Vermutung, sie seien deshalb gekommen! Draco setzte eine behagliche Miene auf, und berichtete, was man als Notfallplan ausgetüftelt hatte.

Zerstören? Hmm. Dà Lóng kniff die Augen zusammen. *Das würde ich als allerletzten Weg voll unterstützen. Ja, sag deinen Leuten, wir kommen, wenn ihr uns braucht. Wobei auch ich, genau wie die Deinen, hoffe, dass es nicht soweit kommen wird.* Er lud Draco auf einen Ausflug zu den Muschelbänken ein. *Du bist doch sicher nicht nur wegen des U-Boots gekommen,* schmunzelte der Große Drache.

Nein. Draco zog ein verschmitztes Gesicht. *Ich bin hier, um herauszufinden, wie ich eines Tages das Objekt meiner Begierde entführen kann, ohne dass mir jemand mit dem Laserstrahl den Hintern versengt.*

Dà Lóng stutzte, dann fing er zu lachen an. *Das hat auch noch keiner so unumwunden zugegeben. Was sagt der erste Blick?*

Ich lade sie zu mir ins Tal ein und bitte sie, zu bleiben, erwiderte Draco.

Der Große Drache betrachtete den sehr viel kleineren Lóng mit achtungsvollem Blick. Er wusste, dass dieser nicht zu feige war, um ein Weibchen zu kämpfen, da erhielt er auch schon die Erklärung.

Wenn wir schon bloß noch so wenige sind, ist es nicht unbedingt förderlich, sich mit den uns zur Verfügung stehenden Waffen gegenseitig zu traktieren, bis einer womöglich tot auf der Strecke bleibt. Wenn ich eins gelernt habe, dann, dass man aus Vernunftsgründen mitunter ganze Strukturen ändern muss. Jeder Clan in meinem Volk hat das radikal tun müssen. Manche sind dafür sogar aus ganz anderen Meeren mit dem Flugzeug hierher gekommen und leben völlig anders als jemals zuvor. Wenn sich eines Tages die Bedingungen wieder ändern, passen sie wahrscheinlich auch die Lebensweise wieder an. Sie überlegen ja schon jetzt, von der Familie zur lockeren Gemeinschaft zurückzukehren, so wie die Enga leben, denn es gibt zu wenige Meermänner im richtigen Alter, aber viele Frauen, die gern Nachwuchs hätten. Es stand aber schon immer jedem frei, nach seiner Fasson glücklich zu werden.

Du bist ein hervorragender Analytiker, junger Lóng. Wenn du deinen Plan bezüglich einer Partnerin durchziehst, werden wir ganz bestimmt nicht zum Krieg aufrufen. Ich verspreche es dir. Dà Lóng war überaus zufrieden mit dem Gespräch, weil Draco in jeder Weise die Wahrheit verkündete. *Es wird also ganz allein an deinem Verhandlungsgeschick liegen, das Weibchen deiner Wahl zu überzeugen.* Er musste schmunzeln, als sie zu den Grotten zurückkehrten, denn das offensichtliche Ziel von Dracos Begierde hatte erneut einen Fisch für ihn gefangen. Die missmutigen Blicke der anderen beiden Bewerberinnen auf einen Platz an Dracos Seite ignorierte es gekonnt.

Du musst morgen schon wieder weg, fragte Yín Lóng mit wehmütigem Blick.

Ja. Ich habe versprochen, nur zwei Tage fort zu sein. Komm mich doch einfach besuchen. Dabei blinzelte er ihr verschwörerisch zu.

Ein Strahlen ging über die silbernen Schuppen. So hielt sich dann auch am nächsten Morgen die Traurigkeit über Dracos Abreise in Grenzen.

Auf dem Weg nach Hause meldete sich natürlich wieder der Hunger. *Vielleicht stecken die Leckerbissen ja alle im Schlamm,* überlegte Draco, vorsichtig mit dem Graben beginnend. *Ha! Dachte ich es mir doch! So tot, wie es hier aussieht, kann es gar nicht sein.* Er klaubte emsig zusammen, was er erwischen konnte. Das was er nicht erwischte, holte sich ein paar Meter weiter ein Fisch mit riesigem nadelspitz bezahnten Maul, von dem Draco leider nicht mehr erkennen konnte. Tiku hätte vielleicht gewusst, welchem Bewohner der dunklen Tiefen es gehörte.

Auch die riesige, fast einen halben Meter lange, Assel musste nun dran glauben, die sich offenbar so vollgefressen hatte, dass sie kaum noch kriechen konnte. Die war recht lecker und Draco bedauerte sehr, nicht mehrere davon finden zu können. Aber Tiku hatte ja erzählt, dass die über ein Kilo schweren Tiere Einzelgänger waren. *Schade, schade!*

Als er eine Stunde später auf den Hauptplatz einbog, flitzten ihm die Kinder freudig entgegen: „Draco ist wieder da!"

Na, das nenne ich einen Empfang, lachte er. *Ihr habt wohl keinen gefunden, auf dem ihr querfeldein reiten könnt?*

Stimmt, kicherte Triton, sich auf seinen Rücken schwingend.

War ein Scherz, gab er zu, auf der anderen Seite wieder herab gleitend. *Es ist einfach cool, wenn du da bist.*

Cool, wiederholte der Drache amüsiert.

Ja, cool. Triton ließ seine Hände über die Schulter des Drachen gleiten. Der harte Panzer faszinierte ihn immer wieder. Er war unglaublich stolz darauf, einen echten Drachen als Bruder zu haben. Erst recht, seit er die wundersamen Märchen der Menschen kannte. Oft sah er sich als strahlender Held in funkelnder Rüstung auf dem Rücken seines Drachen gefährliche Abenteuer bestehen. Meist fiel ihm dann ein, durch welches dumme Abenteuer er seinen Vater und seinen Bruder in tödliche Gefahr gebracht hatte und dass der Drache wahren Heldenmut bewiesen hatten, als er zwei kleine ungehorsame Jungen und seinen Ziehvater gegen eine Horde mordgieriger Nuoni verteidigte. Oft hockte er dann mit hängendem Kopf in einer Ecke und schämte sich furchtbar.

Du kannst es nicht mehr ungeschehen machen, hörte er Draco eines Tages flüstern, als ihn wieder diese Erinnerungen überkamen, *aber du kannst daraus lernen. Wobei ich weiß, dass du das schon getan hast. Komm heraus, kleiner Bruder, die anderen Kinder suchen dich schon.*

Triton verließ sofort seine Kummerecke, um vor der Grotte Draco ganz fest zu umarmen. Er war auch derjenige, der immer ein wachsames Auge hatte, als ein paar Monate später vier kleine Enga das spärliche Licht der Tiefsee erblickten. Noch am selben Tag zog es die Wilson-Rakaa hinaus, die Paarungstänze zu beginnen. Pero und den beiden anderen Enga-Männern oblag nun der Schutz der Siedlung.

Draco auf Freiersfüßen

Draco nahm seinen Wächterplatz hinter einem Felsblock ein und beobachtete die Umgebung. Kleinere Lebewesen flohen vor den Strudeln, welche die tanzenden Paare erzeugten. Einen größeren Hai, der neugierig immer näher kam, verjagte er mit einem Energiestrahl. Dann näherte sich plötzlich etwas richtig Großes. Draco wollte soeben zum Angriff übergehen, als er eine sehr gut bekannte Aura fühlte und sich das Wesen eng an den Boden geschmiegt, zu ihm vorarbeitete, um die Tanzenden nicht zu stören.

Yín Lóng, was für eine wundervolle Überraschung!

Ich komme ungelegen, seufzte der Silberne Drache.

Tust du nicht. Sei so lieb und schwimme in die Siedlung. Hilf Kïa und ihren wenigen Kriegern, Frauen und Kinder zu beschützen. Heute Abend bin ich dann ganz für dich da. Draco warf einen prüfenden Blick über wirbelnden Nixen und Meermänner.

Geht klar, flüsterte Yín Lóng, sich aus der Tanzzone schleichend, um dann pfeilschnell ins Tal zu schwimmen. Sie meldete sich auch bei Kïa an, bevor sie hinunter tauchte und wurde mit Jubel empfangen.

Er meint, ich soll mich hier als Wächter ein bisschen nützlich machen, schmunzelte sie, als Kïa erklären wollte, wo Draco steckte.

„Ach, dann habt ihr euch also schon gesehen", lachte Kïa nun und bat die ganz Kleinen, den Gast nicht gar so wild zu bedrängen.

Triton war sofort zur Stelle, um gemeinsam mit Nemo die Einhaltung der Bitte zu überwachen, obwohl Yín Lóng versicherte, dass die Winzlinge sie sicher nicht in Stücke reißen werden. Die filigranen zweischwänzigen Enga-Babys wuselten, wie Aquamarinsplitter glitzernd, um das silberne Lóng Weibchen.

„Das sieht fantastisch aus!", schwärmte Triton, worüber Yín Lóng hoch erfreut war. Inzwischen hatte der angehende Meermann auch ordentlich Benimm-Regeln gepaukt und verkniff es sich, Yín Lóng mit Fragen zu überschütten, obwohl ihm da einige ganz sehr auf den Nägeln brannten. Die Erwachsenen hatten ein paar Andeutungen gemacht, die er nicht verstand. Nur konnte er die Sache nicht hinterfragen, denn damit hätte er sich als Lauscher selbst verraten. Nun hieß es, brav abwarten und die Ohren spitzen.

Zu später Stunde kamen die Wilson-Rakaa in die Siedlung zurück. Nicht als Schwarm, wie die Enga, sondern mal allein, mal zu zweien, aber genau so müde. Yín Lóng musste schließlich lachen, weil ausnahmslos alle nach der Begrüßung baten, ihnen nicht böse zu sein und bis zum nächsten Morgen Geduld zu haben. Als Letzter trudelte Draco ein, der sicher gehen wollte, dass alle unversehrt ihre Wohnhöhlen erreichten. Yín Lóng schob ihm einen Fisch zu, den sie vom Begrüßungsessen mit den Enga aufgehoben hatte, denn Dracos Magenknurren klang wie das Gebrüll eines wütenden Seelöwen.

Du verwöhnst mich, lächelte Draco, während er den Fisch in kleinen Happen aß, um lange etwas davon zu haben.

Und das auch noch gern, schmunzelte Yín Lóng. *Wenn du nicht zu müde bist, können wir noch einmal gemeinsam auf der Halde nachsehen, ob sich wieder ein paar schmackhafte Happen eingefunden haben.*

Für einen Ausflug mit dir werde ich sofort munter, erklärte Draco mit funkelnden Augen, neben ihr auf dem Boden bleibend, damit es ein wirklicher Spaziergang werde. *Hattest du wenigstens eine angenehme Reise hierher?*

Ja, es war recht unterhaltsam. Ich habe mir schon lange kein Essen mehr aus dem Schlamm gesucht. Sie blinzelte Draco lustig zu.

Die Erfahrung habe ich auf dem Rückweg praktisch neu gesammelt, erwiderte er kichernd. *Ich fand es aber auch recht spannend, abzuwarten, was daraus hervorkäme. Und dann fand ich die Eine ...*

Yín Lóng schaute Draco entsetzt an.

Da erzählte er mit selig verdrehten Augen weiter: *Die herrlichste, knackigste, größte und wohlschmeckendste Assel, die ich je gegessen habe.*

Yín Lóng blies einen Schwall Wasser aus und begann zu lachen. *Mach das nie wieder! Ich dachte du hättest ein anderes Lóng ...* Das Wort Weibchen, wie den ganzen Rest des Satzes hielt sie entsetzt zurück. Was sollte Draco jetzt nur von ihr denken? Ihr Schuppenpanzer nahm eine deutlich sichtbare rosa Tönung an, die sie einfach nicht unterdrücken konnte. *Oh je,* murmelte sie mit hängendem Kopf.

Diesmal lachte Draco. *Vergiss es. Eine andere kommt nicht infrage. Das hätte ich dir zwar lieber woanders, als auf unserer Müllhalde erklärt, aber hier wimmeln gerade die Leckerbissen, um das Gespräch angenehm weiterzuführen.*

Du bist nicht böse?

Warum? Ganz im Gegenteil! Draco erwischte einen vorüberziehenden Oktopus. *Schau mal, was ich Schönes für dich habe!*

Das ist ja ein Dumbo, freute sich Yín Lóng, das Geschenk mit Appetit verspeisend.

Nachts wählte sie den Schlafplatz an Dracos Seite, der bei den Lóng wegen seiner enormen Fähigkeiten schon lange nicht mehr als Jungdrache galt, selbst wenn er bestimmt drei Meter kürzer als die anderen jungen Männer der Gruppe war. Auch sie war von seinem Wissen und seiner fröhlichen Art schwer beeindruckt. Dass ihm große Dinge vorhergesagt wurden, war eine Option für die Zukunft. Mit diesen angenehmen Gedanken schlummerte Yín Lóng schließlich ein.

Draco ließ sie weiterschlafen, als er beizeiten mit den Meermännern auf die Jagd zog. Sie machten wirklich gute Beute und Ammon bat Yín Lóng ihnen entgegenzukommen, um beim

Tragen zu helfen. Sie nahm kurz Witterung auf, schwamm los und krallte sich fest in das Netz mit den Fischen. *Das schaffen wir allein,* sagte sie zu den Männern, die ganz entspannt neben den beiden Drachen zur Siedlung zurück schwammen.

Liana stemmte bei diesem Anblick die Hände in die Hüften: „Sieht so Gastfreundschaft aus?!"

Yín Lóng legte das Netz ab. *Vielleicht versuche ich ja nur, mir ein Bleiberecht zu erarbeiten?*

Draco grinste vergnügt in die Runde. *Bei mir hat sie das schon lange. Sogar mit Dá Lòngs ausdrücklicher Billigung, die ich mir beim letzten Besuch eingeholt habe.*

Im Ernst? Yín Lóng bekam tellergroße Augen.

Im Ernst. Er hat mir versprochen, keinen Krieg anzuzetteln, wenn ich nicht um dich kämpfe, sondern dich einfach hier behalte. Der Hinweis darauf, dass wir zahlenmäßig so schwach sind, dass es Irrsinn wäre, uns gegenseitig umzubringen, traf auf offene Ohren. Er weiß, dass ich einem Kampf nie ausweichen würde. Habe ich es gegen eine Horde wild gewordener Nuoni geschafft, sollte ein Lóng, in ähnlicher Gewichtsklasse wie ich, kein Hindernis sein. Dass ich meine Waffen verheerender einsetzen kann, als die anderen jungen Lóng, ist ebenfalls kein Geheimnis mehr. Die sollen froh sein, dass ich ein friedliebendes Kerlchen bin!

„Tolle Rede!" Kami klopfte Draco auf die Schulter. „Begrüßen wir also unsere neue Mitbewohnerin mit einem deftigen Fest!"

I ... ich ... ich ... darf wirklich bleiben, stotterte Yín Lóng überrascht.

„Ja!" klang es im Chor und die Kinder tanzten vor Freude über den ganzen Platz.

Ich gebe Lóng Mŭ Bescheid, damit sie sich keine unnötigen Sorgen machen, versprach Draco.

Die mentale Verbindung des jungen Lóng mit der weisen Drachendame schien bestens zu funktionieren. Er dachte so intensiv an sie, dass er ihr Bild klar in seinem Kopf sehen konnte und als Antwort auf seine Worte hörte: *Sehr gut. Danke.*

Das Fest begann wenige Minuten später und Yín Lóng hockte mit einem strahlenden Lächeln neben Draco, der die Verkörperung der absoluten Ruhe zu sein schien.

Kami rieb sich die Hände: „Da sind wir doch wieder ein ganzes Stück wehrhafter gegen Überfälle."

„Vor allem, wo es bald noch mehr Kinder geben wird!" Siria kraulte Yín Lóng liebevoll zwischen den Hörnern und mit der anderen Hand Draco am Kinn. Die sanften Riesen genossen die Zuwendungen der Nixe sehr.

Als ich noch ganz klein war, erzählte Yín Lóng, *kamen mir die Berichte der Alten über Menschen, unterschiedliche Nixen und Meermänner immer wie Geschichten vor, mit denen sie uns Kinder unterhalten wollten, damit wir eine Weile still waren und keine Dummheiten anstellten. Dann kamen Dà Lóng, Hóng Lóng und Jīnlóng von der Jagd und erklärten, dass sie eine Zeit lang zu Gast bei einem Meervolk und einem unbekannten Lóng gewesen seien, denen sie sogar geholfen hätten. Als sie dann auch noch berichteten, es wären drei unterschiedliche Arten von Meerwesen, die zusammenlebten, dachte ich: Sie müssen sich irren!* Sie schaute lächelnd in die Runde. *Wenn jetzt alles ein schöner Traum ist, dann weck mich bloß nicht auf!*

„Du darfst ihn auch weiterträumen, wenn du wach bist", versprach Tiku.

Niemand wunderte sich, dass sich die wissbegierige Lóng-Dame besonders zu Lynn hingezogen fühlte. Lynn war genau so offen für Neues und genau so unternehmungslustig.

„Da haben sich zwei Amazonen gefunden", witzelte Tamik.

„Ich möchte mich mit beiden nicht anlegen", lachte Tiku. „Da kann es nur eine blutige Nase geben." Er blinzelte seiner Partnerin lustig zu. Im Augenblick spielte der *gefährliche Drache* mit den Kindern. Sie hielten sich an den Rückenzacken fest und ließen sich rund um den Hauptplatz ziehen. Draco unterhielt sich mit Kami über eine mögliche Aufgabenverteilung für Yín Lóng und bat, die Lóng nicht zu überfordern.

„Wo denkst du hin?!", rief Kami abwehrend. „Erst einmal soll sie sich ganz in Ruhe bei uns einleben. Dann können wir beraten, welche Aufgabe sie fest übernehmen könnte, wenn sie möchte. Es ist ja sicher auch nicht in deinem Sinne, wenn sie frustriert die Flucht ergreift."

Da hast du allerdings recht, gab Draco zu. *Sie ist meine Traumfrau und ich wäre arg deprimiert, verließe sich mich wegen solcher Querelen, nachdem ihr schon den Antrag auf Zusammenleben auf der Deponie machen musste, weil es die Situation erforderte.*

„Wirklich?", stotterte Liana, während Siria verblüfft: „Was???", herausbrachte.

Er hat mich mit einem leckeren Dumbo darüber hinweg getröstet, hörten sie Yín Lóngs Stimme, obwohl das Drachenweibchen Runde um Runde schwamm. *Macht euch bitte nicht so viele Sorgen um mich. Ich werde meinen Platz schon finden. Und wenn ich einmal Kummer haben sollte, dann gibt es so viele hier, die mir sicher zuhören und mich beraten werden.*

Abends, als sie mit Draco allein in der Nähe der Siedlung unterwegs war, erzählte sie, was sie dazu getrieben hatte, das Drachental völlig überstürzt zu verlassen.

Du kannst dich doch sicher an die beiden jungen Damen erinnern, die dir schon beim ersten Besuch hier, und auch, als du bei uns warst, auf die Schuppen gekrochen sind, fragte sie, genau wissend, dass sich Draco erinnern werde. Auf sein Nicken sprach sie weiter: *Weil ich die Kleinste und Jüngste bin, haben sie sich natürlich die größten Chancen bei dir ausgemalt und wollten sie wahren, indem sie versuchten, mich bei Dà Lóng und Lóng Mŭ dumm aussehen zu lassen.* Sie haben mir immer wieder zu zweit kurz vor unserem Tal aufgelauert, und mir die Jagdbeute gestohlen. Ich bin so oft völlig verzweifelt eingeschlafen, dass ich es kaum noch zählen konnte. Natürlich habe ich überlegt, wie ich wirksam zurückschlagen könnte.

Lóng Mŭ schien zu wissen, was immer wieder geschah, obwohl ich mich nie beschwert habe, denn als du wieder weg warst, hat sie mir, scheinbar ohne jeden Zusammenhang, zugeflüstert: „Mach was dein Herz sagt!" Und das hat gesagt, verschwinde und suche dein Glück bei jemandem, der dich offenbar wirklich mag. Da bin ich, wie immer, mit auf die Jagd geschwommen und habe, als ich allein war, einfach die Flucht ergriffen. Alle meine Rachepläne waren mit einem Mal nur Spielerei zu dem, was vielleicht kommen konnte und nun ja auch gekommen ist. Sie lächelte vergnügt.

Draco rieb seinen Kopf an ihrer Schulter. *Das war das Beste, was du tun konntest. Vielleicht hat Lóng Mŭ ja auch meine Gedanken empfangen, als ich krampfhaft überlegte, wie ich dich dazu bringen könnte, zu mir zu kommen, um dich einfach hier zu behalten. Bei uns wird dich niemals jemand schlecht behandeln.*

Weil ich das weiß, bin ich auch einfach losgeschwommen, ohne mir über irgendwas wirklich Gedanken zu machen, verriet Yín Lóng. *Im schlimmsten Fall wäre ich einfach als zweiter Wächter hier geblieben.* Sie schmiegte sich, glücklich darüber, dass Draco dauerhaftes Interesse an ihr zeigte, an seine Seite. Ihr mutiger Schritt in ein neues Leben würde den beiden gemeinen Konkurrentinnen einen viel tieferen Stachel ins Fleisch treiben, als alles, was sie sonst noch hätte tun können. Besonders deshalb, weil sie Dracos Herz damit endgültig erobert hatte.

Hätte sie geahnt, was nach ihrem Verschwinden im Drachental passierte, wäre sie kaum aus dem Lachen herauskommen. Die beiden jungen Damen waren nämlich die Ersten, die auf die Suche nach ihr schwammen, um beweisen zu können, wie unselbstständig sie sei.

Im Grunde genommen waren alle Drachen auf der Suche, bis Dà Lóng die Suche von einem Moment zum nächsten einstellen ließ. Genau zu dem Zeitpunkt, wo sich Draco bei Lóng Mǔ gemeldet hatte, um ihr über den Verbleib von Yín Lóng Bescheid zu geben.

Die beiden Damen rieben sich schadenfroh und sehr zufrieden die Klauen, in der Annahme Yín Lóng sei den Architeuthis in die Tentakel geraten. Keiner der anderen gab irgendeine Erklärung ab und so gingen sie davon aus, dass es irgendeine unheimliche Spezies zuwege gebracht haben musste, das Drachenweibchen zur Strecke zu bringen. Vielleicht waren es ja sogar überlebende Nuoni gewesen, gegen die sie im Nixental gekämpft hatten.

Sie konnten nicht ahnen, dass Lóng Mǔ den Eingeweihten Stillschweigen auferlegt hatte, um die gehässigen Damen ordentlich anzuschmoren, damit sie diese dann eiskalt abzuschrecken konnte, wenn man zum nächsten Drachenfest des Meervolkes schwamm. Denn dort mussten sie unweigerlich auf das glückliche Paar stoßen, das sein gemeinsames Leben in tiefer Zufriedenheit genoss.

Ich wusste gar nicht, dass du rachsüchtig sein kannst, staunte Dà Lóng.

Und wie! Sie haben es doch nicht anders verdient. Hätte sich Yín Lóng auch nur einmal über die vielen Bosheiten beklagt, wäre ich vielleicht etwas milder zu Werke gegangen. Nun soll die beiden der Schock mit ganzer Härte treffen. Immerhin haben sie durch ihre Bosheiten ein Mitglied der Gemeinschaft davon getrieben. Ich werde die entsetzten Gesichter genießen.

Lóng Mǔ legte ein behagliches Lächeln auf.

Im Nixental ließ jeder das Drachenweibchen spüren, wie sehr man es liebte. Im Lauf der Zeit ergab es sich von ganz allein, dass Draco mit den Meermännern auf die Jagd zog und sich Yín Lóng um den Schutz der Siedlung kümmerte. Dass sie ganz nebenbei einige Techniken erlernte, die außer Draco kein anderer Drache so perfekt beherrschte, freute das Meervolk umso mehr. Yín Lóng übte und fragte um Rat, wenn etwas nicht gelang. Draco gab sein Wissen gern an sie weiter. Und die Nixen machten sich das zunutze, indem sie Yín Lóng um Unterstützung bei ihren Kunstprojekten baten.

Bald würden auch die neue Generation der Wilson-Rakaa zur Welt kommen und Begehrlichkeiten bei den großen Räubern der Tiefe wecken. Da war eine wirksame Verteidigung besonders ratsam.

Übermut tut selten gut

Als die kleinen Wilson-Rakaa der vergangenen Paarungssaison geboren wurde, gab es große Augen. Denn es hatten ausnahmslos alle Frauen ein Baby im Arm, obwohl es weniger Männer gab.

Tiku zuckte lächelnd mit den Schultern und meinte: „Zurück zu den Wurzeln der Nixentänze." Mindestens zwei der Kleinen warteten eindeutig mit Rakaa-Genen auf und recht schnell wurde Kirk als potenzieller Vater identifiziert, denn Kami, der noch in Frage gekommen wäre, hatte ausnahmslos mit Tessa getanzt. Das konnte Draco ganz sicher bezeugen. Siria hüllte sich in Schweigen. Eine Tochter konnte man Kirk nicht durch die Optik nachweisen. Seine Zwillingsschwester Petra sah schließlich auch einer Wilson täuschend ähnlich. Und an dem Punkt kam Kirk ins Grübeln. Wer mochte der Vater von Petras Sohn sein? Die schwieg sich nämlich genau wie Siria komplett aus. Draco brauchte er nicht zu fragen, der hatte zwar alles gesehen, schüttelte aber, auf alle Versuche, etwas aus ihm heraus zu quetschen, vehement den Kopf.

Das wiederum beeindruckte Yín Lóng sehr. Draco war wirklich einer der ganz wenigen Lóng, zu denen sie voller Bewunderung aufblickte. Er hätte um nichts in der Welt die Geheimnisse der anderen ausgeplaudert. Die Mütter waren glücklich und mehr hatte wirklich keinen zu interessieren.

Triton und Nemo fühlten sich dazu ausersehen, mit Yín Lóng die Winzlinge zu bewachen und Kami übertrug ihnen diese Verantwortung gern, denn auf sie konnte er sich felsenfest verlassen. Die kleinen Enga wuselten inzwischen schon pfeilschnell durch die Gegend und sechs Augen sahen mehr als zwei.

Siria blühte von Tag zu Tag mehr auf, seit ihr Töchterchen auf der Welt war. Sie ahnte nicht, dass sowohl Tiku als auch

Ammon, unabhängig voneinander, Triton den Wink gegeben hatten, die Kleine besonders gut zu bewachen. Yín Lóng war das nicht verborgen geblieben. Draco hatte ihr die ganze Geschichte der Nixe erzählt, so wie man sie ihm übertragen und berichtet hatte. Und so war auch das Lóng-Weibchen bestrebt, Mutter und Tochter nicht aus den Augen zu verlieren.

Zur Heldin wurde aber Lynn, die Sinas Möwenschrei unter Wasser zur Perfektion gebracht hatte. Ein sehr junger Pottwal, der seine Herde verloren haben musste, tauchte ausgerechnet da in die Tiefe, wo die Siedlung lag. Yín Lóng konnte ihn nicht mit Stromstößen attackieren, weil mehrere Nixen mit ihren Babys genau in der Schusslinie lagen. Unter anderem auch Siria, die dem Wal am nächsten war. An die große Nixe hätte sich der Jungwal nicht heran gewagt, aber das Baby hatte genau die richtige Größe, um gefressen zu werden.

Yín Lóng rief um Hilfe und Lynn, ihr eigenes Neugeborenes unter ihr langes Haar schiebend, wo es sich instinktiv festkrallte, schwamm direkt auf den Wal zu und traktierte dessen empfindliches Wahrnehmungsvermögen mit dem Möwenschrei. Sichtlich verwirrt ließ das Tier von seinem auserwählten Opfer ab und suchte sein Heil in schneller Flucht.

„Puhhhh! Das war knapp!", stöhnte Lynn, die zitternde Siria mitsamt ihrer Tochter fest in die Arme nehmend.

„Wäre Yín Lóng nicht gewesen, wäre mein Baby jetzt tot", stotterte Siria. „Ich hab ja erst durch ihren Warnruf gemerkt, was da auf mich zukam."

„Ich auch", erklärte Lynn. „Ich bin halt nur immer im Kampfmodus und konnte richtig reagieren, während alle anderen beinah in Schockstarre fielen. Es hätte mir leid getan, den Kleinen töten zu müssen. Der ist vielleicht noch nicht einmal ganz entwöhnt und seine Mama wäre genau so verzweifelt gewesen, wie wir, wenn es eine von uns erwischt hätte."

Siria nickte dankbar. „Ich habe ihn für einen Hai gehalten. Dass es ein kleiner Pottwal war, habe ich erst gemerkt, als er beidrehte und floh."

Yín Lóng war sofort heran gekommen, um sich zu überzeugen, dass mit Mutter und Kind alles in Ordnung war. Nun bekam sie von Siria und Lynn liebevolle Streicheleinheiten. Siria hielt noch immer Körperkontakt mit Lynn. „Du beherrschst den Schrei genau so fantastisch wie meine große Schwester Sina", lobte sie die Nordseenixe.

„Wir stammen ja auch nicht nur vom gleichen Kontinent, sondern fast aus demselben Großraum", lachte Lynn, ihren Sohn aus ihrem Haar befreiend.

Etwas später kamen die Männer von der Jagd und Kïa berichtete haarklein, was sich zugetragen hatte. Kami und Liana hatten vor der Lagergrotte über das nächste Drachenfest debattiert und nach Yín Lóngs Warnruf die Szenerie nur von weitem beobachtet.

Tiku strich seiner Partnerin voller Stolz übers Haar, nahm seinen jüngsten Sohn auf den Arm und schmunzelte: „Eine richtige Amazone ist halt so."

„Mum ist die Größte", stellten Nemo und Ammon übereinstimmend fest.

Habt ihr die Pottwalherden irgendwo gesehen oder gehört, fragte Yín Lóng die Jäger, um sich auf weitere Zwischenfälle einrichten zu können.

Draco schüttelte den Kopf. *Euer Problemkind ist wahrscheinlich von Orcas abgedrängt worden. Von denen sind uns heute etliche begegnet. Irgendwo scheint es im Meer wieder rumort zu haben. Jetzt flüchten viele in unser relativ ruhiges Gebiet.*

„Bald haben die Architeuthis wieder Paarungszeit", fügte Tiku hinzu. „Dann wird es noch einen ganzen Zacken turbulenter werden."

„Hoffentlich verderben die uns nicht unser Drachenfest", murmelte Ammon, sich mit der Hand in den Nacken fassend. Draco stupste Tiku an.

Ammon hatte das bemerkt und meinte: „Ich muss mir einen Muskel verzerrt haben. Es rumort schon den ganzen Tag. Es fühlt sich auch ganz anders an, als würde uns Ungemach ins Haus stehen."

Lynn spitze die Lippen und tippte Tiku auf die Schulter. „Genau das Gleiche habe ich gestern Abend von ihm gehört. Solltet ihr euch etwa beide zur gleichen Zeit den gleichen Muskel gezerrt haben?"

„Ich glaube auch nicht an einen Zufall", ließ sich Kami vernehmen. „Liana hat, als wir über das Drachenfest sprachen, mehrmals ihre Schläfen massiert, ohne Kopfschmerzen zu haben."

„Es wird also Ärger geben, der nicht uns direkt betrifft", brachte es Lynn auf den Punkt.

Kïa lächelte. „Das hätte ich jetzt ganz genau so formuliert. Nur wen betrifft es dann?"

„Warten wir es ab", schlug Ammon vor.

Ein paar kleinere Störenfriede, die auf schnelle Beute aus waren, verspeisten die Drachen in den nächsten Tagen als Appetithäppchen. Dann herrschte die jährliche Alarmstufe, weil sich die Riesenkalmare zur Paarung einfanden. Und just in diesem Augenblick trafen auch die Lóng zum Drachenfest ein. Sie schwammen den Jägern des Meervolkes buchstäblich in den Beutezug und rafften an Thunfischen zusammen, was immer sie tragen konnten.

„Auch nicht übel", lachte Amar.

Nur ich habe wieder Pech und muss meine Arbeit selber machen, witzelte Draco, schwer bepackt die Siedlung ansteuernd.

Tiku hatte die Gäste schon avisiert und so waren alle auf dem zentralen Platz versammelt, um die Lóng herzlich willkommen zu heißen. Am meisten war Yín Lóng aufgeregt, als einer nach dem anderen herabtauchte, seine Beute ablegte, eine Begrüßungsrunde um den Platz schwamm, und sie freundschaftlich mit der Nase anstupste.

Lóng Mǔ blinzelte ihr fröhlich zu. *Gut siehst du aus, meine Kleine.*

Ich fühle mich auch so, strahlte Yín Lóng, hin und wieder eines der vorwitzigen Enga-Kinder einfangend, damit sie nicht von den Lóng unbemerkt erdrückt wurden. Im hinteren Drittel der Drachen-Karawane schwammen die beiden Damen heran, die in den nächsten Tagen ihre Chance nutzen wollten, Draco für sich zu gewinnen. Beim Anblick der fröhlichen Yín Lóng fiel der einen vor Schreck glatt die Beute aus den Krallen. Tiku konnte gerade noch zwei Kinder beiseite reißen, die sonst von den mehrere hundert Kilogramm schweren Fischen erschlagen worden wären.

Dà Lóng verengte die Augen zu Schlitzen und knurrte gefährlich. Es wurde schlagartig totenstill und alle schauten den Großen Drachen besorgt an. Die ertappte Lóng-Dame drückte sich, um Milde bettelnd, an den Boden. Dass so etwas ausgerechnet ihr passieren musste!

Lóng Mǔ blinzelte erneut Yín Lóng an, die genau so antwortete. Die beiden Kontrahentinnen schienen die Einzigen gewesen zu sein, die nichts von ihrer Anwesenheit im Nixental gewusst hatten.

Dà Lóng sah sich genötigt, bei der offiziellen Begrüßung um Entschuldigung für das ungebührliche Verhalten seines Rudelmitglieds zu bitten, das sich nun, völlig verschreckt, in den Hintergrund zurückzog.

Die Zweite im Bunde ätzte: *Dumme Schnecke, konntest du nicht aufpassen? Nun wird es noch schwerer, an Draco heranzukommen.*

Sie ahnte nicht, dass der seine Ohren überall hatte, auch wenn er weit entfernt saß und in eine völlig andere Richtung blickte. Dass Yín Lóng das Gehörte brühwarm weitererzählt bekam, vermuteten sie ebenfalls nicht, denn die kümmerte sich um die Kinder der Nixen, damit die Mütter schmackhaften Tang auftafeln konnten. Sie ließ sich auch nicht das Mindeste anmerken. Lóng Mǔ nutzte die Gunst der Stunde, Kïa und die hochrangigen Nixen in Kurzform über die Vorfälle im Drachental zu unterrichten, die Yín Lóng davon getrieben hatten.

„Ob Draco davon weiß?", fragte Siria besorgt.

Lóng Mǔ nickte heftig. *Davon ist mit an Sicherheit grenzender Wahrscheinlichkeit auszugehen. Sie wird es ihm ganz bestimmt irgendwann erzählt haben. Die beiden werden auch ganz genau gewusst haben, warum unserer Dame die Fische plötzlich zu schwer wurden – das kam vom Schock.*

„Der wird noch größer werden", prophezeite Lynn. „Mehr möchte ich noch nicht verraten." Sie rieb sich mit breitem Grinsen die Hände.

Man musste auch nicht lange darauf warten, denn einer der Junggesellen stichelte gegen Draco: *Wie wäre es, auch ohne Kampf um Yín Lóng, zu beweisen, ob du wirklich was drauf hast?*

Die hochrangigen Lóng und das Meervolk hielten den Atem an.

Ehe Draco zu einer Antwort kam, erhob sich Yín Lóng, schaute dem Jungspund Lán Lóng, dem Blauen Drachen, tief in die Augen und erklärte: *Hör gut zu, ich sage es nur einmal. Ich folge ausschließlich einem Männchen, das mehr drauf hat, als ich. Wie wäre es, wenn du erst einmal beweist, dass du besser bist als ich, das jüngste Weibchen im Rudel? Dà Lóng und Kami werden die Aufgaben stellen und das hier auf der Stelle!*

„Zack! Das hat gesessen!", kicherte Ammon. „Die Spiele mögen beginnen!"

Beim Unsichtbarmachen nahmen sich die Kontrahenten nicht viel, das beherrschten, zur größten Verwunderung der Lóng, beide perfekt. Nun wurde ein Thunfisch auf einem Felsen platziert, um die Jagdtechniken zu vergleichen. Yín Lóng *erlegte* die Beute mit einem präzisen Energiestrahl ins Herz, womit sie ihren Gegner völlig überraschte. Denn seine Methode, den Fisch nur zu lähmen, bis der erstickte, dauerte erheblich länger.

Kami stellte Denk- und praktische Aufgaben, bei denen Grips und Präzision gefragt waren. Auch hier siegte Yín Lóng haushoch. Sie setzte das gesammelte Wissen des Meervolkes ein, das sie sich angeeignet und die Techniken, die ihr Draco beigebracht hatte.

Der Nächste bitte, falls es noch jemandem so ist, sagte Yín Lóng ungerührt, als der Herausforderer erklärte, besiegt zu sein.

Na, dann werde ich wohl mal ein paar Dinge tun, um mich ins rechte Licht zu rücken, schmunzelte Draco. Mit einem sichtbaren Energiestrahl traf er den Fisch an genau der gleichen Stelle wie Yín Lóng. Er kniff ein Auge zu, zielte und sagte plötzlich: *Ach nein, mit Essen spielt man nicht. Ich nehme ein anderes Ziel.*

Damit visierte er einen Felsblock auf der anderen Seite des Tales an, den er mittels dreier Energiestöße pulverisierte. Die Junggesellen des Rudels sprangen auf und starrten Draco mit vor Schreck offenen Mäulern an. Nicht anders erging es den beiden Damen, die hatten stänkern wollen.

Wenn einer der Herren einen Kampf auf Leben und Tod wünschen sollte, könnte der schneller vorbei sein, als er bis drei zählen kann. Draco nahm neben Yín Lóng Platz, die ihren Kopf an seinem Hals rieb. *Daneben ist noch ein Felsbrocken. Gib ihm den Rest!*

Yín Lóng richtete sich nicht einmal auf, als sie, der Aufforderung folgend, drei Energiebündel auf die Reise schickte, die den Stein wie einen matschigen Kürbis zerrissen.

Lynn grinste vergnügt in die aufgeregt tuschelnde Runde der Lóng und wandte sich an Lóng Mǔ: „Hab ich nicht prophezeit, dass es ein richtig großer Schock werden würde?!"

Das hast du, schmunzelte die. *Ich selber hab ja auch mit allem Möglichen gerechnet, aber nicht mit dem, was Yín Lóng zum Besten gegeben hat. Von Dracos unglaublichen Fähigkeiten wusste ich, aber nicht, dass sie ihm in gar nichts nachsteht. Ich stelle mir vor, was geschieht, wenn jemand versucht, einen Keil zwischen die beiden zu treiben. Dann wird wohl nicht mal mehr Futter für die Osedax-Würmer übrig bleiben.*

Darauf kannst du, glaube ich, wetten! Dà Lóng hatte sich langsam von der Überraschung erholt.

„Osedax, das sind die Knochenfresserwürmer", sagte Kirk genüsslich und machte mit den Fingern wimmelnde Bewegungen.

Triton und Nemo begleiteten das mit Geräuschen, die glatt zu Halloween gepasst hätten.

Dà Lóng musste lachen. *Ich glaube, es ist wieder Geschichtenzeit! Wer fängt an?*

Tikus Lieblingsgeschichte

„Ich fange an", rief Tiku. „Ihr sollt meine Lieblingsgeschichte hören. Ich muss nur kurz in meine Grotte, um sie zu holen."

Er holt eine Geschichte aus der Grotte? Jīnlóng machte große Augen.

Da war Tiku auch schon wieder zurück, in der Hand einige einlaminierte Blätter. „Eine Menschenfrau hat sie aufgeschrieben", erklärte er, den Drachen die Buchstaben zeigend. „Ich habe sie für das Überleben im Wasser haltbar gemacht. Hoffentlich für lange, lange Zeit. Sie stammt aus einem ganzen Buch mit Drachengeschichten. Es heißt *Drachenkomp(l)ott* und die Geschichte *Der Spitzbube von Drachenfels.*"

Tiku setzte sich auf seinen Stein und begann vorzulesen:

Die von Drachenfels waren Schlitzohren. Selbst die Großeltern der Großeltern sprachen schon davon. Den Vogel der ganzen Sippe schoss aber Willibald ab, welcher rasch den Beinamen „Der Verschlagene" erhielt.

Die große Burg, derer von Drachenfels, thronte über einem tiefen Tal mit schroffen, nackten Berghängen. Schon von weitem ließen sich Handelsreisende erspähen, denen man reichlich Wegezoll abverlangen konnte. Um wochenlange Umwege zu vermeiden, zahlten die meisten gern. Zumindest solange der Vater des Verschlagenen das Sagen hatte. Nach dessen Tod machte rasch das Gerücht die Runde, auf dem Talweg sei es nicht mehr ganz geheuer.

Die Händler zahlten, zogen weiter und wurden in den meisten Fällen nie mehr gesehen. Ganze Reitertrupps und Wagenkolonnen verschwanden spurlos. Seltsam nur, dass es nie Leute des Burgherrn erwischte. Dafür schafften es Fremde immer seltener, unbehelligt durch das Tal zu kommen. Nur im Winter schien man halbwegs sicher zu sein, wenn man die vielen Schneelawinen unberücksichtigt ließ. So wie die einen Hab und

Gut verloren, wurde Willibald immer reicher. Noch dazu in einem Maße, dass es wirklich nicht mehr mit rechten Dingen zugehen konnte.

Die Sache kam schließlich auch dem König zu Ohren, der seinen tapfersten Ritter und einen Mönch entsandte, um dem Spuk auf den Grund zu gehen. Wie alle Reisenden, bezahlten die beiden ihren Wegezoll auf Willibalds Burg. Sofort, nachdem sie die Zugbrücke bei ihrem Weiterritt passiert hatten, ließ der Burgherr selbige hochziehen. In dem Moment glaubten Ritter Gernot und sein Begleiter, er täte es zu seiner eigenen Sicherheit, um von Mord- und Diebesgesindel verschont zu bleiben.

Nach einem straffen Ritt von einer knappen Stunde wurde es auf dem Talweg voraus ungewöhnlich finster. Es war noch nicht mal Mittag und der Himmel zeigte sich im klaren Blau eines eisigen aber schönen Wintertages. Der Mönch schaute Gernot fragend an.

Der Ritter zuckte unwissend mit den Schultern. „Es könnte einen Bergrutsch gegeben haben, dessen Gesteinsmassen nun uns und dem Licht den Weg versperren."

„Hätten wir das nicht hören müssen?", flüsterte Kuno und bekreuzigte sich hastig. „Auch hat Ritter Willibald keinen Hinweis darauf gegeben."

Gernot lächelte schmal. „In wenigen Minuten werden wir schlauer sein." Er trabte unbeirrt auf die dunkle Masse zu, die das Tal ausfüllte, und sich hin und wieder zu bewegen schien. „Bleibt dicht bei mir!", gebot er seinem zitternden Wegkameraden.

Der wäre aber auch nicht freiwillig nur einen Zentimeter von Gernots Seite gewichen! Stattdessen umkrampfte seine Hand das schlichte Holzkreuz, welches er an einem Lederband um den Hals trug.

Etwa 100 Meter vor dem Hindernis drang plötzlich ein lautes Grollen aus dem unförmigen Hügel auf dem Weg. Gernot zügelte überrascht sein Pferd.

„Fünkchen?", flüsterte er auffallend irritiert.

Sofort kam Leben in den schwarzen Haufen. Ein riesiger geschuppter Kopf mit stechend grünen Augen schob sich ihnen entgegen. Das Pferd des Mönches scheute, warf seinen Reiter ab und galoppierte in wilder Hast davon. Kuno lag mit weit aufgerissenen Augen im Schnee und streckte der Bestie abwehrend das geweihte Kreuz entgegen.

Gernot sprang von seinem Rappen. „Fünkchen! Was tust du denn hier? Seit wann erschreckst du friedliche Reisende?"

„Fünkchen??? Ihr kennt dieses ... Untier?", hauchte der Mönch, noch immer wie ein Käfer auf dem Rücken liegend.

„Das ist kein Untier! Ich kenne Fünkchen schon, seit sie aus dem Ei geschlüpft ist." Ritter Gernot tätschelte liebevoll den Kopf des Drachen zwischen den gebogenen Hörnern. „Steht endlich auf und benehmt Euch wie ein Mann", herrschte er Kuno an.

„Papa Gernot", wisperte der Drache mit selig verdrehten Augen. „Es ist schön, dich wiederzusehen. Du hast mir so gefehlt."

Gernot hielt inne. „Wirklich? Ich dachte, du magst mich nicht mehr, weil du ohne ein Abschiedswort verschwunden bist."

Fünkchen legte vorsichtig ihre Klaue um den Ritter, als wolle sie ihn ganz fest umarmen, schloss die Augen und schnurrte wie eine übergroße Katze. „Ach, Papa Gernot, wenn du wüsstest!"

„Erzähl's mir."

Fünkchen seufzte. Der Mönch stand vor Kälte bibbernd neben Gernots Pferd und hauchte: „Dann erfrieren wir bestimmt. Ich fühle jetzt schon kaum noch meine Füße."

Gernot winkte ihn energisch heran. „Kommt her, Hasenfuß!
Und bringt gleich noch mein Pferd mit. Das kann auch ein we-
nig Wärme vertragen."
   Das Drachenweibchen ringelte seinen Schwanz um die drei,
blies warmen Atem in den Ring und fragte: „Gut so?"
   „Bestens, meine Liebe. Aber nun berichte. Beginne am bes-
ten damit, was du hier mitten im Winter treibst, denn eigentlich
solltest du doch jetzt ruhen." Gernot setzte sich entspannt auf
Fünkchens Schwanzspitze und lächelte aufmunternd.
   Der Drache überlegte einen Moment. Dann entschied er
sich, die nackten Fakten aufzuzählen. „Also", begann er, „ich
töte jeden, den ich erwischen kann, der dieses Tal betritt."
   Gernot nickte, weil er dies schon geahnt hatte. Der Mönch
begann wieder zu zittern, was diesmal ganz sicher nicht an der
Kälte lag.
   „Die Tiere esse ich, die Menschen verbrenne ich zu Asche.
Die vielen Waren, das Gold und die Juwelen lässt Ritter Willi-
bald von seinen Leuten abholen", fuhr der Drache fort.
   „Und weiter?", fragte Gernot.
   „Nichts weiter", murmelte Fünkchen schuldbewusst, ihren
Kopf an seiner Schulter reibend.
   Der Ritter kraulte seine ungewöhnliche Freundin erneut zwi-
schen den Hörnern. „Wie kam es dazu? Eine Riesin, wie du,
und so sanft wie du, macht das doch sicher nicht freiwillig.
Was springt für dich heraus?"
   „Er hat mein Ei gestohlen", wisperte Fünkchen kaum hör-
bar. Eine dicke Träne rann aus ihrem Auge, fiel in den Schnee,
wo sie sich in eine große reine weiße Perle verwandelte.
   Kuno bückte sich danach. Nicht etwa, weil er das Kleinod
begehrte, sondern weil er es nicht fassen konnte, was soeben
geschehen war. Fünkchen schien es nicht einmal zu bemerken.
Sie begann so herzzerreißend zu schluchzend, dass sogar der
ängstliche Kuno tröstend ihre schuppige Klaue streichelte.

„Ich bekomme es erst wieder, hat er gesagt, wenn ich ihm so viel Besitz zusammenraube, dass er bis an sein Lebensende in Saus und Braus leben kann", stammelte Fünkchen und begann erneut zu weinen.

Gernot schüttelte fassungslos den Kopf. „Warum hast du den Dreckskerl nicht als Ersten pulverisiert?"

„Er ist der Einzige, der weiß, wo mein Ei versteckt ist!"

Ritter Gernot klappte der Unterkiefer bis auf die Spitzen seiner metallenen Schuhe, sein Helm polterte zu Boden. „Ja, weißt du denn nicht, dass das Junge, falls denn eines im Ei war, schon lange tot ist?"

Fünkchen schrie auf. „Nein, nein, Papa Gernot! Das kann nicht tot sein! Mich hast du doch auch gerettet, als meine Mama nicht mehr nach Hause kam."

„Da waren es nur ein paar Stunden", erklärte Gernot. „Das Ei, in dem du stecktest, war noch ganz warm. Einen Tag später hätte ich nichts mehr für dich tun können."

„Ach herrje", murmelte Kuno und zweifelte langsam an seinem Verstand. Da unterhielten sich doch tatsächlich der tapferste Ritter des Landes und ein Drache wie Vater und Tochter miteinander! Und, als wäre das nicht schon seltsam genug, standen sie inmitten eines wahren Teppichs aus schimmernden Perlen, ohne diesem auch nur einen Blick zu schenken.

„Papa hilf mir!", flehte der Drache soeben und Gernot schwor ohne Umschweife, alles zu tun, was irgendwie in seiner Macht stehe.

„Was habt Ihr vor?", fragte Kuno, der Mönch, vorsichtig.

Gernot hob die Schultern. „Erst einmal in Fünkchens Höhle Schutz vor Nacht und Kälte suchen. Außerdem habe ich Hunger. Ein leerer Magen ist ein schlechter Ratgeber."

„Darf ich deinen Michel tragen?" Fünkchen deutete auf den Rappen.

„Gern. Aber lass weder ihn noch uns fallen." Ritter Gernot kletterte auf den Rücken des Drachen.

Kuno zögerte etwas, nach seiner helfend ausgestreckten Hand zu fassen. Die Frage, ob das alles ernst gemeint sei, verkniff er sich lieber. Drache, Ritter und Ross schienen ein eingespieltes Team zu sein. Er glaubte auch dann noch zu träumen, als sich die riesige Echse mit ihnen und dem Pferd in die Lüfte schwang.

Wie er in die Grotte des Drachen gekommen war, hätte Kuno nicht erklären können. Er wachte aus seinem Tagtraum auf, als er an einem wärmenden Feuer saß und ein großes Stück gegrilltes Wildschweinfleisch in der Hand hielt.

In einer Ecke der Höhle knusperte Michel an etwas Heu, Gernot hatte sich seiner Rüstung entledigt und lag in einer Schwinge des Drachen, wie andere in einer Hängematte. Feierabendidylle wie im sichersten Burghof.

„Alles gut?" Fünkchen stupste Kuno mit der Nasenspitze an. Der nickte. „Geht schon. Ich bin noch etwas aus dem inneren Gleichgewicht, aber langsam fängt der Denkapparat wieder an, zu arbeiten. Wie geht es dir?"

„Nicht so gut." Fünkchen schniefte. „Wenn Papa Gernot recht hat, und das hat er immer, dann hat mich dieser Willibald auf das Allergemeinste betrogen!"

Kuno schaute das verzweifelt Fünkchen mitleidig an. „Das sehe ich ganz genau so. Aber kannst du denn kein neues Ei legen?"

„Das geht nur alle 300 Jahre", ließ sich Gernot vernehmen. „Das ist ja das Tragische an der Sache. Wer weiß, ob es dann überhaupt noch Drachen gibt! Ich habe vor vielen Jahren, als kleiner Bub, zufällig einen Nistplatz mit einem Ei entdeckt. Das Muttertier duldete mich, weil ich es nicht störte und schwor, niemandem etwas zu verraten. Sie erzählte mir alles über das Geschlecht der Bergdrachen.

Eines Tages kam sie von einem Jagdzug nicht mehr zurück. Was sollte aus ihrem Küken werden? Ich nahm das angebrütete Ei an mich und brachte es heimlich in mein Zimmer. Ganz hinten im Kamin, da wo sich die Glut am längsten hält, habe ich es warmgehalten, wie es seine Mutter mit ihrer Flamme zu tun pflegte." Gernot hielt Kuno beide Hände entgegen, die großflächig vernarbte Brandwunden zierten. „Eines schönen Tages, oder besser gesagt, mitten in einer ziemlich stürmischen Nacht, knackte und knirschte es im Kamin. Plötzlich piepste es laut und vernehmlich: Papa, Papa! Da tauchte auch schon der rußverschmierte winzige Drache in einem Funkenregen aus glimmendem Holz auf, was ihm den Namen Fünkchen ein-brachte."

Das Drachenweibchen rieb dankbar den Kopf an seiner Schulter. „Papa Gernot hat mich beschützt, gefüttert und mir sogar das Fliegen beigebracht, als ich alt genug war. Was hat er nicht alles auf sich genommen, damit mich keiner entdeckte! Je größer ich wurde, umso schwerer war es für ihn, mich vor der Welt zu verstecken ..."

„Und dann?" Kuno schaute sie neugierig an.

„Bin ich der Duftspur eines männlichen Drachen gefolgt." Fünkchen schaute in weite Ferne. „Es war wie ein Rausch ... irgendwann habe ich mein Ei gelegt ... und das hat, am selben Tag noch, Ritter Willibald gestohlen."

Kuno knirschte mit den Zähnen: „Auge um Auge, Zahn um Zahn."

Gernot drückte stumm seine Hand und Fünkchen umschloss beider Hände mit ihrer Klaue. Kriegsrat wollte man erst am Morgen halten und so bettete sich auch Kuno unter Fünkchens Schwingen zur Nachtruhe. Er hatte endlich die Angst vor ihr verloren und war meilenweit davon entfernt, das unglückliche Wesen für das zu verdammen, was es aus purer Verzweiflung getan hatte. Strafe verdiente aber der, der durch seine Habgier andere dem Tod auslieferte.

Ein lautes Rauschen weckte die Männer im Morgengrauen.

„Ich habe eine Überraschung für euch!", erklang es von draußen.

Gernot eilte vor die Grotte, wo Fünkchen Kunos Pferd festhielt, welches sie mit einigen Mühen unversehrt eingefangen hatte. Zwischen den Zähnen trug sie zudem ein erlegtes Reh, das sie ihm vor die Füße warf.

„Kannst du mir mal den verrückten Gaul abnehmen?", bat sie. „Das Gezappel macht mich ganz nervös."

Gernot lachte. Fünkchen wirkte in der Tat etwas ratlos. Schließlich wollte sie Kunos Pferd nicht verletzen.

Die Männer zerrten das widerstrebende Tier gemeinsam in die Grotte zu Michel und banden es fest. Den Rappen schien das alles nicht zu interessieren, der war schon wieder mit seinem Heu beschäftigt.

Noch während eine Rehkeule am Spieß über dem Feuer briet, begannen die drei, einen Plan zu schmieden. Dass Fünkchen sich einfach davon gemacht hätte, wäre nicht gerade sinnvoll gewesen. Willibald würde sie jagen und zur Strecke bringen lassen.

„Na, dann jagen wir eben ihn!", rief der Drache. „Irgendwie kriegen wir ihn schon."

„Dazu müsstest du wohl die ganze Burg ausräuchern", sagte Kuno resigniert.

Gernot spitze abschätzend die Lippen. „Versuchen wir es. Zwar hat Willibald eine machtvolle Waffe auf den Zinnen seiner Burg, aber wenn wir uns heimlich anschleichen und das Ding verbrennen, ist Fünkchen fast unverwundbar."

Den ganzen Tag feilten sie an ihrem Plan und mit Einbruch der Dunkelheit setzten sie ihn in die Tat um. Da es völlig unmöglich war, einen schwarzen Drachen vor weißem Schnee unsichtbar zu machen, ritt Kuno allein und gut sichtbar auf die Burg zu, wobei er Gernots Michel am Zügel mit sich führte. Die beiden anderen versteckten sich hinter ein paar Felsen und warteten ab, was geschehen werde.

Kaum hatten die Wachen den Mönch erspäht, öffneten sie das Tor. Kuno sang ihnen und dem herbeigeeilten Willibald ein Jammerlied, das sie alles andere völlig vergessen ließ. Fünkchen schwang sich fast lautlos in den Himmel. Im Tiefflug glitt sie, Gernot auf dem Rücken, auf die Mauer zu, um beinahe senkrecht an ihr emporzusteigen. Ein schneller Blick in die Runde, ein gezielter Feuerstoß auf die gewaltige Speerschleuder und schon war Fünkchen wieder verschwunden. Jetzt brach Panik in der Burg aus. Alles, was Waffen trug, eilte auf die Wehrgänge. Doch da tauchte der schwarze Racheengel Fünkchen genau vor ihnen auf und dem verzehrenden Drachenfeuer hatte keiner etwas entgegenzusetzen.

Fünkchen war nicht daran interessiert, Fliehende zu verfolgen, sie wollte einzig Ritter Willibald an den Kragen. Doch dieser Feigling hatte sich in die Geheimgänge unter der Burg verzogen.

Das Drachenweibchen ließ sich nicht beirren. Was das Feuer nicht schaffte, beendete es mit seinen mächtigen Klauen. Es riss in wenigen Tagen Stück für Stück die Burg nieder und verschütte so gleichzeitig alle Ausgänge. Obendrein belegte Kuno die Ruine mit einem Bann. Willibald verdurstete schließlich in seinem Versteck.

Selbst in unseren Tagen sieht man seinen Geist in Vollmondnächten durch die alten Mauerreste streifen, die er niemals verlassen kann.

Und auch heute kann man noch, wenn man ganz großes Glück hat, zwischen den Felsen glitzernde Drachenperlen finden – die Tränen, die Fünkchen um ihr verlorenes Ei geweint hat.

Beeindrucktes Schweigen.

Dann räusperte sich Draco. *Ich glaube, das wird auch meine Lieblingsgeschichte werden. Schon, weil sie meiner ein bisschen ähnelt. Zumindest der Teil, mit dem verlassenen Ei.*

Lóng Mǔ hielt die Lider geschlossen. *Ich fühle mich ein bisschen wie Fünkchen. Mein letztes Ei haben die Kraken gestohlen.* Nun öffnete sie die Augen, um Ammon ein warmherziges Lächeln zu schenken. *Aber dann hat es ein edler Ritter vom Meervolk gefunden und ausgebrütet.*

Yín Lóng zeigte verdattert zuerst auf Draco, dann auf Lóng Mǔ und wieder zurück.

Dà Lóng nickte bestätigend. *Unser Ei war das Einzige, von dem wir nicht einmal die leergefressenen Schalen gefunden hatten, wie von den anderen beiden gestohlenen Eiern.* Er schaute den lächelnden Draco an. *Du scheinst nicht sonderlich überrascht zu sein.*

Nein, bin ich wirklich nicht. Wir hatten in unserem Kreis bereits auch die Vermutung angestellt, dass ich euer Sohn sein könnte. Ich habe darauf auch gesagt, dass ich dann dreifaches Glück hatte, dass mein Ei beim Meervolk gelandet ist. Das erklärt aber auch, warum ich mit Lóng Mǔ, meiner leiblichen Mutter, über riesige Entfernungen kommunizieren kann.

Dà Lóng stupste ihn mit der Nase an. *Es ist wirklich ungewohnt, dass wir einen Sohn aufwachsen sehen. Wir sind verdammt stolz auf dich! Weil ich es geahnt habe, wer du bist, als ich dich das erste Mal gesehen habe, war es beschlossene Sache, dass du ganz in Ruhe, als Meermann, der du ja bist, dein eigenes Reich gründen sollst.*

„Fest steht, wenn ihr eines Tages ein Ei bewacht, dann wacht das ganze Meervolk mit!", rief Ammon.

Ich habe mir sagen lassen, du bist darin besonders gut in Übung, blinzelte Yín Lóng.

„Und wie!" Ammon kraulte sie und Draco lachend zwischen den Hörnern. „Ritter Gernot wäre stolz auf mich gewesen."

Was nicht passt, wird passend gemacht

„Achtung! Da kommt was!" Nemo schnellte wie von einer Stahlfeder getrieben auf und zog zwei kleine Enga zwischen die Lóng. *Na gut, dann gibt es heute eben Kalmar zum Abendbrot,* brummte Draco, den drei Architeuthis entgegenschwimmend. *Wir haben Familienabend und ich bekomme schlechte Laune, wenn ich dabei gestört werde.* Er ärgerte sie ein bisschen mit Stromstößen.

Nur war der Hunger diesmal wohl etwas größer, denn die drei ließen verschiedenfarbige Lichtsignale aufblitzen und fächerten auseinander. *Jetzt ist Schluss mit lustig!* Draco schoss die Kalmare gnadenlos ab. *Wer nicht hören will, muss fühlen. Die stammen wohl nicht aus unserer Gegend.*

Tiku musste über die verwunderten Gesichter der anderen Lóng lachen. „Draco hat recht. Unsere Kalmare kennen uns schon und machen einen Riesenbogen um die Siedlung. Verirrt sich doch einer hierher, dann schwimmt er so schnell durch, dass man nur zuckende Lichtblitze sieht. In jedem Jahr schlüpfen aber neue Exemplare aus, die das Spiel noch nicht kennen und recht unangenehme Nachbarn sein können. Um die kümmert sich Draco bevorzugt."

Da schmecken sie wenigstens noch. Die großen Viecher sind ja meist zäh wie alte Haifischhaut, kicherte Draco.

Auch noch Feinschmecker! Hóng Lóng schüttelte amüsiert den Kopf.

„Aber heute ist die Nachbarschaft echt lästig", stellte Kami fest, als noch zwei riesige Kalmare völlig ungeniert in den Talkessel schwammen.

Damenwahl! Yín Lóng machte sich auf, die nervenden Architeuthis zu vertreiben. Die wandten sich bei der zweiten Salve Strom zur Flucht, was ihnen das Leben rettete.

„So wird das jetzt noch ein paar Tage gehen", erzählte Ammon. „Wir werden erst wieder ruhiger leben, wenn deren Paarungszeit vorbei ist."

Wart ihr mal wieder an der Oberfläche? Bái Lóng, der Weiße Drache, zeigte steil nach oben.

Allgemeines Kopfschütteln.

„Davon werden wir nur depressiv", seufzte Tamik. „Alles grau in grau und bestenfalls ein paar Androiden, die für die Menschen herumspionieren."

„Ich habe Sehnsucht nach Licht und Wärme", murmelte Siria. „Ob wir das jemals wieder erleben werden?"

„Ich weiß es nicht", erwiderte Tiku traurig. „Wenigstens können wir frei entscheiden, wohin wir gehen, während die Menschen in ihren Bunkeranlagen hocken."

„Und wir können uns unsere Nachbarn aussuchen", feixte Tamik. „Ob die dann mit uns glücklich sind, steht wieder auf einem anderen Blatt."

„Stimmt. Was nicht passt, wird passend gemacht", kicherte Kirk, Draco und Yín Lóng lustig zublinzelnd.

Denn die sorgten dafür, dass sich nur ansiedeln konnte, was für das Volk von nutzen war. Alles andere landete auf dem Speiseplan der beiden Riesen.

Dass Lóng Mǔ bei Kirks Satz die beiden jungen Damen ihres Rudels strafend ansah, hielt auch keiner mehr für Zufall. Erst recht nicht, als sie ihren Blick mit den Worten begleitete: *Ja, das setzt schon ein gewisses Niveau voraus, etwas passend machen zu können, das ich bei einigen Lebewesen im Meer stark vermisse.*

Sogar Lán Lóng zog vorsichtshalber den Kopf ein.

„Harte Worte", flüsterte Kami überrascht Kïa zu, denn er kannte ja die Vorgeschichte nicht. Auch die anderen Meermänner wirkten etwas irritiert.

„Aber voll verdient", wisperte sie zurück, im Besitz aller Informationen. „Ich erzähle es euch später."

Die nächsten Tage waren mit Ausflügen gefüllt, welche Lóng und Meerwesen in kleinen Gruppen unternahmen. Dabei stießen sie auch wieder auf den Jungwal, der noch immer einsam herumschwamm und den Orcas nur mühsam entkommen sein musste. Mehrere Bisswunden hatten ihm fast den Lebensmut geraubt. Er floh nicht einmal, als er sich den riesigen Drachen gegenüber sah.

Liana, die Flüsterin, schwamm schließlich direkt zu ihm, legte ihre Stirn an die seine und versprach dem Kleinen Hilfe bei der Suche nach seiner Mutter. Yín Lóng übernahm den Job als Leibwächterin des Walkalbes und das Kleine schwor Liana, an der Seite des Drachenweibchens zu bleiben, bis man wenigstens eine Walherde gefunden habe, in der es mitschwimmen konnte.

Yín Lóng eroberte das Herz des jungen Wals indem sie ihm ein paar leckere Happen zusteckte, die er nicht mehr hätte selber erjagen können, weil er zu entkräftet war. Sie begleitete ihn auch, so weit sie es vermochte, zur Oberfläche, damit er Luft holen konnte und war jedes Mal froh, wenn er unversehrt zurückkehrte. Sie ermunterte ihn auch immer wieder, nach seiner Herde zu rufen.

Ein paar Tage später konnte Lán Lóng durch eine glückliche Fügung eine Walherde orten, in der sich einige Jungtiere tummelten. Mit den Orcas, die die Pottwale belauerten, wurde er schnell fertig. Nach ein paar harmlosen Stromstößen suchten sie das Weite. Nun versuchte er, telepathisch mit den Tieren Kontakt aufzunehmen und ihnen die Lage des Jungwales zu schildern.

Ein Weibchen reagierte besonders stark auf seine Botschaft und nach einer halben Stunde intensiver Kommunikation drehte die ganze Herde bei, um dem Drachen zu folgen. Yín Lóng kam ihnen mit dem Kalb entgegen, in der Hoffnung, den einsamen Wal in gute Obhut bei seinesgleichen zu geben.

Plötzlich schien den Kleinen nichts mehr zu halten, wie ein Torpedo schoss er durch das Wasser. Von der anderen Seite hatte es eine Walkuh genau so eilig und Yín Lóng lachte befreit auf, als sich die beiden unter unzähligen Berührungen umschwammen und schließlich mit der Herde in der dunklen Tiefe verschwanden.

Gute Arbeit! Yín Lóng nickte Lán Lóng anerkennend zu. *Wieder ein bisschen mehr Verständnis füreinander und ein deutliches Signal für die Wale, dass wir für sie keine Gefahr darstellen. Ich liebe es, wenn Geschichten ein gutes Ende finden!*

Der Blaue Drache folgte ihr hinunter zu den anderen, um vom glücklichen kleinen Wal zu berichten.

Draco setzte ein behagliches Lächeln auf. *Wisst ihr, was am Besten daran ist, dass Yín Lóng und ich Drachen vom Meervolk sind? Dass uns keine Tradition zwingt, Söhne töten oder verstoßen zu müssen! Stellt euch mal so einen winzigen Drachen vor, viel kleiner als ein Walkalb, ganz allein auf der Welt, nicht wissend, wer Freund oder Feind ist, wenn man jemanden trifft.*

Dà Lóng schlug die Augen nieder. *Ich glaube ... ich denke ... ich ... ich werde darüber nachdenken ... glaube ich.*

Würde mich ernsthaft freuen, schmunzelte Draco. *Ach, wie gut, dass jeder weiß, dass ich Draco Meermann heiß!*

Los! Noch ein paar Geschichten von den Menschen! Aus denen kann man eine Menge lernen! Dà Lóng setzte sich auf und schaute Tiku erwartungsvoll an, der auch sogleich zu erzählen begann.

Nachdem die Lóng fast einen Monat mit dem Meervolk gelebt, gejagt und gelacht hatten, kehrten sie rundum zufrieden in das Drachental zurück.

Sogar die beiden Querulantinnen verabschiedeten sich von Yín Lóng. Und die flüsterte ihnen einen ernst gemeinten Tipp zu: *Lán Lóng ist eine außerordentlich gute Wahl, meine Lie-*

ben. *Nicht jeder Lóng schafft es, mit Walen kommunizieren zu können, oder gar bei einer ganzen Herde besorgter Mütter Gehör zu finden. Verprellt ihn nicht durch alberne Spiele.* Draco hatte gesehen, wie sie miteinander sprachen und schaute Yín Lóng fragend an. *Du weißt doch, wie sehr ich Geschichten mag, die ein gutes Ende nehmen,* erklärte sie lächelnd. *Wenn wir in ein paar Jahren hoffentlich Nachwuchs haben, werde ich ihm auch Lieder vorsingen und Märchen erzählen, damit er für das Leben gut gewappnet ist.*

Und bis dahin passen wir auf, dass den kleinen Meerbabys beim Unsinn machen kein Leid geschieht! Er jagte lachend einem Enga-Meermännlein hinterher, das glaubte, durch Geschwindigkeit eine Krabbe von den Schwanzflossen abschütteln zu können.

Eines Tages bewachten die Drachen vom Meervolk tatsächlich ein Ei. Um ganz sicher zu gehen, zog sich Yín Lóng in eine der großen freien Grotten zurück, vor der, wenn Draco auf der Jagd war, Lynn in voller Bewaffnung patrouillierte. Und wie es der Zufall wollte, war das erste Drachenküken ein Sohn, den die stolzen Eltern zu einem rechtschaffenen Meermann heranzogen, der gemeinsam mit seinen Spielkameraden lernte und lachte.

Beim Drachenvolk wurde nie wieder ein Nachkomme des Königs getötet oder verstoßen. Das hatte Dà Lóng wenige Tage nach dem denkwürdigen Drachenfest mit Walherdensuche per Gesetz verboten.

Hätte die Erde nicht immer wieder verrückt gespielt, wäre das Leben der beiden Völker sogar fast idyllisch zu nennen gewesen. Aber auch für die ärgsten Probleme fanden alle gemeinsam Lösungen, um irgendwie überleben zu können.

In den Märchen und Geschichten, welche die Völker im Meer nun von Generation zu Generation weitergeben, schwingt der große Traum von einem strahlend blauen Himmel über sattgrünen Palmen und bunten, geheimnisvollen Korallenriffen mit.

Wer weiß? Vielleicht kommen eines Tages Sonne und Wärme wieder und der Lebenskreislauf auf der Erdoberfläche beginnt von vorn.

Inhalt

Weitere spannende Serien:

Die Magier von Tarronn

Band 1 - 5

Die Nebelwald-Saga

Band 1: Der Nebelwald
Band 2: Die Schlacht um Wildforest
Band 3: Unter dem Banner des Geflechten Drachen

Die Aurëus-Saga

Band 1: Der Spiegel des Aurëus
Band 2: Das Geheimnis des Aurëus
Band 3: Die Urenkelin des Aurëus
Band 4: Die Drachen des Aurëus

... Sex & Abenteuer - Reiseromane

Band 1: Asphalt, Sex & Abenteuer
Band 2: Burgen, Sex & Abenteuer
Band 3: Sehnsucht, Sex & Abenteuer
Band 4: Träume, Sex & Abenteuer